U0904474

午夜风筝

晗光 著

晗光悬疑推理小说

群众出版社

午夜风筝

目录

自序

晗光

米兰·昆德拉有一本书，书名叫《生活在别处》。他还说过一句话：诗意地栖居。这是两句被人快引用废了的话，两句话的意思，其实都差不多。我藏有几乎全套的老米的译作，但是一本都没读完过。老米过于迷恋自己的思想了，以至于影响了故事的生动。但是上面提到的那两句话，老米说得好。

大部分人的生活都是平淡无奇的，充满了平庸、琐碎、无聊和无奈，都想去看看外面的世界，体会一下别人的生活。但不是每一个人都有足够的钱和时间去做，而且，即使做到了，也不能保证不会再次失望。有种粗俗的说法是，妻不如妾，妾不如嫖，嫖不如偷，偷不如偷不着。话是粗，但理不粗。很多东西，只适合远观。或者，只适合想着。

我就是这么个整天胡思乱想、并习惯于把胡思乱想随手记下来的人。

欧·亨利有一篇小说《绿门》，讲的是一个人的奇遇和命运的不可知。一个人走在大街上，碰到一个发广告的。发广告的从一大把广告里抽出一张递给他，只见上面写着两个字：绿门。走了几步，这人发现后面的人收到的都不是“绿门”的广告。这个人正无聊呢，想求证一下是怎么回事，就又拐回去领了一张，上面仍是那两个字：绿门。再试一次，还是那两个字：绿门！无聊的人很纳闷地走了。没走出多远，他发现街对面有一户人家，门竟然真的是绿的。这人心想，反正也闲着，去看看呗，我倒要看看这到底做的是什么广告。进了门，结果发现里面有一个快饿昏的美女。后面英雄救美的事我就不啰嗦了吧。值得说的是，几天之后，这人又一次去和该美女约会，又走过接到广告的地方，偶尔抬头一看，只见一家戏院的招牌上写着几个比人头还大的字：歌剧《绿门》热演中。

晕。

不知道别人看了这篇小说有什么想法，反正我看了后晕了，立刻就觉得平庸无聊的日子一下子变得五彩斑斓云遮雾罩山重水复。

平庸的生活里其实充满了神秘。我愿意这么想。

真正惊心动魄的神秘和悬疑不在腥风血雨的江湖，不在雾色惨淡的鬼域，而是在每个人身边，在那些不咸不淡的琐碎日子里。

我出生的地方是一个战国时期就有了的黄淮流域的小城，当时是蔡国的新都，我在那里长到十七岁。据说，隋末的程咬金曾将他的炼金炉设在东郊一带的城墙附近，经常传说有人在那里捡到了金子。每当夏天的雷雨过后（据说雷声会把地下的金子震出来，暴雨会把金子浇出来），我都会和一帮孩子一起去城墙边捡金子，在黄泥汤里滚得像泥猴一般。我没捡到过，也没见过谁捡到，也许，是别人捡到了但悄悄揣起来了。还有一个神奇的说法。淮河流域经常阴雨连绵，傍晚的雨后，只要听到树下有“叽——”的叫声，你赶紧上去照准了撒一泡热尿，据说就能从下面刨出金鸡儿——金子做的鸡崽啊。于是一到下雨，我就憋着尿，雨一停，便飞一般往林子里冲，唯恐别人占了先。

说这些不痛不痒的小事，只是为了说明我是个相信奇迹的人，现在还是。孩子都是相信奇迹的。虽然从来没亲眼见过谁在城墙边捡到过金子。而稍有常识的人，都知道雨后树根下面叽叽叫的是蚯蚓，而不是什么金鸡儿，但孩子们还是为此充满了疯狂的幻想。

许多人长大了，不再相信这种不靠谱的事。但我还信，在内心深处，我还是那个一身黄泥汤往树下撒尿的八岁的、相信奇迹的傻小子。

和我的小说里的很多主人公一样，我也画画，业余画了十年油画。踏踏实实地坐下来画一幅人像、风景或静物，对我来说是一件相当枯燥的事。我的画类似于赵无极和朱德群，走的是浪漫抽象的路子。最得意的一幅作品，是一张蓝调子的抽象风景：逆光，深谷，妖冶恍惚飘摆不定的植物的茎叶，形状不定也难辨为何物的诡异的暗影，天空上刺目的令人眩晕的光斑。我一个朋友看完，说了一句话：这里最适合拍玄幻恐怖片。我以为深得我心。

这幅画的名字叫《奇迹降临》。

我的小说，大概和我的画是一个路子。

我常去理发的小店，师傅用的梳子已经十几年了，齿掉了好几根，剩下的齿很尖，常常划我的头皮。我抗议。师傅却笑说，没办法，用惯了，顺手了，换了别的我不会干活。我是个比较注意形象的人，为了形象，只好牺牲头皮。

那把梳子，就像一些老话，虽然没新意了，但最顺手，最合用。所以，如果让我用一句话来形容这本书的内容，我会说：丑闻、复仇与爱情。现在说这句话，很没创意，但我想来想去，觉得还是它最准确，就像那把旧梳子。

这本书收录了一部长篇《午夜风筝》，一部长中篇《隐身搭档》（又名《狐魇》）。它们的部分章节，都曾在《啄木鸟》杂志上连载过。

我一直觉得，好的小说文字是一条河，或跌宕，或舒缓，读者可以舒服地浮在水面上，自在地顺流而下，一边享受着水流的抚摩，一边欣赏着地远天高、四时晨昏和世情百态。这时最起码的感觉，是不累。而糟糕的文字却像一片沼泽，每走一步，都要很费劲地先拔起脚，再哆嗦着往前迈。吭哧吭哧，一本书没读完，人先累死。所以，我买书，尤其是小说，会先随手翻开一页读一下。如能很轻松地看下去，那就毫不犹豫地掏银子。不然，即便作者名气再大，广告词再漂亮，也不买。

对手上的这本书，您不妨试试我这法子。

还有一点。买书的时候，我没耐心看完超过三页的序。己所不欲，毋施于人。自己的这篇勉强算是序的小文，就到此打住。

2007年岁末

青春永驻的神奇传说

居心叵测的风筝骑士

面容酷似的神秘女子

不为常人所知的凶险诡谲的都市地下世界

华丽眩目却黑幕重重的娱乐圈……

午夜风筝

楔 子

本报讯（记者文木）据市地下空间安全办公室介绍，为期半年的上京市地下空间调查近日接近尾声，截至12月底，共查明本市地下空间30842处，目前的地下空间相当于20世纪50年代初本市的城区面积，其中20%的地下空间存在着各种安全隐患。

——《上京晚报》

要下雪了。

天空云层很厚，像一团一团黑灰色的棉花密密地拥挤在头顶。没有一丝风，空气里有一种暖洋洋的慵懒气息。下大雪之前总是这样，上年纪的人都说，下雪时不冷化雪时冷。

午夜静得出奇。远远的天空有一点亮光忽闪了一下，接着是微弱的“啪”一响，是心急的孩子放出的二踢脚。

再过一阵就是除夕了。

几个黑影悄悄穿过一片阴森森的柏树林。这里，离传说中神秘的什坊库教堂的后院墙就只有几步之遥了。

一只夜鸟被惊飞。

头顶扑棱扑棱一阵乱响。

柏树的枯枝败叶簌簌地飘下来。

“绕着点那些墓碑走，旁边经常会有暗洞。”前面的人小声提醒。

“哪是墓碑？”

“那些灰白色的东东。”

“看门的老爷子不知道睡着没有？”

“早晕了。老爷子天天夜里半斤二锅头，十点半评书一完准上床。”

Vrban exploration，中文的意思就是“都市探险”，这是近年来在城市年轻人中兴起来的时尚玩意儿，这帮人也被称为V族。雪夜什坊库教堂院墙外的几个人，就是上京时尚青年中赫赫有名的“探针”俱乐部的。

什坊库教堂，是18世纪末英国传教士在上京修建的第一座教堂，当年金碧辉煌，蔚为壮观。闹义和团的时候，这里是全城老外的最后一个据点。后来赶到的英军，曾和义和团在这里反复拉锯，战斗惨烈异常。

破败的教堂在漫长的岁月里慢慢荒芜了。

多少年来，北城一带就流传着有关教堂的无数怪诞的传说。比如在大雪压门的冬夜，有人听到教堂里夹杂着叽里咕噜外语的凄厉的呼喊。或霜旦雪晨，看见一身是血的长辫汉子立在衰颓的教堂尖顶上，扯着脖子吼：仓啷啷一声钢刀响，血淋淋的人头滚刀旁……

连那些外来务工人们的棚户区，都远远地躲着它七八里开外。

最近，“探针”俱乐部在网上看到一个帖子，说不知是哪个公司买下了那块地，给教堂的院子加了门，上了锁，还派了个又聋又瞎的老爷子看着，不清楚到底要干什么。

“探针”要赶紧来探一探。要不，不定哪天就成了一片工地了。

一行人摸到墙下。青砖墙已残破不堪，但仍有一人多高，高大厚实。

起风了。几茎枯草在墙头飘飘摆摆，发出嗖嗖嗖的轻啸。

前面的两个人利索地从黑色提包里，拽出两架折叠铝合金梯子，咔咔几声轻响，梯子已打开靠在墙上。

几乎是无声无息地越墙而过。

队长剃刀是第四个爬上墙头的。他刚要转身从墙另一边的梯子下去，却听到头顶一阵奇怪的响动。

是大风撕扯旗帜或布一类东西的声音，啪啦、啪啦啪啦、啪啦啪啦啪啦。剃刀起先以为教堂顶上挂了什么旗帜。可想想又不对，这么一片荒无人烟的残砖烂瓦，插一杆旗做什么呢？

剃刀立稳了脚，抬头四面一看，发现在教堂尖顶偏东南的方向，远远地有一串白色的东西，在风中忽上忽下，摇头摆尾。定睛再看，原来是一串巨大的风筝，由五个白色的三角翼组成。

午夜的天空，雪花越飘越紧。在这个人迹罕至的午夜，昏暗夜空里的风筝透着十二分的不寻常。

午夜风筝的那根细细的线，不知是攥在一只什么样的手里？这个人在哪儿呢？

谁、为什么要在这个万籁俱寂的雪夜、整个世界都已进入梦乡的时候，来放风筝？

一

百年的老教堂，已经是风烛残年的老人了。脚底下的感觉，是一层积年的厚厚的灰尘，踩上去有噗噗的闷响。地上脚印杂乱，也不知是哪年留下的。该是怀着各种各样奇怪心思的人吧，一般人恐怕是不会到这种地方来的。

手电筒青白的光柱划来划去，像《星球大战》里的光剑，阔大的空间里的黑暗，仿佛是有质感的果冻，瞬间被切割成不规则的形状。

一群野鸽子惊了，在头顶撞来撞去，间或有几片羽毛飘下来。

空气呛人。有人忍不住打了个喷嚏，赶紧用手捂住。

地下室里有一股浓重的霉味，各种杂物塞得满满当当，已经没了什么值钱的东西。破桌椅板凳都缺胳膊少腿，不小心碰到，立刻应手而碎，除了拿去当烧柴，做不了别的用场。但现在城市里谁还烧柴呢？

几个巨大的橡木酒桶，蹲在角落里，一人多高，粗可三人合抱。这么大的酒桶也是少见，酒若是满的，不会水的人掉进去估计得淹死。桶板大多被劈开拿走了，有的只剩下几道巴掌宽的铁箍。铁箍没被偷走，是因为地下室的口子太小，弄不出去。

在东倒西歪的酒桶里，有一个桶却透着古怪。它稳稳地蹲在角落里，身上刀劈斧砍的斫痕累累，却几乎是完整的。一个戴黑色针织棉帽的人顺手推了推，酒桶竟纹丝不动。

"邪门。"这人低声嘟囔了一句，招呼两个人上来，三人骑马蹲裆站定，"嗨"地一努劲。

还是没动。

"里面怕是有东西。"黑帽子说。

一帮人立马兴奋起来，一片七嘴八舌。

梯子架在了木桶上。黑帽子爬上去，拿手电往里晃了晃。"没什么呀？"他脑袋都快扎进去了。

黑帽子从墙上摘下来一个破罐子，用力砸进去，啪嚓一声。

见没别的动静，黑帽子“咚”的一声跳了进去。

接下来的一串声音就有点不妙，先是“咔啦”一声脆响，伴随着黑帽子压抑着的失声尖叫，跟着便是一串“扑腾”、“扑腾”的肉体撞击硬物的声音，声音越来越小，越来越远。

在更远更深的地方，传来隐隐约约的低吼，是那种猛兽喉底的声音，一般来说，这是一种警告。

站在梯子上的剃刀急得在上面大喊：“全子，你没事吧?”

半天才听到底下哼哼嗨嗨的呻吟：“没事没事，里面好闷哪操!”

“里面是个暗洞，空气稀薄得很，把氧气瓶拿下来。”听声音全子已经爬到地面上来了。

要说“探针”俱乐部的探险装备还真不含糊，一水儿的都是专业级，每人背着一个大包，形状都不一样，自然里面的装备各异。

三个小型压缩氧气瓶和面罩、锂电池头灯很快就准备好了。

剃刀从包里居然又拽出三把闪着蓝光的手枪来，招呼另一名队员过来，和全子三人一人一把。

“走!”剃刀第一个扒着桶沿轻轻跳下去。

下到桶底剃刀才看清楚，这个桶原来只是地下二层地洞的伪装，桶身整个镶入地下，桶底是装着搭扣和弹簧的活板，正常在上面走没事，也发现不了什么。但全子愣头愣脑地往下一跳，180多斤的分量撞开活板，一下就翻了进去。

三个人装束整齐，全子打头，剃刀居中，另一人在后，依次进洞。

接着洞口，其实就有凿得很粗糙的石头台阶。全子刚才是摔下来又顺着台阶滚下去的。

全子一边走一边数，下到底一共是108级。向左一拐，是一个狭窄的山洞，大小也就仅仅能容一个人猫腰进去。全子那么大的块儿，走起来就有点费劲了，吭哧吭哧地一边走一边嘟囔。隔着氧气面罩，也不知他在骂什么。

外面大雪纷飞，已经是零下十几度了，穿着厚厚的羽绒服，仍觉得有无数冰冷的细针嗖嗖地往里钻。但洞里却暖和得很，全子甚至都觉得后背上已经沁出了一层细汗，热扎扎地，很舒服。

洞壁和脚下都湿漉漉的，像走在一层刚出水的鱼身上。

周围静得怕人，只听到三个人粗重的呼吸声和自己的心跳。

咚咚，咚咚，心跳越来越快。突然，全子觉得心脏“呼”地一声直顶到喉头。随着右脚迅速地弹起，一声惊呼脱口而出！

“我靠，怎么了？”后面的两个几乎同时回头。

“我踩着了东西，软的。”全子惊魂未定。刚才右脚一脚踏实，绝然不是踩在鱼身上的滑溜感觉，而是肉肉的。

几个人闪在一边，靠壁而立，用手电一照，原来是一只死老鼠，也不知死了多久了，被全子一脚，把肚肠踩得稀烂。

全子赶紧在地上蹭自己的鞋。

“只是只老鼠，差点被你吓死。”其他两个松了一口气。

走了大概有半个小时的工夫。

前面豁然开朗。当年的陶潜写《桃花源记》，不知是不是见过类似的地方。桃花源可是个人人自在的乐园天堂，这里的气氛却不像，古怪得很，空气里有一股细细的恶臭，隐隐约约的，不知从何处来，但又无处不在。

死耗子。全子又想起那只肚肠被他踩爆的耗子，怎么都觉得臭味是来自自己的鞋，忍不住又在地上蹭了蹭。

我的“麦迪四代”啊，一千多块哪。全子在心里可惜。

在三个人的电筒和头灯的照射下，里面的情形能看出个八九不离十。

大，有一个足球场那么大的一个巨洞，大概是在刚才来的路上看见的山肚子里。从左首一个洞里汹涌而出的一条暗河，在洞厅中间汇聚成一个20平米左右的湖，又从右首的一个洞里奔涌而出。刚才在上面听到的低吼，就是这急流的回音。高，电筒的光柱照上去，光斑在顶上几乎是昏黄的一圈，怎么也得有二三十米高吧。

这里的空气比隧道里好多了，几个人都把面罩摘了下来。

湖边居然有不少垃圾，几堆灰烬，还有破报纸、方便面袋子、火腿肠的包装什么的。

“这儿看样子是当年洋人躲义和团的地方”，剃刀一边拍照一边拿脚在垃圾里踢着，“嘿，这报纸是1938年的《中央日报》呢。”

“至少五年前还有人来过这儿。”全子说。

“是吗?”

“这种南汇牌的火腿肠是五年前的东西，那个厂早就倒闭不生产了，他们在肠里掺病死猪肉。”全子肯定。

剃刀搬起块小西瓜大小的石头，“嗵”地一声扔到了水里，“我试试这儿有多深。”

石头激起了丈把高的水柱，水花四溅。

全子不由自主地往后一躲。立刻觉得右脚又踩到一个肉乎乎的东西。

“死耗子！都得非典了?”全子有了上回的经验，也不一惊一乍了，但还是用电筒往后照了照。

全子发出的声音已经不是人的声音，类似现在唱歌的那种

“海豚音”，尖利、惊恐、绝望。声音在巨大的空间回荡，四面八方的回音让人觉得如在鬼域。

这是一个凹进去的洞穴，深不过两米。里面是一具女人的尸体，四肢扭曲得非常别扭，最恐怖的是那张脸。其实已经不能称其为脸了。说那是张脸，只是因为它长在人的脖子上。

那是一张被利器切割得不成形状的脸。

女人的一只手伸在外面。

两分钟之前，全子踩到的以为是另一只耗子的东西。就是这只手。

警察在20分钟后来了，却进不了教堂的院门。

看门的老爷子居然不在，大门从外面被锁上了。

剃刀正琢磨要不要贡献出自己的梯子时，老爷子蹒跚着不知从哪儿冒出来了。

警察给全子、剃刀他们详细做了笔录，又留下了他们的电话、地址，就开始往外轰他们。

一帮人还不愿意走。

“走吧走吧，死人有什么好看的，还没看够?回去吧回去吧。还有，你们今天偷着钻进来实际是违法的，以后不能这么干了啊。”

“是是，谢谢您啦。”一帮人赶紧走了。

警察把女尸装进尸袋，推进救护车。

法医向北城区分局刑警队的队长李立走过来。李立虎背熊腰，大方脑壳，像极了动画片里的加菲猫。

“有什么特别的没有?”李立问。

“发现了这个。”法医戴上手套，从证据袋里拿出一个白金项链。

链坠是一个桃心的小盒子，上面镶了一圈钻，看上去十分名贵。

“这有什么？不就一项链吗?”

法医打开那个心形的小盒子。里面是一个漂亮女孩的照片。

“你能断定照片上的女孩是死者吗?”

“您可真逗！怎么可能是她？这妹妹你都不认识？林依呀？今天晚上刚在工体开了个人演唱会，这会儿正在网上和网友聊天呢。”法医说。

“林依是谁?”李立一脸茫然。

“嗨，看样子你是真被时代抛弃了。林依是影视歌巨星啊。死者看样子也是她的歌迷。”

“没想到你这么大岁数了还追星呢。”李立撇了撇嘴。

“那不能！我女儿追。满屋子贴的都是她的照片。”法医把项链收起来，“你说这林依也邪性了啊，跟咱们差不多岁数了吧，我记得我上初中时就听她的歌。现在也该快40了吧，还跟小姑娘似的。”

“啰唆。”李立有点烦了，“你就来和我说这个?”

“那当然不是。您知道这项链坠子在哪儿发现的?”

“脖子上？手心里？嘴里?”

“阴道里。”

“什么?”饶是李立什么怪异的事情都没少见，还是怀疑自己听错了。

“没错，生殖器里。”法医肯定地说。

“见鬼了。有性侵犯的痕迹吗？”

“没有。”

李立愣了一会儿，又摇了摇头，好像在否认自己的什么想法。

利用自己的身体藏毒，是贩毒分子经常使的一招。那么这个藏在蹊跷所在的链坠说明了什么呢？是怕被歹人抢走？是知道自己命将不保所以给警方留下一个线索？

无论如何，对被害人来说，这个链坠肯定有着非同寻常的意义。

几步开外的砖垛后面有个人影一闪。

“谁？”李立喝道。

那人蹒跚着朝救护车走去。

李立上去一扳那人肩膀：“站住！”

那人一回头，是看门的老爷子。“你说啥？”老爷子简直就是在喊。耳朵不好的人一般都这样。

“我说您干吗去呀老爷子？”李立也喊。

“我找我的猫。”

一只猫果然在围着救护车转圈，尾巴竖得老高。准是闻见味了。

第二天中午，《新报》的一个记者来到了什坊库教堂。

来人直奔看门大爷的门房。

一瓶二锅头，一条中南海烟，还有一斤猪头肉。

记者给老爷子把酒倒上。

“你想知道啥？”老头劈头就问。

“好老爷子，痛快！”来人说，“您都知道些啥？”

“我啥也不知道。这个破教堂谁都能进来，我不过是个摆设。”

“我不想知道别的，那是警察的事。我只想知道昨晚警察发现了什么？说了什么没有？”

“我倒听到他们说了几句话。”

“您看，我就知道嘛，您啥都能听见。”

“你说什么？”老头把手圈在耳后喊。

“我说您都听到什么了？”来人给逗乐了。

“他们在那女的×里发现了一个项链坠子。”

“呵，老爷子，您可真直白。”来人一愣，一是愣在老头子粗鲁，二是愣在这事太古怪。

“坠子里有一张照片。”

“谁的？”

听说是一个唱歌的，叫什么林一还是林二的。”

“嗷，那是林依。”

又是一个林依的追星族。

二

窗外的雪花飘得正紧。

低垂的铅灰的云层，渐渐变肥的白色的世界，以及还没被雪遮盖的五六十年代老建筑的红砖墙和干枯树梢的暖色。点一支烟，放一张自己喜欢的碟，在松节油的清香里涂抹一幅列维坦风格的雪景。这是《上京晚报》的记者文木想要的。

也就想想罢了。

一个小时以前，文木正缩在办公室的沙发上睡，觉得耳朵被人揪了。

文木一巴掌拍了过去："别闹了，再闹我跟你急啊。"

他以为是同屋的疯丫头晶晶。

打上去觉得不对，这手也忒糙点了。

"起来，臭小子，来活了。"是新闻部的主任王样。

"啥情况啊主任，您饶了我吧。"文木不情愿地坐起来。

"每次我过来，都看见你睡着，要么就在闲着。"

"光看见贼吃肉，没看见贼挨揍。我干活的时候您怎么看不见呢?"

"别贫了，找你有正经事。"主任在旁边的椅子上坐下来，掏出根"玉溪"，又递给文木一支，"给首长上根好的。"

"别别，首长一说好听的，就准没什么好事。"文木笑说。

"是这么回事。刚才的选题会，刘头说起一件事。新日新公司'新日新星'第四届全国选秀不是下礼拜就开始了么。刘头的意思，今年想就这事做一个大的主题策划，初步想把下周三的'娱乐周刊'八个版全拿出来，集中推出去，把'新日新星'二十年的历程做一个集中的梳理。刘头看上你了，想让你来牵头。"

"那哪成? 这是娱乐周刊齐兼他们的事，我怎么能往里掺乎?"文木一个劲摆手。

齐兼是新闻部娱乐组的头儿。

"齐兼不是跟《八卦》剧组去了云南了嘛，一个月才能回来。"

"不是还有晶晶他们嘛?"

"他们这帮刚毕业的孩子，做个小专访还行，这么大的事，我怕他们不行啊。"

"不行不行，我这么老大不小的了，去采一帮小歌星？您不知道，现在跑娱乐口的，都是像晶晶他们这一拨的哈韩族，染着黄毛，挂着狗链子，一说话‘哦哦啦啦’的，我去也不对路啊。”

“臭小子，你三十也还不到吧？敢在我面前装老？CNN的詹姆斯都快七十了吧？不照样和杰克逊斗嘴？那帮小歌星可以让晶晶他们几个去嘛，但林依的专访你要亲自去。”

旁边的晶晶听见了，在一旁起哄：“嗷嗷，欢迎大帅哥加入狗崽队！”

“看看，你还是有优势的嘛。采访女歌星，我们就需要你这样有经历的成熟帅哥。”

“呵呵，主任知道我不经夸啊。不过我们组还有几个大的选题都还没完呢。”

“嘿嘿，兼顾一下，能者多劳嘛。”主任拍拍文木肩膀。

“那我可不能白干啊主任。”文木笑着说，心想说了也白说，报社就这机制，你多干了也没什么好处。但要出了漏子，那就吃不了兜着走。

但不说出来又觉得憋屈。

“这个，我去和刘头争取，啊？”主任干笑着赶紧转移话题，“哎，听说你女朋友和林依长得挺像？”

文木还没说话，晶晶一把把话接下了：“那不是一般的像，是相当像！不但长得像，歌唱得还好呢。哎，木头，不如让你们家周恋去参加电视台的模仿秀吧？没准让哪个制作人给看上，再给包装一把，就成了名了呢。”

“就是就是。”主任老奸巨滑地笑着说，“哎，你是不是暗恋林依啊，所以才照着林依的模子找的周恋啊？这回正好给你一个与偶像促膝长谈的机会，你还得谢谢我呢。”

文木抬手把一个别针向晶晶扔过去，“去，小屁孩，你中了主任的奸计了！一提实质问题他就转移话题。主任，下回有什么好事，比如去维也纳采访新年音乐会什么的，你可得想着点我啊。”

文木是个对娱乐八卦没什么概念的人，没事的时候也就打打篮球，听听音乐，流行音乐以前听老狼，现在也就听听许巍。文木也泡论坛，但只泡几个军事和探险论坛，这里聚集了一拨喜欢刺激的年轻人。文木也是一个V族，他对都市探险的启蒙就是在这儿完成的。

接了“新日新星”这个选题，文木心里有些没底。以文木平日对娱乐圈浮皮潦草的了解，做这个主题策划简直有点老虎吃天，无从下嘴。“新日新星”是新日新传媒用了二十年时间打造的一个娱乐界神话，从成功推出林依后，其后每五年就推出一个新人，个顶个的都是娱乐界的风云人物。在这些大众文化的宠儿中，尤以林依风头最健，这个二十年前就已出道的昔日的“新日新星”（当然，那时候没叫新日新星呢），二十年积累的唱功和演技就不必说了，难得的是，这二十年的岁月风霜，在她身上好像竟没留下什么痕迹，依然是二十年前那个活泼可爱少女的样子。近年来各方面试图对这个奇迹解密的热情，甚至超过了对其演艺本身的关注。

资料室里除了那个戴着耳机听歌的管资料的小丫头外，就是文木了。空气里浮动着轻微的嗡嗡声，是电脑和暖风的声音，更显出窗外落雪的静。

面前堆着十几本书，有林依自己的图文写真《依然故我》，林依牵头著述的《青春宝典》一套十本，分为养颜、饮食、瘦身、冥思等卷，有关林依、“新日新星”和新日新传媒的各种专著，既有八卦猎奇的，也有旁征博引的专业探讨。有关的报刊就更不必说了，半人多高。打开google搜了一下，光有关林依的就有三万多条，这还没搜“新日新星”和新日新传媒呢。

晕！文木后悔接了这个活了。

文木到走廊里抽了根烟，两条腿再也不想踏进资料室半步了。

文木进了办公室。晶晶正聚精会神地修理自己的爪子。

“美女，帮我个忙？”文木说。

晶晶吓一哆嗦：“死木头，你吓死我了！我以为是主任呢。啥事啊？”

“跟我说说林依和新日新的事？资料太多了，脑袋都大了。”

“好啊好啊。”晶晶笑说。

“咱去资料室说吧，这儿一会一个电话的。”

“资料室？不去。”

“那去哪儿？要么就这儿凑合啦？”文木拉了把椅子凑过来。

“你真是木头啊？求人帮忙就这么混过去了？”晶晶乐得别有用心。

“好好，完了我请你吃饭。”

“干吗完了啊，饭桌上说吧？”

“行，你说去哪儿？咱这就走。”

“顺峰海鲜吧。”

“我顺风把你扔海里去喂海鲜！”文木给了她脑袋一下，“抢劫呀？”

“行了行了，我跟你走，就凭你的良心啦。反正我的帮助和价位是成正比的嘿嘿。”

“我今天带你去一个特别的地方，让你这个自以为时尚的小屁孩儿开开眼！”

“哈哈，你这根朽木头除了长点木耳，还能开什么花？”

“可有一点啊，咱们要走着去。”

“为什么？”

“那地方什么车都没有。”

三

已经是下午五点多了。冬天的天本来就短，临近傍晚，飘着雪花的天空更显得灰暗。今年的雪好大啊，人行道上的雪深及脚踝。文木突然萌发了童心，双脚呈八字往前走，身后留下一串长长的麦穗，引得一帮孩子嘻嘻哈哈地在后面学步。

“你将来一定会是个好父亲。”晶晶说。

“为什么？是因为我会走麦穗？”

“是因为你童心未泯呗，孩子都喜欢和他们真心玩的家长。”

说起将来的孩子，文木就想起来了，应该给周恋打个电话。

文木掏出电话，拨通了周恋的手机。

“恋恋，我今天晚上有点事，不回去吃饭了，你自己弄点吃的吧。”

“好吧，别回来太晚。”

“好吧，再见。”

晶晶扭头看了文木一眼，“就这样？”

“还会怎么样？都老夫老妻了。”文木说。

“哈，脸皮真厚。还没结婚呢就老夫老妻了。”

“切，那也没什么区别。再说，我们也快结婚了。”

“真的？什么时候？”

“过了春节，今年五一左右吧。”

文木觉得应该结婚了。和周恋处了三年，同居都快两年了，还不该结婚吗？可文木总觉得和周恋之间似乎一直隔着一层纸。这种感觉很怪，它并不是由什么具体事情引发的，也不是由冲突积怨而成，更不是互相没有感觉的冷淡。他们两个几乎是一见钟情，太有感觉了。

是一种心理的距离。

文木觉得他并不真的了解周恋。

刚认识的时候，文木总是乐于向周恋谈起自己的过去，曾经的那点可怜的荣耀是肯定要添油加醋大加渲染的，连自己的糗事，小时候的胡闹，他也会津津有味地说给周恋听。他也会不厌其烦地介绍自己的家人和朋友，并乐于把周恋引进自己的朋友圈子。但周恋对自己就不一样。周恋也说自己的过去，但是那种简历似的交代，在哪儿出生长大，在什么学校上的大学。也谈自己的父母，但也是简单得很，分明是没有想让文木了解自己的热情。

但是对于现在的工作和同事，周恋倒是事无巨细，什么都和文木说。

周恋好像是在躲着自己的过去。

当然每个人都是有隐私的，文木也会有一些事情不会告诉周恋，比如他以前的女朋友冉佳的事。但这种事是有选择的隐瞒。

而周恋不是，她似乎对自己过去的一切都存有一种戒心。

“哎，晶晶，你会和你的男朋友说起你的过去吗？我指的是甚至是一些鸡毛蒜皮的小事，比如你上幼儿园的时候玩的游戏什么的？”

“那看对谁啦，我交过好几个男朋友，我特别喜欢的，我就会和他说。感觉一般的，就不会，自己说着都觉得无聊。”晶晶撇了撇嘴。

“啊？是吗？”文木自失地一笑：难道周恋觉得我一般般？难道是我自我感觉太好了？

赤塔小区是上京开放后建成的第一片商品房小区，在当年是有名的富人区，许多演艺界的明星都是这里的第一批住户。当然，这里现在是破落了。而且，因为当年的设计和外装修都很没品位，所以败落得很没格调，像一个破产的暴发户，褪去簇新的衣装，复现出昔日的粗俗和浅薄。

正是下班的时候，风雪里的小区倒不寂寞。拎着大包小袋往家赶的人在呼啸的风里弓着身子急急地走，放了学的孩子大叫大嚷地打着雪仗，偶尔有骑车的人在雪地里摔倒，滚了一身的雪，却并不像平日似的又羞又恼，反而像孩子似的露出好玩的表情。

文木在路边的报亭买了张今天的《新报》。文木每天下班回家都要给周恋带一张《新报》，都成了习惯了。他知道今晚肯定回去的晚，索性先买了。

周恋是个挺小资的人，不看好莱坞大片，不看国产电视剧，不看文木他们的晚报，嫌俗。

《新报》是南方报业集团在上京投资办的一张报纸，格调很小资。

“去哪儿呀木头？这里有什么好玩的？”晶晶不解。

“别急，一会就到了。”文木的样子高深莫测。

进入小区深处，在五号楼和六号楼之间，两棵粗可合抱的大桐树下面，有一间孤零零的小房子，像地铁的入口。上面挂了一个牌子，白地红字写着：大新旅社。

“嘿嘿，死木头，你搞什么鬼？”晶晶笑得有点暧昧。

“不敢玩了？回去？”文木一脸正经。

“切，谁怕谁？”

大新旅社是个地下小旅馆，看样子是利用以前的战备防空洞改建的。

下了十几级水泥台阶，向右一拐，登记室里一个乱蓬蓬的脑袋伸了出来：“要房间吗？先这登记。”

“不要，找人。”文木说，脚下兀自没停。

除了浓重的霉味，地下二层还有一股饭菜的味道，窄窄的过道上居然有人点着炉子做饭。半开的门里，能看到卧在床上的人，有着蜡黄枯干的脸。小区旁边，有一家脑科医院，是全国最好的脑专科医院，旁边的小旅馆，多有外地在这里等床位的病人。

“木头，我越来越奇怪啦，咱们这是去哪儿呀？”

“嘿嘿，奇怪的你还没看到呢。”

“嘿嘿，逗我是吧？”晶晶好奇心来了。

越往前走越黑，两边的房间人越来越少，后来就都是没有门的水泥门洞了。头顶的日光灯明灭不定，两个人的影子晃晃悠悠投射在脏污的墙壁上，感觉像在梦境里。

文木从包里掏出一支大号的手电筒，打开开关：“就在这里了。”

是一个满是灰尘的大房间，八十平米左右，里面横七竖八地堆一些杂物，生锈的破床架子、露着弹簧的床垫子，没了抽屉的烂桌子，黑糊糊的破棉絮。不高的房顶上挂满了蛛网。

“这里是旅馆的库房。”文木把手电递给晶晶，“替我照着。”

文木奋力推开靠在墙上的一个床垫，后面是一扇绿漆斑驳的小铁门。文木从包里掏出一把钥匙，打开门，一股细细的粉尘夹着浓浓的霉味，呛得晶晶往后一躲。

“你怎么有这里的钥匙？这里是什么地方？”

“还记得我发的那篇采访市地空办的文章吗？我可是骨灰级的V族哪。这个门原来没有锁，是我给锁上的。”

“那你和‘探针’的那帮人熟吗？”

“不太熟。我们这帮人侧重于人文内容。”

“人家旅馆不管吗？”晶晶回头看了看。

“里面他们管不着，他们的地盘到此为止。”文木的手臂在房间里划了个半圆。

两个人进了洞，从里面把床垫子拉好，文木锁上了门，原来里面还有一套门链。

“欢迎来到上京的地下世界！在这里你将是一个没有任何背景的平面人。”文木压着嗓子瓮声瓮气地说。声音在地下巨大的空间里游走，一波一波的回声透出说不出的怪异。

“木头，你别吓我啊。现在我才发现我对你一点都不了解了，你要是一个坏蛋怎么办呢？”晶晶的声音有点颤。

“嘿嘿，人心隔肚皮，不好说耶。给你最后一个机会，现在你还可以选择退出。”

“就不退！跟你，我什么都认了。走吧。”晶晶左手一挽文木的胳膊，昂首就走。

“别别，这黑灯瞎火咱们孤男寡女的，这样不好吧嘿嘿。”文木的胳膊往回一缩。

“切！死木头你有点绅士风度好不好？保护女士难道不是男人的天职吗？如果你还是个男人的话。”

“啊啊。”

伸手不见五指的黑。

偶尔，从旁边的岔道里，远远地看到有一线虚虚的光。也不知是什么地方。

晶晶深一脚浅一脚，几乎是被文木拖着走。

文木不时停下来，用手电在墙上照来照去，嘴里嘟囔着一些听不明白的地名。

墙上有一些涂鸦，什么颜料都有，白粉笔、红漆、红砖、丙烯、颜料喷筒，是不同年代的东西。有年代久远的标语口号，像什么“深挖洞，广积粮，不称霸”，“备战备荒为人民”等等，有的是圈圈点点箭头乱指的路线图，还有一些充满暴力和色情意味的壁画。从这些内容和材料迥异的图像上看，自上世纪五六十年代，一直到本世纪初的现在，这里都有一些别有用心的人频繁出没。一般人走不到这儿，风吹不着雨淋不着，所以，历史在此竟无意中躲过了有意的篡改，也躲过了岁月的侵蚀，呈现出一种粗粝的原始的真实。

突然，一阵轰轰隆隆的巨响传来，震得地面都在颤抖。等声音远远地去了，晶晶才问，“什么声音？”

“那是一线地铁。咱们现在的位置，大概是在天泉站附近。”文木说。

又往前走了大概十分钟的样子。

文木用手电照着墙上的一堆乱七八糟的记号：“咱们就快到了。从这儿往左，能通到美术馆后院，从一个管道竖井可以上去。往右，走十分钟就可以到美联商场的地下三层车库，就是你们经常去逛的那家。”

“哇，你太酷了木头。这底下的所有地方你都门清吧？”

“我？我到过的地方都不足二十分之一。上次市地空办的普查，有百分之三十的数字都是估计的。那些明清两代的地下排水排污管道，大部分至今还没有人敢进去。”

说话间两人已来到一个所在。是一个大厅，估计有两个足球场大小，中间等距排列着三排粗大的水泥柱子，每排八个，想来是用来支撑洞顶的。这里的光线已经比较明亮了，洞顶和墙上有一些黄黄的白炽灯和灯管，空气也好得多，可能在什么地方有和地面通风的地方。

里面居然人来人往的挺热闹。靠墙的地方有几个大汽油桶，蹿着红红的火苗，一些人聚在旁边聊天，抽烟，有的人干脆就是发呆。

有点像美国大城市里的黑人或拉丁区的街头场景。

“这里是一个上京流浪艺术家部落，看那边，‘秀石酒吧’，那是这里的核心，是主要的聚会场所，周围的这些小馆子、小卖部，都是沾了它的光。”文木边走边介绍。

“怪不得来来往往的人都和一般人不一样，原来都是艺术家啊。”

“也是泥沙俱下，什么人都有，不过基本上还是以向往艺术的艺术青年居多。”文木说，“这周围有很多空的房间，或者叫洞，就是这些没有钱的文艺青年的栖身之所，至少可以遮风挡雨。有些人画卖出去了，或者剧本卖出去了，有了点钱，搬走了。等钱花光了，就再回来。”

“我的天，我怎么就不知道上京的地下还有这么一个地方?”晶晶像看见了外星人。

“那不奇怪，城市只是冰山浮在水面以上的部分，下面的世界大着呢。V族里有句行话，叫“上面有多高，下面就有多深”。除了圈子里的人，我估计这个城市知道这个地方的不会超过100人。这里还有一个好听的名字，叫洗衣船。”文木说。

“好奇怪啊，什么意思呢?”

“洗衣船是巴黎蒙特马特高地的一个地名。20世纪初，那个曾经以巴黎公社著名的地方聚集了来自世界各地的一大批流浪艺术家，里面有后来很多大师级的人物，像毕加索、马奈、郁特里罗、莫迪里阿尼等等，都是一张画能拍出上千万美元的主儿，当然，这是现在的价了。那时候，他们经常连填饱肚子都成问题，买一个面包的法郎就能收他们一张画，还像恩赐似的。”

“哈哈，这里将来没准也能出几个大师?”

“很难说啊，这里的确有一些很有才华的人。”

“秀石”酒吧的陈设非常朴素随意，既没有铺张的奢华，也没有刻意追求格调的做作。晚上七点，里面的客人还比较少，离乐队的表演也还有两个小时，店里飘荡着若有若无的爵士乐。两人找了张桌子落座，点了两份红酒牛肉饭，几样小吃，几瓶啤酒。

“好啦，我的节目完了，该你了。”文木往后舒服地一靠。

“我什么节目？我就吃呗喝啊，嘻嘻。”

“好啊，那我一会就把你一个人扔在这儿，你就一个人去对付一帮疯子吧。”

“知道知道，不就新日新那点子事嘛？你问吧。”

“我知道问还找你？你就说到哪儿算哪儿吧。”

“从哪儿说起呢?这么说吧。从前有一个屠户，叫姜浩。这个姜浩从杀猪起家，慢慢地积聚财富，后来开始做肉食品加工，再后来进入饮料、食品生产行业，然后涉足建材、房地产，是中国第一批在股市和期货市场折腾的人。这个姜浩，就是现在新日新集团的老总姜浩。”晶晶挺为难的样子，显然她也不知道该从哪儿下嘴，因为知道得太多。

“你是说姜浩真的是杀猪起家?”

“那有什么?底层有很多很聪明的人啊，只是受环境的限制没有施展余地罢了。《红楼梦》里不是说嘛，天地之灵气，若赋身于富贵之家，则为帝王公卿、鸿儒国士，若生于寒门小户，也断不会甘心委身于引车卖浆之流，必为名伶、为巨贾、为巧匠。据说这个姜浩十分铁腕冷血，有钱人的许多奢侈的嗜好，像什么豪赌、在明星身上烧钱、玩高尔夫，他都没有兴趣。只有一样，养名种赛马，据说他的马，连国家马术队的都没法比。而且，要是哪匹马他不喜欢了，或是伤了有了瑕疵，他会亲自动手，哧——”晶晶在脖子上比画了一下。

“行啊晶晶，看不出来呀。”

“哼，小看人！衣帽取人了吧？二十年前，新日新集团开始进军娱乐行业，他们包装的第一个成功的艺人就是林依。从此，新日新每隔五年，就要进行一次一个叫‘新日新星’的大型选秀，到目前已进行了三届，今年是第四届。林依先不说，黄季、袁南南、那蓝，这三届新日新星的得主，现在哪一个不是娱乐界的大腕？”

“新日新传媒做到现在这个样子，背后必有高人吧？”

“是啊，姜浩虽然聪明，但毕竟对娱乐业当时不太了解，于是就从汉娱传媒挖来了汉娱的艺术总监司马渐江，来做新日新的老总。发现、包装林依，策划新日新星的选秀，据说都是司马的创意。”晶晶灌了一口啤酒，“现在的新日新传媒可了不得了，影视、唱片、巡演、艺人经纪、出版、大型演唱会和各种文艺活动，摊子大得很，司马的话说就是，新日新就是要盘活中国的娱乐资源。从海南楼市泡沫崩溃后，新日新传媒已经成了集团的主业，是姜浩的心尖子和命根子，据说年底就要上市呢。”

“听起来就是一个神话嘛。”

“如果说新日新传媒是一个神话，那么林依就是神话中的公主。据说林依当年就是重庆一个小酒吧里的一个驻唱歌手，被新日新发现了，大把的钱砸进去，又请了台湾柱石级的词曲大师大虫助力，现在已是顶着国际巨星的光环了。”

“林依的歌和演技到底如何，我还真没怎样听过看过。”

“要说也算不上太突出，能把别人落下一大截子。但是盛名之下，这些都不是最重要的了。阴影固然可以遮丑，强烈的光芒也可以，甚至更有效。你没去现场看过林依的演唱会，七八万人一起喊一个人的名字，那场面只能用疯狂来形容，唱什么已经不重要了。在现在这个社会，估计只有宗教才会引发这样的狂热。也确实有人称林依为玉女教主。”

“据说现在大家最关心的是林依的青春永驻之谜?”

“是啊，林依18岁出道，现在怎么着也该三十七八岁了吧？可你看她像吗?”

“那真不像。好像还是一副高中女生的样子。”

“我才21岁呀，她看上去比我还小，真让人不平衡。有人说她每年要进行十几次整容，可以和杰克逊一比了。有人说她每周要专机飞到瑞士做两天的美容保养。还有人说，林依有一个几十人的保健班子，都是目前国内外各方面顶尖的专家，比国家领导人的保健班子都要豪华。说其中有一个十几代中医世家的老先生，历代都是皇家御医，手里有一套不老秘方。还有比这更邪乎的，多了去了。”

“林依倒好像挺自爱的，没像其他新日新星似的，乱七八糟?”

“那倒是。林依既不抽烟，又不酗酒，更不沾毒品，自出道以来从没传过大的绯闻，而且历来坚称这辈子永不结婚。这可能也是二十年来歌迷一直狂热的原因之一。不过，前天，《上京晨报》的记者偷拍到了她和一个帅哥的照片，两个人看上去很亲密。这可是破天荒的头一次，这两天网上她的粉丝都疯了。但林依方面到现在一直没有人出来回应。”

“不会是炒作吧?”

“林依的声名还用炒作吗？如果那个男人是演艺界的人，借林炒作倒有可能，但这人不是这圈里的人。”

“也许你们不认识呢？”

“只要他露过脸，跑这口的总有人认识他。除了他什么都没演过，但他也不像是在校的学生啊。”

“听说今年新日新星的选秀报名在重庆赛区出了事？”

“是啊，今年是这些年来规模最大的一次，去年全国是十个赛区，今年是十五个。重庆赛区因为是林依的故乡，报名第二天林依去现场助兴，结果疯狂的歌迷和报名者一下子乱了，发生了严重的踩踏事故，八个人受了重伤，轻伤者不计其数。”

“真是让人琢磨不透啊，这些人是怎么想的啊。”

“你没信仰呗，所以理解不了这种迷狂呗。”

“切，不就一唱歌的吗？至于？”

“要么怎么说是代沟呢？”

酒吧里的人渐渐多起来。晶晶扑哧乐了。

“怎么啦，看见什么了？”文木顺着晶晶的视线看过去。

“没什么没什么，我突然想起了一个相声里说的，现在的艺术家，要么是光头，要么是胡子。”

光头和胡子还就是多。

四

到家的时候，已经快夜里十二点了。

文木尽量轻地推开门，厅里灯光昏暗，电视开着。听到开门声，周恋从沙发上坐了起来。

是一个二十三四岁的女孩子，娇小丰满，浓密柔顺的黑发随便地绾在脑后。五官清秀，唇线尤其清晰柔媚，笑起来一定有一种销魂蚀骨的风情。但那双略微凹进去的眼睛里，却有着一种不易觉察的、和这个年龄不相称的忧伤。

周恋的眼神，是世界上最奇妙的东西，深的时候如幽谷静潭，似乎沉积着千百年的往事和忧伤，水面雾气浮动，聚散无踪。浅的时候一片明丽，净无纤尘，如拂面春风。

文木当年，一不留神，就滑进了周恋的眼神里去了。

这会儿的周恋有点神不守舍，眼睛里有一层漂移不定的雾气。

梦还没醒呢，我把人吵醒了，文木想。

“恋恋，你怎么还没睡?”

“等你呢，没想到就在沙发上睡着了。”

文木把包挂起来，换上家居的衣服，打开了厅里的灯。

这是一套三室两厅的房子，120平米左右的样子，大面积的原木的暖色为主，点缀着不锈钢和玻璃的冷色，墙上挂着文木自己的油画作品，大多是肆意挥洒的抽象风景，也有几张小幅的静物和周恋的头像。

文木的父亲原是市建筑研究院的一名工程师，后来辞职和几个人合伙开了一家建筑师事务所，这些年倒真是赚了不少钱。这套房子就是他送给文木结婚的新房。周恋是学外语的，在一家跨国大公司做文员，本来也有自己的一套两居室，和文木好了后就搬了过来。自己的那套房子，给自己的父母住了。老两口也只是在气候好的时候来住一段时间，说是受不了大城市人多的乱，还是自己的家，南方的一个小县城住着舒服。这不，春节快到了，老两口不愿意在上京过“没一点年味的年”，就又回去了。

回去就回去了。周恋和自己的父母，关系也就是淡淡的。

“我八点多的时候往家打了个电话，你不在家。”文木说。

“嗷，我出去了，去见一个朋友。”周恋懒懒地说。

“谁啊？我认识吗？”文木故意逗她。

“一个外地的同学，你没见过。”

“啊。”其实文木早习惯了，周恋一直都是这样，不爱谈自己的过去。

文木走到厨房，给自己倒了杯水，看到餐桌上半碗没吃完的方便面。

“恋恋，你没在外面吃完饭再回来？”

“嗨，我被同学放鸽子了，约的好好的居然没去，电话也联系不上。”

“那我再用青菜给你煮碗面吧，昨天切好的肉还没用完吧？吃方便面哪行？”

“不用了，睡之前吃东西不舒服。”

文木把《新报》递给周恋：“报纸。”

周恋似乎是本能地往后一躲，眼里掠过一丝惊惧之色，好像文木手里不是一张报纸，而是条咝咝吐着毒芯的眼镜蛇。

“你怎么啦？”文木不解。

“没什么。报纸我今天自己买了。怕你回来得晚。”周恋明显在掩饰着什么。

文木摸了摸周恋的脑门，又用嘴唇试了试，感觉有点热，“你好像有点热？”

“没事，是因为你刚从外面回来。”

“那你早点睡吧。”文木弯腰把周恋从沙发上抄起来，抱进卧室。

文木给周恋盖好被子，打开加湿器，在她脑门上吻了一下：

“夜里不舒服就叫我。”

文木刚转身要出去，周恋在后面叫道：“木木。”

“怎么啦宝贝？”文木转身看着周恋。周恋的眼神好奇怪。

文木已经有好一段时间没看到周恋的这种眼神了。那还是两人热恋的时候，每次见面分手的时候，周恋就会用这种依依不舍的眼光看着他，轻轻咬着下唇，眼睛里湿湿的，眉梢却挂着浅浅的笑。每次文木心里都会感觉一种隐隐的痛，可分明又是甜甜的。每次文木也总会跑回去，再一次把她紧紧拥在怀里。

同居也是从有了这种难舍难分的感觉开始的。

“没什么，就想看看你。”周恋的轻笑还是能让文木迷醉。

“傻孩子，乖乖睡吧。”文木在周恋的唇上吻了一下，随手关了灯。

文木觉得周恋今天有点不寻常。可这也不是第一次了。周恋是个非常敏感的人，甚至有点喜怒无常，有时候有点霸道，但文木一般都包容了，男人嘛。宽厚是文木天性，并不是他要硬充有风度，就像醋劲大也是他的天性一样。文木的前女友冉佳，就是因为受不了文木无处不在的醋劲，最后和他分手了。

文木的画室兼书房非常凌乱，书籍、画册、报刊杂志扔得到处都是，巨大的油画架子和放颜料的小推车正矗在房间中间，星星点点的油画颜料随处可见，屋里常年弥漫着一股松节油和颜料味。用周恋的话说，这里像刚遭了抢劫似的。

文木在画架子前呆坐了半晌，看着那幅已停了两个多月的画，仍是没什么感觉。他打开电脑，进了几个军事论坛转了转，也没发现有什么新鲜有趣的话题。

他点开了QQ。

那个叫“鱼知水”的朋友正好在线上。

文木和鱼知水是在半年前一个军事论坛上认识的。当时文木在上面发了一篇文章，介绍了新发现的一个清代地下水牢的情况。鱼知水出现了。鱼知水在跟帖里说，自己刚从巴黎留学回来，巴黎也有一个十分神秘的地下世界，并引用了法国著名摄影家帕特里克的一句话，“在这里，有一种双重生活的感觉。”后来，鱼知水还发来了几张帕特里克有关巴黎地下世界的摄影作品。

两个人逐渐成了朋友。

文木的网名叫“草衣蚊”，鱼知水开玩笑地说，小心哦，在食物链上，我正好在你的上一环，孑孓是鱼的食物之一哦。

凭感觉，文木觉得鱼知水是个女孩。也知道两个人在同一个城市。

但两人都没有要见面的意思。也许，人有时候需要这种背对背的交流。

鱼知水带来了一个消息。

“探针”俱乐部已经探过了什坊库教堂了。

草衣蚊：他们怎么进去的？上礼拜我们去过，已经有人看起来了，看门的不让我们进去。

鱼知水：要么怎么说秀才造反，三年不成呢。人家可没那么老实，半夜翻墙进去的。

草衣蚊：有什么新发现没有？网上没见他们说什么呀。

鱼知水：他们不方便说，他们在里面发现了一具死尸，刚死不久的，警方介入了，不让他们乱说。

草衣蚊：那你怎么知道？和他们熟？

鱼知水：打过交道，他们的网页是我给设计的。

草衣蚊：可惜，让他们占了先了。

鱼知水：最近忙什么呢？有日子没见你上来了。

草衣蚊：状态不怎么好。瞎忙，一堆的烂事，一点成就感都没有。

鱼知水：人这辈子就这么回事，凡事往开处想，想太多没有用。

草衣蚊：是啊，吃饱了没理想。

鱼知水：哈哈，这话听着熟。

草衣蚊：不是名人名言。我还有一句，活着没劲，死了可惜。

鱼知水：哈哈哈。狂笑。

草衣蚊：咋的啦？

鱼知水：没什么。我喜欢躲在暗处看别人。

文木觉得鱼知水今天有点莫名其妙。

文木关灯出了画室，看见对面周恋的书房里还闪着淡青色的荧光，知道她又忘记关电脑了。

文木打着哈欠走了进去，摸索着按亮台灯。

周恋是个虔诚的佛教徒。

笃信宗教的人，大多都是有太多故事的人。

每个月的第一个周日，周恋都要去位于西郊砚山里的碧落庵去进香。有那么一两次，许是好奇，也许是无聊了想出去散散闷气，文木向周恋提出：我跟你去进香吧。周恋先是嘻嘻哈哈地推托，说，人家一个尼姑庵，女孩子家的清静之地，你这么一个须眉浊物去了，岂不是污了人家的地方，没的招人讨厌。文木就辩解，说现在都什么年代了，连少林寺都出面搞功夫海选了，哪里还会有这样保守的地方。后来，周恋就正色说，好吧，你要跟我去可以，但要先皈依我佛，要真心，不能说说而已。

文木是个怀疑主义者，从来不盲从任何人任何学派，上大学的时候，他甚至狂得想建立自己的本体论和认识论，自成一家学说。当然，现在他已没有了少年时代追求知识的激情了。但他再俗，也断断不会仅仅为了讨好女人，就轻易为自己选择一种信仰。

但是讨好女朋友的信仰，还是没有问题的。

周恋书房里摆的这尊高80公分的观音坐像，就是文木花了五万块钱从云南请回来的。坐像由一整块玉雕成，形态生动，雕工精细，而且，玉色纯白。据看见过的行家说，这种纯白的玉是一种罕见的品相，一般的白玉，要么透着黄绿，要么透着淡赭，单看不容易发现，放在一起比一比，成色高低立见高下。

装修的时候，文木特意让老爸公司的设计师在书房里设计了一个柚木佛龛，把观音坐像恭恭敬敬地摆了进去。

佛龛前一架红木几案，一炉，一瓶，一盘。

文木的爷爷，是上世纪30年代天津卫码头有名有姓的四少之一，炉是他留下来的唯一的一件古董，真正的宣德炉。

瓶和盘是捷克的水晶花瓶和果盘。除了每天早晚两次香，花瓶里的鲜花每日一换。周恋对这个很在意，花香要清淡，一般是白色的莲、马蹄莲或玫瑰，或者是郊外带回来的一束绿色的麦穗。鲜果或是佛手柑，或是一枚白色的香瓜、几粒新杏。

周恋的书房整洁、干净，有一股细细的清香，让人有一种空山新雨后的感觉。

关了电脑，文木发现桌上有一张今天的《新报》，翻开的那一页正是法治版。

右下角的一篇短文吸引了文木的目光。这篇文章的位置虽然偏下，标题却十分耸人听闻，直把头条的风头都抢了。主题是：百年教堂惊现毁容女尸。副题是：镶有林依头像的钻石链坠在死者生殖器内被发现。

文木仔细读了一遍，发现就是刚才鱼知水说的那件事情，只是更细，说女尸的脸被利器划得面目全非。更匪夷所思的是，在死者的阴道里发现了一个镶嵌着名贵钻石的链坠，里面竟有一张袖珍的大明星林依的头像。

报纸上面点点画画，东一个，西一处，写了一些字和短句，有中文的，也有英文的，是周恋清秀的笔迹。

一边打电话，一边在手边的随便什么纸上乱画。这是周恋平日的习惯。

不光是打电话的时候。周恋大概属于那种有书写癖的人，经常随手在手边的东西上写下一些只言片语，一段情绪，一点感受，或是觉得说得很好的别人的话，却并不记在正经的本子上，只是兴之所至，顺手写在手边的东西上，报纸上，杂志上，唱片的封套上，水电费的收据上，甚至鞋盒子上。

经常有惊人之语。

文木觉得，周恋不写作，真是有点可惜了。

所以，文木今天也没在意周恋在报纸上到底写了什么，将报纸往垃圾桶里随手一扔，就睡去了。

五

雪在午夜之后悄悄地停了，似乎受到了什么惊吓。最后几片雪花，从云缝里抖抖颤颤地撒下来。先前暗黑浓重的云层，渐渐透出些灰白的颜色。

东北风一阵强似一阵，云朵向正南方向涌去，像被狼驱赶着的羊群，叠压着，冲撞着，慌不择路。

几乎也就是一顿饭的工夫。失去了水分的云朵，似乎被吸进了一个巨大的口袋，消失得无影无踪。

午夜的天空幽蓝幽蓝。

一钩弯月，随着云层渐薄、渐少直至消失于无形，由苍白，而淡黄，最后成了金黄金黄的颜色。

真是奇异的天象。

奇异的还不只是天象。在午夜，什么奇异的事情都可能发生。只是，躲进屋子里熟睡的人们不知道罢了。

上京在解放初期发现了铜矿。几十年的粗放式开采，尤其是近几十年个体小矿打着各种名正言顺的幌子滥采滥挖，矿脉越来越薄，近年已经没人干这种营生了。

上京周边的砚山山脉已是满目创痍，到处是废弃的矿洞。这些矿洞和地下暗河、几十年前的战备防空洞、历代城市的排水排污系统、城市的电力、煤气、通讯光缆、自来水的地下管道系统，存在着许多四通八达不为人知的联系，聚集着不被现代都市文明认同或者不愿认同腐烂的城市文明的边缘人群，并因为生存方式和受教育程度的不同，逐渐分化成不同的群落，构成了上京神秘的地下王国里光怪陆离的奇特景观。

一道雪亮的光柱，如传说中的巨灵之剑，从废弃多年的宋家河乡铜矿的主矿洞中激射而出，使银粉般无处不在的月光颜色顿失。伴随着一阵时急时徐的机器的低吼，一辆钢蓝色的本田NSRPGM—4一头撞了出来。

男人一个转向急刹，车轮飙起了漫天的雪尘。

这是一辆足以激发每一个男人心底野性的真正的公路赛战车。水冷二冲程V2汽缸、盒式排挡箱、倾斜式TBS活塞化油器、PRO-ARM单边摇臂、干式离合器、加强铝合金车架、口径17MM机枪排气管、16兆行车电脑、插卡式启动器、液晶显示仪表，排气量249CC，最大马力45匹，极速180KM。

男人一身黑色的赛车服，意大利BIEFFE U型护颚全盔。钢蓝色的风镜在月光下闪着冰冷的寒光。

“夜叉，快点！“男人一声低吼。

一条黑色的巨犬从洞里应声而出。真是一条好狗，从头到脚，全身黢黑，嘴大，腰细，腿长，大小高低与一只成年黑豹相当，尤其那一双绿莹莹的眼睛，犀利如刀，令人心为之寒，魂为之夺。

一人，一车，一犬，在一望无际的雪野上，金色的月亮下，飞。

“大漠沙如雪，燕山月似钩。何当金络脑，快走踏清秋。”男人的心里，涌出了恍若隔世般的快意。真想就这么永远走下去啊，脚下的路，永远没有尽头才好。但他知道，这只是自己瞬间的逃避罢了。如果无法找到她，驱除心魔，打开灵魂深处那个苦涩的心结，他是不会有真正的平静和轻松的。狂热的信徒往往用苦修和自虐来对抗心魔。可是，这几十年的非人的折磨，根本不是那些所谓的苦修者可以比肩的。

他不是仍然日夜在炼狱中挣扎吗？

他很清楚，她是他唯一的解毒剂。

驱除心魔的最根本的方法，就是和心魔同归于尽。

心死。

八里坟是南城四环附近的一片老城区，破败肮脏，像上京身上的一块破补丁。为了建三年后亚运会的场馆，这里已经被拆得一片残垣断壁。呼啸的北风抽打着几棵孤零零的老枣树，在粗硬的枝干上摩擦出嗖嗖的尖啸。远处有野猫凄凉的哀鸣，像噩梦里惊醒的孩子的哭。三两只野狗不知从雪地里拽出了什么，呜呜哇哇地抢成一团。

男人在一片稍为平整的空地上下了车，摘下背囊，从里面掏出可拆装的风筝，三下五除二就给装上了，手脚麻利，干净利索。

夜叉静静地蹲在他身边，不时警觉地扭一下头。

五个宽近两米的白色巨型三角翼组成的风筝，在粗粝的寒风里徐徐飘升，呼啦呼啦地撕扯着冷得呛人的空气，渐行渐远。

巨大的升力，通过细细的风筝线拖拽着男人的手，他觉得手中的线越变越粗，强壮的腕、肘和肩关节甚至被拽得咔咔作响。

有那么一瞬间，男人甚至感到脚下积雪的土地像汹涌的波涛，一波强似一波的浮力，把他整个变成了一粒弹兜里的弹丸，随时都可能激射而出。此时的天空，是一个旋转着蓝色黏液的无底黑洞，男人觉得自己内心深处的恐惧，已经一路号叫着先于自己被吸进去了。

内心是一种被掏空的感觉。

像一株失去了穗子和水分的玉米，孤独地站在子夜的雪地里。

风筝穿过空气对流强烈的区域，进入清寂的高空，像一串南飞的雁群，挂在西天的下弦月下，飘摇不定。

是童话里的梦境。

顺着手中那根细细的线，男人的灵魂，开始缓慢地向上游走。

他感觉到了线的冰凉和颤动，宛如儿时在两棵树之间走绳子，只是比走绳子更为艰难。他感到风的质感，像布满了无数细针的棒槌，直通通地杵进嘴里，令他呼吸困难，几乎连思维都停止了。

男人看到下面的雪地上，自己和夜叉像两块黑色的石头。

男人终于和五个风筝融为一体，变成了游弋在城市上空的五只巨眼。

他觉得，月亮的光芒是有温度的。

上京盆地就在自己的下面，巨大的城市此时像极了一堆散乱的积木，有灯光的道路像闪光的河流，蜿蜒曲折，时断时续。他不知道，究竟顺着哪条河走，才能找到她。

你到底在哪儿呢?

但他知道，她肯定就在下面的这个城市里，在这个盛满了各种欲望的城市的某个角落里。

他能感到她的心在哭泣中滴血。

儿女情长，去而顿远。英雄侠骨，炼而弥坚。他想起她多年前劝自己的话。

可我不是英雄。

我只是一个为情所苦的平凡的男人。

六

文木醒来的时候已是上午十点了。天空不知什么时候已经放晴，强烈的光线透过没拉严的窗帘的缝隙射进来，让刚睁开眼的文木很不适应，竟恍恍惚惚有了一种身在盛夏的感觉。

是雪地的反光，让冬日的光线有了不该有的强烈。

周恋已经出门了。周恋是朝九晚五的上班族，不像文木，有这样可以睡到太阳晒屁股的福气。

起来又磨蹭了一会儿，文木为自己煮了一碗面，连早饭带中饭一起草草打发了。十二点，文木钻进自己的那辆银灰色的福特翼虎，急火火地上路了。

今天下午一点半，林依和司马渐江要在林依的豪宅接受市电视台和晚报、晨报的联合采访。

文木先去晶晶家接上了晶晶。

一上车，晶晶就摆开了那套从不离身的化妆家伙，开始描眉画眼。

“今天又不是去撬帅哥的嘴，你这么紧张干吗?”

“可我和帅哥一起出门呀，总不能像烧火丫头似的吧?”

“嘴真甜，吃什么啦。”

“什么呀，人家连早饭还没吃呢。刚起来嘿嘿。”

“那先找个地儿你吃点东西吧?”文木一边开车，一边在路两边左右乱瞄。

“不用了不用了，来不及了。哎，我刚才在网上看见一帖子，还有照片，好奇怪啊。”晶晶是那种“虫”级的网民，每天早晨一起来，脸不洗，牙不刷，先要上网上遛一圈。有点像老烟民的“抬头瘾”——从枕头上一抬头，先来一根。

“现在全国人民好像都特爱搞怪，什么白菜姐姐、腊月妹妹、猪舍男生、狗窝小丫，锯珠穆朗玛峰，填亚得里亚海，股市指数不长，白痴指数倒长得噌噌的。”文木撇嘴。

“看看，老了吧，这看不惯那看不惯的，九斤老太似的。”

“耶，不软哪，还知道九斤老太呢。”

“那当然！我们中学的一个语文老师，用陕西话学九斤老太说话：一代不如一代，我是活够了。三文钱一个钉，从前的钉，这样的吗？哈哈哈哈，我一辈子都忘不了！”晶晶的嘴里蹦出了闷闷的陕西话，把文木也给乐喷了。

“不过我看的那个帖子，不是那种搞笑的怪，挺诡异的。”

“说的什么？”

“说是昨天夜里一点多，有人在南城的天上看到了一串风筝。”

“那有什么，人家就乐意半夜放呗。”

“要是夏天夜里，热得睡不着去放风筝，还有点靠谱——那也不靠谱！何况现在，滴水成冰的。”

“这事我也听说了，前天夜里，也是差不多那个点，不过是在城北，五个三角翼一串。”

“对对，没错！那哥们还拍了张照片，五个一串，就在月亮下面，特别诡异。”

“不会是云彩吧？”

“你见过天上什么都没有，蓝幽幽的，五朵云彩排着队在月亮下面挂着吗？”

文木给逗乐了；“动画片里见过，地上还有两头小猪哼哼哼呢。”

“有一个人的跟帖更邪门，说这是传说中的十大恐怖天象之一，叫什么悬天幡，是一种大气现象，根本不是什么风筝。历史上每次出现，来年不是天灾就是瘟疫，死人多得都来不及埋，是老天在收人呢。”

“哈哈，又是大气现象，又是老天收人，这哥们倒是把科学和迷信融会贯通了。”

“什么叫迷信？啊，人类解释不了的现象就叫迷信?！典型的懒汉哲学。”

出了五环，沿601国道西行60公里，视野渐渐开阔。北面砚山山脉峰峦起伏，连绵不绝，往南一片大水，烟波浩淼，无边无际，视线似乎难以找到落脚的地方。这就是成于上世纪70年代的砚山水库，号称北中国最大的人工水面。

“火枫小筑”是一片欧式独栋别墅群，名字有浓郁的中国古典意境，但却是一派典型的欧洲后现代风格。别墅依山而建，向南一箭之地，便是水库雪白的沙滩。当然，沙滩是人工的，小区三通一平的时候，承建方在水库原来的泥滩上铺上了上百吨从海边拉来的白沙。

火枫青山，白沙碧水。这也是火枫小筑当年的卖点之一。

房子已经有了些年头了。墙上的长春藤密如罗网，根部已经粗如儿臂。建筑外观褪去了簇新的颜色，透出些微沧桑，反倒有了一份从容和优雅。

纵然文木有思想准备——早知道林依和周恋长得有点像，真的见到林依的真人的时候，还是不由得吃了一惊。像，真是像。要说两人是一母同胞，估计不会有什么人怀疑。

当然，天下长得像的人多了。文木他们报社就有一个同事，长得巨像关牧村。他们常开玩笑说，要是她去采访关牧村，两人一打照面，接着准会同时失声尖叫一声“啊也”，接着向后便倒。

但是稍微细点观察，两人的区别还是很大的。

相比之下，周恋要显得大得多，完全是一种成熟女人的风韵，虽然实际年龄林依要比周恋大很多。

周恋已经是够显小的了，看上去是二十三四岁的样子，其实周恋今年已经是二十八岁了。但林依更夸张，以她三十七八岁的高龄，却完全是一派二十岁左右的大一女生的样子，天然，清纯，一杯清水的感觉。

文木自认为看女孩子的眼光很毒。但他不得不承认，即便他刻意去很审慎地寻找林依在言行举止上做作的蛛丝马迹，仍然还是没发现任何破绽。

她是怎么做到的？现代美容、整容技术即使再发达，传统养颜秘方再神奇，也都只能在肉体上留住青春的外观，就像放在冷库里保鲜的苹果，外面可以依然光鲜，果肉却不复有鲜果的香味。

而这内在的一派天真烂漫，是如何逃脱了岁月无情的剥蚀的呢？特别是在这个充满了欲望和阴谋的名利场中？

当然有例外，极鲜见的例外。比如，被称为“永远的公主”的赫本。文木还认识一位老画家，老头子七十多岁了，头发白得一根不剩，但那份发自内心的赤子情怀，无一点矫情，无一丝做作，几乎可以在半分钟里感动任何和他接触的人。

这类人是上帝的宠儿，真正的白玉无瑕。

还有一种情形，是完全靠后天的修养而成，但绝非一日之功。

林依显然不可能属于后者。别的不说，只那份必须的心灵的宁静，就是身在江湖的林依做不到的。她只能是前者。

在演艺圈里，一百年也未必出得了一个。

赫本之后，还有来者吗？

从内在气质上看，周恋和林依也属于两个类型，周恋是属于娇憨可爱型的，有一点孩子气，一点任性。而林依则是那种恬静柔美的乖乖女。

当然，这也就是文木才能感觉得出来。这种感觉建立在终日和周恋的相处上，太熟悉了。

电视台和晨报的人已经先到了，电视台的几个人忙着布灯、架机器，其他人喝茶、闲聊，在厅里溜达着闲看小摆设。

看看差不多都布置停当了，司马渐江先开了口：“怎么着几位，咱们是随便聊，还是你们来问?”

司马的样子也出乎文木的猜想。从司马这些年在圈里呼风唤雨的经历猜想，文木来前觉得，他应该是个精干、瘦削，外表亲和而内藏城府的中年男人。这样的猜想当然也有望文生义的因素，因为有一位国画家也叫渐江，是文木喜欢的一位清代画僧，画风高古、清寂，锐气内敛。

眼前的司马却是一个五十多岁的胖老头，谢顶，脸色虚黄，眼神混浊，倒像是机关里的一个小官僚。

人不可貌相啊。

文木以前对娱乐圈不了解，来前虽然有个采访提纲，但想先听听。晶晶见文木没动静，也不敢开口。

晨报的人明摆着是冲着那张偷拍的照片来的，但人家老总在这儿坐着，也不好意思一上来就抢八卦。

电视台那几位，也是抱着葫芦不开口。开口也不知道会蹦出来什么。有一次文木和他们一个栏目合作一个节目，去采访一个老艺术家，那哥们把麦克给老爷子别好后劈头就说，你给我们讲讲生动的故事吧！老爷子当时差点没后仰过去：我没什么生动的故事！你们都这么采访吗?!

司马是何等人，见大伙都没动静，微微一笑：“要不我先把新日新星海选的面上的最新进展先向诸位介绍一下?”

司马一开口说事，刚才留给文木的那种平庸、甚至有点猥琐的印象，在文木的脑海里立刻一扫而光。

思维清晰，重点突出，该轻的轻，该重的重，词锋凌厉，谈吐不俗。果然是个厉害角色。

“社会上对新日新星选秀一直有反对的声音，尤其是前不久重庆赛区发生踩踏事件以后，这种声音也越来越强烈，您怎么看？”司马渐江告一段落，文木开始提问了。

“出现这样的不幸事件我们也非常遗憾，重庆方面的组织方在维护现场秩序上存在考虑欠周到的问题，但我们并没有责任。虽然如此，出于道义上的考虑，本公司还是给予了伤者一定的补偿。至于你提到的反对意见，能不能说的具体一点？”司马说。

“比如，有一种比较有代表性的说法，说你们的选秀是在误导青少年，提倡的是一种一夜成名暴富的机会主义人生理想。”

“我公司是合法企业，遵守国家法律，也不做伤风败俗的事情。我们无意、也没有提倡什么。我们不想做青年导师，我们所做的，仅仅是合法的商业行为。”

“但是一个成熟的现代企业是应该有社会责任感的。”

“我们公司去年为希望工程捐了1000万，林依一个人捐了100万，你能说我们没有社会责任感吗？”

两个人之间的气氛渐渐紧张起来。晨报的记者见状，正好趁此岔开话题。

“我想问林依一个问题，2月3号，也就是前天，有人在美联商厦门前看到您和一个帅哥在一起，他是您的男友吗？”

林依刚要说话，旁边的助手就给她使眼色，似乎在示意她不必回答。

但林依大大方方地说：“是有这么回事，但他不是我男朋友，是我弟弟。”

“好像没听说您有一个弟弟，是表弟吧？”晨报的记者笑得有点暧昧。

“我在我的自传里曾提过。他一直在国外，刚回来。”

“请恕我冒昧，您和您弟弟一直这么亲密吗？”晨报的记者举起一张照片。照片上，一个瘦高的短发男子揽着林依的腰，两个人正一边走一边很亲热地说笑。

林依和身边的助手俯首耳语了几句什么。

助手向楼上走去。

不大工夫，照片上的男子竟然从楼上下来了。男子脸上虽然挂着淡淡的病容，但身手矫健，眼神里有时隐时现的逼人的精芒，宛如秋夜夜空中的寒星。文木想到了《水浒》中的“病关索”，其实病关索并没有病，反而生猛得很。

“这就是我弟弟林晋，现在和我父母都住在我这儿，这回你们该信了吧。”林依伸手揽着林晋的腰，头靠在林晋的肩头说，“我们从小就这么亲密，哈哈。”

七

“靠，林晋哪像林依的弟弟呀，简直就是她二叔嘛。”文木说。

“和她一比，我都快成阿姨了。妖精啊妖精。”晶晶酸溜溜的。

“哎，你说林依会不会真是个妖精？”半天没话，晶晶突然冒出一句，俩眼瞪得跟包子似的。

“我说你能不能别一惊一乍的？恐怖片看多了我看你是。”文木被吓得一激灵，正拐弯呢，差点撞了一个骑车的，慌得赶紧一打轮。

车子进入市区，正赶上下班高峰，马路上是一望无际的车阵，成了移动的停车场。

冬天天短夜长，不到六点钟的光景，已是暮色苍茫。马路两旁残雪斑斑，拔地直上的高大的杨树，个个小水桶粗细，光秃秃的树冠在傍晚强劲的北风里摇摆着，枯枝发出嘎吱嘎吱的脆响。

几天大雪，雪停之后，天空也就干净了半天，此时又是彤云密布。黑沉沉的晚云的缝隙里，不时有微微的一闪，像传说中的鬼眼的一刹。

北边的天际，竟有隐隐的沉闷的雷声。

冬天里打雷，这可真够邪门的，文木想，难道晶晶说的什么悬天幡之类的鬼话，真的有什么人类还没参透的玄机不成。

文木想起曾在一本书里看过类似的记载。1899年，河南、山东、河北、山西、陕西大旱，河床裸露，禾稼尽焦，死人无算，饥民易子而食。流动逃荒的饥民最终酿成民变，那就是1900年的义和团。而在1899年的前一年，也就是1898年的冬天，有野史记载说那年仲冬天象异常，雷雨暴作。

一片密密麻麻的小黑点，正从西北天际缓慢地向市区这边移动。近了才看清，原来是呱呱怪叫着的鸦阵。纷乱的黑翼，在道路两旁的杨树上空盘旋起落。你甚至能听到上万只翅膀拍击空气的嘈杂声。

间或有一两片羽毛飘下来。

越来越多的乌鸦在路两旁的杨树的枝柯间栖息下来，树上宛如挂满了怪异的黑色的果实。

有一种诡异凄凉的美。

冬日长寿路树上的乌鸦，是上京一景。

文木平时事多，晚上回家吃饭的时候少。以前是哪天晚上不回家吃饭，就给周恋打一个电话，说我今天晚上不回家吃饭了。回来慢慢演变成了，哪天晚上回家吃饭就打个电话，说我今天回家吃饭啊。

好不容易回来早了一次，文木决定要好好表现一次。

周恋这两天情绪似乎不太好，犒劳犒劳她。

晶晶说今天晚上有个饭局。把晶晶在赛格酒店放下，文木一路走走停停，最后在自家附近一家大菜市场边上找到一个车位。

文木在菜市场买了两斤活虾，几样细菜。

进门文木就一头钻进了厨房。基尾虾两吃，一白灼，一椒盐。几样青菜细细地洗了，热油葱姜，暴炒，装盘，上桌。米饭在电饭锅里焖着，等周恋回来软硬正好。

文木起开一瓶红酒。

一支红烛，在宽大的餐桌上静静地燃着，偶尔爆出一朵烛花。

舒伯特的奏鸣曲是一溪静流。

晚上要和恋恋好好亲热亲热。这阵子瞎忙得连做爱的心思都少了，恋恋这几天的情绪不好不知和这有没有关系。

想到恋恋像熟透了的白杏一样的身体和在床上娇媚横生的样子，文木感觉到自己体内有一种涨潮似的强烈冲动。

周恋一般在晚上六点半左右到家。六点五十，周恋还没回来，也没有电话。

文木踱到阳台上。楼下第三只路灯下面，只有文木的翼虎傻乎乎地蹲在那里，周恋的那辆亮银色的沃尔沃S80还是不见踪影。

一个二十七八岁的女孩子开一辆这样的车，多少显得有点夸张。周恋在国外待了几年，回国后也就工作了三四年，只不过就是一个外资公司的小白领。可周恋似乎很有钱，平时出手大方。文木自己是个对金钱没有什么概念的人，父母也颇有实力，但和周恋相比，他花钱的力度只能算是小巫见大巫。

周恋和文木住在一起，从一开始在钱上就是AA制。两个人都是很注意隐私的人，互相的财务状况，从来都没有讨论和打听的习惯。文木有时候还会主动和周恋说说自己的收入外快什么的，但周恋从来都不谈。当然文木也没那个好奇心去打听。

也许，两个人离婚姻还远着呢，因为文木觉得，周恋在他眼里，还有很多的秘密，自己并不真正了解。

有时候，文木的心里会滑过一片阴影，怀疑周恋在外面有别的男人，可他并没有发现什么能够说明问题的迹象。

周恋爱自己吗？如果答案是正确的，为什么老觉得她对自己有所隐瞒呢？每过一段时间，这个问题就会和那片阴影一起在脑际盘旋。

文木之所以迟迟下不了决心向周恋提结婚的事，也是这个念头在作怪。

他想，是该和周恋敞开谈一谈的时候了。

红烛已经快燃到底了。红色的烛泪从边缘的一个豁口慢慢滑下来，像什么人的眼泪。

文木有点着急了。会不会出什么事了？这个念头刚一出现，文木马上就觉得不吉利，心里骂了一声呸，像轰苍蝇一样把它从脑子里轰了出去。

文木抄起电话，拨了周恋的手机。

"您拨叫的用户已关机。"

也许周恋是在开什么重要会议，也许是在参加关键性的商务谈判？以前也有过这种事情，但只是当时不方便接听，也没必要关机呀。

手机没电了？还没发现？

不会有什么问题的，周恋又不是个孩子。文木给自己宽着心，用微波炉热了一盘菜，草草地扒了一碗饭，把桌子收拾了。

他给周恋发了条短信：恋恋，你没事吧？我有点担心，见到短信打电话给我。

文木心里乱糟糟的，拿着遥控器把电视上的七十多个台点得像走马灯似的哗哗地转，一圈又一圈，但他一分钟也没看进去。

再拨电话，还是那句。

往办公室里打，响了N声也没人接。怕慌乱里拨错了号，挂了再拨，还是没人。

文木进浴室冲了个澡。这是文木多少年的习惯了。每当他心里烦乱的时候，冲个澡，把自己收拾一下，似乎连心情也可以一起重新收拾了。收拾房间也有同样的功效。

再进卧室的时候，文木发现了一些异常。

平日的卧室当然也是干净整洁的。那是因为要么是文木走之前收拾好了，要么是周恋回来给收拾了。

但今天的整洁就不对了。文木清楚地记得，上午因为走得匆忙，卧室根本没时间整理，乱七八糟一片狼藉。可现在一切都整整齐齐，床上散放着周恋的几件衣服。

衣柜的门也大开着，周恋平日喜欢的几件衣服不见了。

文木的眼睛在一瞬间飞快地花了一下，一丝不好的预感像一只无形的手，在背后轻轻推了他一下。

文木抓起手边的电话，拨通了周恋单位里最好的朋友沈明的手机。

“明明吗？哎，我是文木。”文木强作镇定。

“哎——你好啊，接到你的电话还真有点意外呢。”沈明笑说。

“恋恋和你在一起吗？”文木已经没心情开玩笑了，单刀直入。

“没有啊，怎么啦？”

“啊，也没什么，恋恋到现在还没回来，手机也关机了，不知道怎么回事，我有点着急。”

“是吗？恋恋可是下午四点多就走了，说家里有点事先走了。”沈明说。

“应该没什么事。也许是有什么急事要办，碰巧手机又没电了。”

窗外，隐隐的雷声似乎已在头顶。

这大冬天的，打的什么雷啊。

不对劲。

文木走进周恋的书房，这里倒是没什么反常的地方。他拉开书柜。

周恋的那只袖珍保险箱的门半开着，里面空空如也。文木的嘴角神经质地抽动了一下。

心里有什么东西像一堵泡在水里半天的墙，无声无息地塌了。

当他发现储物间里周恋最喜欢的那只绿色的拉杆箱也不见时，文木已经没什么吃惊的感觉了。事实上，他打开储物间，只不过是想验证一下自己的判断罢了。

文木点了一支烟，像一件从衣架上掉下来的衣服一样委顿在沙发上。

短时间内，文木的脑海里是一片空白，就像一个人在冬天一下被赤身扔到了冰冷的海水里，木了。

八

雨刷器疯狂地摆动着，发出“咔嗒咔嗒”爆豆似的轻响。车前大灯的光影里，密密的雨线织成了一道灰白的雨帘，30米开外的灰色沃尔沃只是一个飘忽的影子。

一个炸雷咔嚓一声在头顶爆响，虎头一哆嗦。小时候老听奶奶唠叨，人要做了伤天害理的事情，早晚是要被雷劈的。三岁看大，八岁看老，奶奶那时候可能就发现了自己的乖张暴戾的本性，是在规劝自己呢。

虎头，兄弟们都叫他虎头，只是因为他长了一个方方的笆斗大的脑袋罢了，其实他的身形并不怎么彪悍，和虎头这个风生水起的名字相去甚远。

但从没人敢小看过他，无论是在部队里的时候，还是后来在江湖上混的时候。

他能立姿双手各持一支九斤半（半自动步枪），同时点射两个钢靶，各击发五弹两靶从不低于48环。持枪鱼跃而起空中5秒完成压弹、上膛，落地瞬间击发命中率百分之百。

至于手枪和徒手格斗，就更不在话下了。

就干这最后一次。拿了钱就回老家了，把奶奶的坟好好弄一弄，再立个碑，种一圈柏树。从小没爹没娘，是奶奶把自己一手带大的，可奶奶死的时候，自己正在对越前线拼命，连奶奶最后一面都没看到。

每次想到这些，虎头都会觉得喉头像被人捏住了一样难受。

前面就是通往上京市郊县黄长县的上黄路，山路多弯，车少人稀，又加上雷雨之夜，是动手干活的最佳选择。

虎头跟踪周恋已经好几天了。周恋生活极规律，朝九晚五，上班下班，中午和一帮同事在公司附近的小馆子里吃饭，晚上回家后很少出来。青天白日，人多眼杂，根本没有机会下手。

其实昨天晚上是有机会的。七点多钟，周恋从家里出来，匆匆开车走了。虎头一路尾随着，来到一家叫“水之湄”的茶馆。半个小时以后，周恋一脸沮丧地出来了。这是虎头没有想到的。

虎头不紧不慢地跟在沃尔沃后头。

过了羊市路口，虎头从后视镜里发现，一辆蓝色的别克商务车闯了红灯。

拐了几个弯后，虎头已经断定，自己被跟踪了。那辆别克仍然不远不近地缀在后面，有时候中间隔着一辆车，最多不超过两辆。

虎头摸不清对方是什么路数。他在一个直行加右转的道上突然一个右转急加速，箭一般地扬长而去。

宁愿不做，也决不能失手。虎头的头这么多年一直还能稳稳地待在脖子上，直接得益于自己的这个信条。

别克并没有跟上来，或者是被甩掉了。

虎头绕路回到周恋家附近，将车远远地停好，装作漫不经心的路人，在小区附近溜达。

周恋家就住在靠近小区南门的一号楼里。从小区大门望进去，周恋的沃而沃已经停在了楼下的车位里。

当虎头发现马路对面贴着深色防爆膜的蓝别克时，他明白了，这辆车跟踪的不是自己，他们的目标和自己一样，也是周恋。

刚出道的新手，总是喜欢正面攻击，他们有着太多的肾上腺素，体内的青春腺像点燃的导火索，每时每刻都在嗤嗤作响，冒着青烟，闪着火花。他们嗜杀无度，沉迷于血腥的气息，也不惮于自己的流血。而经年的老手，因为见过了太多的血腥，已经不会再轻易激动。看到一个又一个生命在自己手里瞬间消失，最初的兴奋会变成冷漠的无动于衷。而总会有一天，他会为自己的无动于衷而吃惊，他会去想这种非人的冷漠是怎样形成的，他会联想到自己的生命的无常。

他会恐惧。

真正的高手都会恐惧。

他们因恐惧而加倍小心翼翼。

一个小心翼翼的高手，是高手中的高手。

虎头就是这样的一个人。

跟踪是一件令人生厌的事情。你跟在别人身后，每天看他去做一些无聊的琐碎的事情，每天的内容几乎都一样，没有意外，没有激情，你会发现生活实在是一个无趣的过程，不管是你的还是我的。你会一天又一天地无功而返，你没有成就感，你会越来越沮丧。

但虎头已经习惯了。他已经习惯了等待，像一只蓄势待发的豹，等待对手犯错误，然后闪电似的一击。一击得手。他将自己的工作比喻为烹饪，你要先有计划，做什么，买什么菜，在那里买，然后是很烦琐的采买、洗切、煎炒烹炸，然后才是美味入口。忙了几个小时，享受的过程也就二十分钟。但等待是必须的。

今天一天，虎头又基本上是在周恋公司对面的咖啡馆里度过的，中间也就出去买了张报纸。中午，虎头看见周恋和几个女孩子从公司楼上下来，直接去了隔壁的川菜馆。

周恋今天心事重重的，满面愁容，往日那种天真烂漫的醉人的笑容不见了踪影。

看着周恋迷茫的眼神，虎头心里突然有一丝心疼的感觉，这是他从来没有过的。周恋是另一个世界的女孩子，不但和他接触过的女人不一样，甚至和他见过的任何一个女人都不一样。

虎头的心慢慢软下来，他甚至有了想了解眼前的这个女孩子的冲动。

我会不会像《白雪公主》里皇后的杀手那样，在最后关头放了这个美丽忧伤的女孩子呢？

但这只是一刹那的失控罢了。

下午四点多周恋就离开了公司。五点多一点，周恋拉着一个绿色的箱子出现在楼下。

周恋先去了一家银行，然后去了一家湘菜馆吃饭，出来的时候已经是快七点了。

当周恋把车停在一家高级会所性质的美容康体中心的门前时，虎头微微有点诧异。周恋看上去是要出远门的样子，而且急匆匆的，这时候她居然还有心思来做美容？

大概一个小时之后，一个短发女孩跟在一帮唧唧喳喳的女人后面从里面走出来，径直走向周恋的银色沃尔沃。直到车子“嘟”地一响，虎头才意识到，这个女孩就是周恋：原来的有头柔顺的长发不见了。

没有长发好看。突然冒出来的这么一个念头，让虎头自失地一笑：你以为自己是谁啊？

九

雨越下越大，大到超出一般的雨能引起的所有联想。简直就是从天上往下倒水。

虎头的手机响了。

他右手抄起手机：“喂。”

“怎么样？”

“马上到山路了。”

“仔细着。”

“放心，我有数。”

放下手机，虎头眼睛的余光习惯性地往右后视镜一扫，心里咯噔一下。

后面大概300米开外，一对移动的车灯在黢黑的夜幕里发出夺目的光芒。

急雨如注的夜里，上黄路两旁人烟稀少，除了有非办不可的急事，一般人肯定不出门了。

直觉告诉他，后面那辆车，十有八九是白天的那辆别克。

虎头心念电转：放弃算了，周恋反正是孤身一人，又像是出远门的样子，不愁没有机会。我可以假装车坏了，先停下来，然后远远地吊在最后，到底看看别克要对周恋干什么，做个黄雀在后也不赖啊。但是今晚这个机会太好了，放掉岂不可惜？干完最后这一票，我就可以从此金盆洗手了。

先走走再说。

老司机在跟车的时候，对前车的行走路线，都会有一种出于直觉的判断。根据前车在瞬间向左右的偏移，哪怕只是十公分、几公分，甚至仅仅是车身的一个小小的摆动，老司机就可预判出前车是想并线、超车、遇到了障碍物或者是想临时停车。这完全是一种建立在经验基础上的直觉，但往往非常准确。

虎头发现被跟踪后在前头的一番前思后想左右为难，也许已经在驾车的动作上不自觉地有所反映。

前面是一个岔路口。周恋向左，虎头跟进。而别克却向右走了。

虎头暗暗松了一口气：别克知道被发现了，知道再跟也没用了。看样子别克现在还是在观察和等待什么，并没有采取行动的意思。

那就好，我正好先下手了。

除了周恋和虎头的两辆车的远光灯照亮的有限的区域外，上黄路四周漆黑一片，暴烈的北风扯动冲撞着雨幕，在瞬间形成大片大片倾斜的白茫茫的雾状物。

车子如行走在水底。

越过周恋的车头，虎头看到前方是山腰间一段较直的路段。就是它了，虎头把转向微微向左一打，右脚略一使劲下压，雪铁龙顿时发出连绵不绝的怒吼，像一条箭鱼一样斜斜地冲了出去，车尾激起两排半人高的水花。

在超越沃尔沃的瞬间，虎头还顾得上扭头看了一眼。

水痕淋漓的车窗后面，是周恋模模糊糊的惊恐的脸。

雪铁龙飙起的水花“哗”地打在周恋的车窗上，周恋的脸一下子消失在脏污的泥水里。

雪铁龙在前面一箭之地一个右摆急刹，斜着横在公路的中间。

虎头听到一连串刺耳的刹车声。周恋的车像个醉汉似的摇摇摆摆地冲了过来，在离他两三步远的地方向左一闪，终于在悬崖边停住了。

车左前轮已经悬空。

虎头打开车门下来，不紧不慢地向熄了火的沃尔沃走去。

没想到沃而沃却突然发动了起来。虎头知道下一步周恋肯定是要急速倒车，略一定神后一个箭步闪开车尾，再一步已经蹿到了驾驶座的窗前。

看样子周恋是有心理准备的，而且已经意识到了眼下的危险，因此车门肯定已经锁上，再去拽门只会浪费时间。

这个念头划过心头的同时，虎头的铁肘已经奋力撞向窗玻璃。只听“咔嚓”一声脆响，玻璃碎成无数个小珠子四散溅开。随着周恋“啊”的一声惊呼，虎头已经伸手进去抠开了车门，右臂一抄周恋的腰，左手一探弹开安全带，像老鹰抓小鸡似的把周恋一把拎了出来。

“干什么你、放开我！我什么都没说！”周恋在虎头怀里像个小疯子一样挣扎。

一丝怜爱之意在虎头心里“咕嘟”冒了一串小泡。

仅仅是一串气泡。

虎头从裤子口袋的一个塑料袋里掏出一块浸了乙醚的毛巾，一把捂在周恋的嘴上。

几十秒的工夫，周恋就停止了挣扎，身体软在虎头的怀里。

虎头警惕地环顾了一下四周，快步走向自己的车，打开后备箱，把周恋放了进去。

虎头从后备箱里取出工具，麻利地卸下沃尔沃的前后车牌，双手搭在车屁股上，双膀一叫劲，沃尔沃摇晃着向山坡下面冲去。

一记重击！虎头似乎听到脑后起了一个闷雷，立马眼前就黑了。

闪过脑际的最后一个念头是：我太急于求成了。

沃尔沃一路翻滚向下，发出一串时脆时钝的响声向谷底滚落。

一声闷闷的爆炸声远远地传来，深谷里升起一团火光。

两个穿雨衣的人站在悬崖边上。

“这小子怎么办？”小个子踢了踢脚下的虎头。

“送他回家。”胖子阴森森地说，一脚把虎头踹了下去。

两个人上了虎头的车，往前走了几分钟就停下了。

那辆别克静静地停在靠山的路边。

小个子下了车，发动别克。

两辆车一前一后疾驰而去，很快消失在浓密的雨幕里。

十

人被重击之后大概都有一段时间的晕眩，是肌体的自我保护吧。文木醒来的时候，似乎听到有个人在他耳边说：你被遗弃了。

这实在有点挫伤文木的自尊心。

文木外表上很随和、谦让，其实骨子里是个自视甚高的人。如果真的有上帝的选民，文木自以为自己能算一个。你想啊，小有才华，名校出身，报社里的大腕，长相帅气，家庭不算大富大贵，但中产也绰绰有余。和文木交往的女孩，很少能挑出他什么毛病。当然文木醋劲很大，但哪个男人不这样啊。

一个巴掌拍不响，以前和冉佳分手，文木觉得也不能全怪自己，这一点后来连冉佳也同意。两个人在其他方面都很和谐，只是有一点不同，冉佳的交游太广了，而且非常有男人缘。

冉佳的忠诚，文木是从来不怀疑的，可他就是受不了冉佳的身边经常有一帮男人围着。醋是三天一大碗，两天一小碗地吃，天长日久，谁受得了?

两人的分手其实早就有了默契了，只是文木心肠比较软，一直说不出口。最后还是冉佳提出来了。

有了上次的教训，再交女朋友的时候文木就格外留了一份心。周恋在这方面就从没让文木烦恼过。周恋除了几个要好的女同事，其他朋友很少，平时除了上班，几乎很少出门。有时候文木反而会想，这周恋的朋友也忒少了点，于是还经常鼓动周恋出去走走，和朋友门吃吃饭逛逛街什么的。因为他有时候觉得周恋好像很不开心，但又问不出来什么。

周恋虽然各方面条件都很优秀，但文木觉得自己配她也富裕了。他对自己还有什么不满意的呢?

而且，即便要分手，也没有必要不告而别吧?文木什么时候死缠滥打过?切!

也许是碰到了比自己更优秀的男人了吧?文木再狂，但还有自知之明，不至于狂得没边，社会上比自己强的男人太多了。而且，和冉佳相比，周恋似乎是个很有故事、心思缜密的人，她有什么事如果不想让人知道，估计能做到一滴水也不漏。这方面文木早就领教过了。

一边胡思乱想，文木一边紧张地留意着手边的电话和手机。他想象着周恋把电话打进来说，木木，你着急了吧，我出了个急差，手机也碰巧没电了。

他知道这基本上是在安慰自己。

电话一直没响。等到文木再次抬头看表的时候，已经是夜里快十二点了。

文木往周恋在上京的另一处房子打了一个电话，没有人接。其实他自己清楚，这不过是碰运气而已。

文木已经不再抱任何希望。他知道，如果想的话，周恋无论如何都能想办法打个电话，报个信。

周恋失踪了。也许，说失踪可能有点严重，是走了，有预谋有计划有目的的。至于目的是什么，只有天知道。

也许是周恋的父母出了什么事，周恋急火攻心，连夜赶回去了。可那用得着开车走吗?或者是临时买不到飞机和火车票了。

开车快的话，也就六七个小时。

文木打开了MSN。

他知道，平日的这个点，周恋的老爸一般都在线上。周恋的老爸整个就是个老顽童，网名就叫“我是周伯通”。老头子一辈子风流潇洒，到老还一副放浪不羁的性子，上网、轮滑、MP4，只要玩得动，年轻人的玩意没他不玩的。老爷子欣赏文木，和他很聊得来，许多话和老婆女儿都不说，却和文木说。最逗的是，有一次竟和文木聊起了自己年轻时的风流韵事，还总结说“好男占儿妻”。老爷子说完马上就觉得不妥，赶紧找补说，恋恋可一点不像我啊，她像她妈。你小子可别跟我学啊，我不是好人啊。当时把文木乐得不行。

老顽童果然在线上，这让文木有点失望。如果他不在线，倒有可能说明家里有事，那么周恋也许真是急着回家去了。

“嗨，老爷子，还玩呢?”文木说。

“臭小子，恋恋呢?”

“恋恋睡了，她这阵子太累了。”文木撒了个谎。

“你们还好吧？都没事吧？我这几天眼皮老跳，不知道怎么回事。”

“都挺好的，放心吧。您和阿姨都还好吗?”

“都好都好，她玩她的扇子我上我的网。”老太太喜欢木兰扇。

“早点睡吧您，毕竟岁数在这儿啦。”

“好啊好啊，你先睡吧，我老了，觉少。”

文木无精打采地下了网。现在，所有可能知道周恋行踪的渠道，都试过了。

文木给自己沏了一杯龙井。他打开音响，将一张ULLA VAN DAELEN 的竖琴独奏放进碟仓。文木尽量放缓呼吸，强迫自己的注意力附着在溪流一样的音乐上。

竖琴清寂的音色薄若蝉翼，柔如飞絮，第三支曲子《记忆》舒缓的旋律像一笔淡墨，在昏黄的灯光里慢慢晕染开来，文木的纷乱的心，开始像一杯混浊的水，杂质缓缓下沉，渐渐复现出透明的水色。

“人闲桂花落，夜静春山空。月出惊山鸟，时鸣春涧中。”这支曲子，每每让他想起王维的《鸟鸣涧》。

人逢大事有静气。老爸说过。文木现在最需要的就是这个。

环顾四周，文木觉得，由于周恋的出走，眼前的一切都变得有点不真实，太空旷，太冷清了。沙发、杯子、遥控器、门把手，上面似乎还留着周恋的体温和味道，但人已经不知到哪儿去了，留下的只是一堆疑团。

我要找到她，我要知道她为什么不告而别。

文木走进画室，在一块画板上顺手钉上一张半开的素描纸。这是他多年的工作习惯，每当遇上特别复杂的事情或难题，他会在一张大纸上列出已知的线索和材料、需要了解的事情、预想和假设、可能发生的情况等等，然后慢慢地拼凑出事件的大致轮廓。没想到今天用到这儿了。

发现周恋情绪的微妙的变化，大概也就是近两三天的事情。

文木妈妈的祖上，是当年第一批“下南洋”的老华侨。外公外婆早年到了美国，从经营制造肥皂的化工小作坊干起，渐渐发展成在全球拥有八家工厂的日化、化妆品生产企业。文木的妈妈生长在美国，后来认识了到美国留学的爸爸，“一时糊涂”就跟他回了国。今年春节，外公外婆说好了要回上京来过年。上个礼拜打电话，问起了文木的婚事，文妈妈就有点着急，和文木说，你和周恋都老大不小的了，又挺般配，还拖什么拖？女人过了三十，生孩子就费劲了。再说，外公外婆年纪也大了，也想早点看到外孙子呢。

前天晚上吃饭的时候，闲聊着文木就把这意思给说了。当然，私下里也是想试探一下周恋的想法。

周恋的反应很冷淡，心不在焉地说等等再说吧。还说了几句不咸不淡的话，意思是这是我们自己的事，老人有什么必要多管闲事？

其实文木的心思，大概和周恋也差不多。

文木是个大孝子。平时要是周恋说点别的不中听的话，文木也就咧嘴一乐，就过去了。但周恋说老人多管闲事，文木听上去就有点刺耳，虽然他也觉得儿女们的婚事，父母没必要多管。

文木辩解了几句。周恋又是个任性的人，嘴上仍不依不饶。这么你来我往，口角渐渐升级，直到把以前的一些陈芝麻烂谷子都一一抖了出来。后来周恋一恼，连饭都没吃就走了，直到夜里快十点了才回来。

把文木急得什么似的。问她，说是在楼下的花园里直坐了两三个小时。

前天晚上的吵架，这是一。文木在纸上写下。

昨天一天有什么事吗？两个人都在上班。中午就通过一个电话。文木觉得吵架的起因是自己有点小题大做，其实自己哼哼哈哈应付两句混过去也就算了，周恋对他的父母还是很好很尊重的，只是心情不好的时候，赶上了，发几句牢骚罢了。文木打了个电话给周恋，也只是说几句闲话，其实意思是说，我主动和你说话了，算赔不是了啊。周恋倒很正常，好像把吵架的事情都忘光了，该撒娇撒娇，该耍赖耍赖。周恋是孩子脾气，生气的时候真叫任性，但完了就完了，经常是一转脸就笑了。文木就是喜欢周恋的自然单纯。

昨天晚上是最反常的时候。周恋的情绪非常低落。据她自己说，她约了一个从外地来的同学吃饭，但那人没有赴约。此人是男是女？和周恋以前是什么关系？为什么来上京？约好了见面为什么又不去？周恋很看重这个人吗？情绪的反常是因为他（她）吗？

文木写下第二条。有一堆的问号。

还有那张《新报》。当时周恋接报纸的时候神色异常，见了鬼似的。周恋在这之前是自己先买了看过了，那么是里面有什么内容引起了她的惊恐了吗？当然，也许是周恋当时正走神想事呢，你递给她一胡萝卜没准也能吓她一跳。恋恋从来就是那么一个敏感过度的人啊。不过，那天晚上好像看见恋恋在报纸上写下的一些字，不知道那张旧报纸有没有被扔掉。

第三，报纸。

今天一天比较忙，没和恋恋通话，回来就发现人不见了。带走了贵重物品，收拾了随身的衣物和生活用品，关了手机，切断了和外界的一切联系。失踪了，或者说得更准确一点，叫玩失踪。

第四，有目的有准备的出走，不告而别，而且切断了和周围关系紧密的人包括父母、男友、朋友、同事的所有联系。

古怪得紧。

为什么要这样做呢？文木在纸上写下了自己的推测：怕别人找到她。她在逃避某件事或某个人。她要逃避的对象应该是非常危险，以至于周恋不惜为此放弃（也许是暂时）父母、男友、工作和朋友。那么，对一个人来说，除了上面的这些，还有什么是可宝贵的呢？

文木觉得脑袋沉得像一扇磨盘。

他摇摇晃晃出了画室，把自己像一袋面粉一样扔到了沙发上。

睡不着。还有什么是可宝贵的呢？那句话还在耳边。

是生命呀傻瓜！

文木一下子从沙发上弹了起来。我要赶快报警。说不定恋恋现在已经遭遇了不测。

刷地一下，文木惊了一身的冷汗。

墙上挂钟的滴答声好像都比往日要快数倍，似乎是在和自己的心跳比赛。

十一

文木记得电梯里贴的有附近派出所的电话。

走廊里静悄悄的。雨不知什么时候已经停了，一窗月光透过玻璃，铺满了半条走廊。

文木左手按着电梯的开门键，右手把派出所的电话抄在手背上。

拿起电话要按号时，文木又犹豫了。

我该怎样和警察说呢？我就说，我女朋友今天不见了。失踪了？不，是自己走了，没通知我，手机也关了。走失？不，不是走失。也不是下班了就一直没回来。她先回了家，收拾了贵重物品和随身衣物，像出差似的走了。我不知道她去哪儿了，知道还用来报案？谁都不知道，不光我，他的父母、朋友、单位都不知道。她在哪儿人缘都很好，没听说有什么仇人。我们俩的关系？挺好的啊？吵架啊，谁家不吵架啊？前天晚上我们还吵了，很凶。为什么？她不想现在结婚。你说什么？她怎么可能在外面有男人？

你这是对她的侮辱……她的智力当然也没问题，你什么意思你……

这事去报警?! 我是不是很二?

关心则乱哪，我可能是有点小题大做了。文木自己也有这样的时候，特别烦的时候，特想找一个谁也不认识的地方静一静，不上网，不开手机，切断和外界的任何联系彻彻底底的想想今后的路。但他顾及太多，做不到。也许周恋这次就是这么想的。婚姻是一辈子的大事，不是儿戏，是该好好想一想。周恋做事情可不像自己似的瞻前顾后，她任性得很。而且，她也不是很在乎这份工作。周恋是个很有钱的人。文木一直有这种感觉。

也许，过个十天半个月，想清楚了，她自己就又回来了。

文木突然想起了那张有周恋涂鸦的《新报》。

好在这两天都忙，书房的垃圾篓没倒。文木从一堆碎纸片里把《新报》抽了出来。

人在下意识状态下随手写下的东西，往往能无意泄露内心的隐秘。但是眼前的这张《新报》法治版上面的字迹太乱了，纷乱的线条、莫名其妙的符号、难解其意的单字，组成了一个下意识的迷宫。人的潜意识世界恐怕是比宇宙更为复杂难解的地方，而人类对它的认识远远落后于对宇宙的认识。

这种乱劲，也足以说明了周恋心中的乱。

连蒙带猜了半天，有两处依稀可以辨认。

一是一个人的名字，但这个名字几乎提供不了任何有效的信息。哈里森·福特，好莱坞的老星星，周恋的偶像。这个名字包含的信息太多了。如果进行分类的话，对一个影迷最基本的信息，首先应该是他的代表作，那也太多了：《夺宝奇兵》、《空军一号》、《亡命天涯》、《六日七夜情》……每一部都指向不同的方向。如果这个人的名字只是联想的出发点，那么指向就更模糊了。

还有一段话，是对仗工整的古文，在报纸的右下角，笔迹涩滞，腕力不继，显见周恋当时是写写停停，心情十分复杂。这段文字是这样的："红粉飘零，青衣憔悴。柔情薄命，遗恨千秋。命也何如，时乎不再。生离死别，春去秋来。黯然消魂，悲哉永诀。"

这段文字倒也罢了，基本上都是古文中言情文字里的套话，但说的意思十分凄苦，隐隐有不祥之意。正因为大多都是套话，文木虽觉得熟，但到底想不出是出自何人之手，或在哪本书里看到过。

文木顺着模糊的记忆，翻了几本书，都没有。

他想到了google。这么老的东西，会有吗？

文木试着把这段文字输了进去。

一敲"搜索"。

网络的强大是令人震惊的，对人类生存产生革命性影响的发明，网络肯定要算一个。

搜索的结果出来了。没想到，这段感伤的文字还真不是无病呻吟，文字的后面，是一个真实的缠绵悱恻的爱情悲剧。

明代的云间（今上海的松江县）有一个姓文的书生。文生的侍女柳儿，字荷香，不光是生得如花似玉，更兼是锦心绣口，才名远播于县乡，竟在文生之上，曾著诗文集《荷香集》，真个是花做肚肠雪做肌肤的女孩子。文生和柳儿有私情，但不见容于其妻。其妻后来更是将柳儿逐出家门。柳儿羞愤之下，殉情自杀，便是这段文字后面所说，"郎非负义，妾其忘心！才子风流，绮罗如梦。阿侬心事，云水成尘！沧海珠归，于今绝念，昆仑玉碎，无用偷生。"

周恋写下的那段文字，是柳儿绝笔的第一段，文章的标题竟是：

《遗文郎永别书》！

文木一下子就呆了。

文木试着去揣摩周恋的心思。

如果真的是因为什么想不开，决意去寻死的话，周恋应该会正经八百地留给文木一份文字，而不会像这样似的，在一张废报纸上随手划拉几句话。死都不怕了，还有什么别的顾忌呢？

但是，要说周恋的这几句话并没有想让文木看见的意思，也不尽然。自古以来，书写儿女之情的诗文多得很，周恋为什么单单选了这篇《遗文郎永别书》呢？

周恋要离家出走是在计划之中的，但肯定不是像柳儿那样去“昆仑玉碎”。她也许意识到了即将来临的某种危险，离开文木，也许今生再也无缘相见，其心情和柳儿当时的凄苦是相通的。随手写下的发泄烦恼的文字，恰恰选择了这篇文章，可能仅仅是潜意识里一种合理的联想，因为明代的文生和文木都姓文，并非出于反复的考虑和比较。周恋不告而别，不让文木知道，是因为某种不能解释的原因。正因为不能解释，所以在内心深处，周恋其实很矛盾。也许她是想通过这段看似涂鸦的文字，向文木暗示一些什么。

这样的分析比较靠谱。

那么，周恋所意识到的危险，和这张《新报》的法治版上的信息有什么关联吗？还是当时周恋正好看到了这里，顺手就写下了这些东西？

法治版上至少有七条消息，大多是杀人越货、抢劫强奸、报复行凶之类的暴行，如果有关系，又怎么知道和哪一条有关呢？

有关联的是那条和林依有关的信息。就是教堂里发现女尸的消息，消息里还说，在被害者的生殖器里，有一个嵌着林依照片的链坠。

周恋和林依长得很像。

这是唯一有关联的地方。

可这个关联完全有可能是巧合，被害者极有可能只是林依的一个普通歌迷。一个人和另一个人长得很像，也是很常见的事情。

但在文木看来，他所掌握的线索，却只有这一个，如果不想干坐在家里急死，也就只能顺着这条漏洞百出的线索找找看。

第一个发现现场的是“探针”的人。鱼知水认识他们。

文木放下报纸上了线。鱼知水还真在。

文木：小鱼儿，我想见你。

鱼：惊。蚊子，这样是不是就俗了？

文木：别多心啊，我有要事求见。很急。

鱼：怎么了？出什么事了？你还好吧？

文木：咳，三句两句也说不清，见面谈吧。我要请你帮一个忙。

鱼：好吧，只要我能做到。什么时间、哪儿见？

文木：看你方便，只是可能的话尽快。

鱼：那好吧。明天中午行吗？

文木：行。在哪儿？几点？

鱼：梅雪餐厅。十一点半。

梅雪餐厅是上京的一个有近百年历史的老西餐厅。文木看到这个餐厅的名字，心里有什么东西剧烈地收缩了一下。

文木呆了一呆。

鱼：你不知道梅雪吗？

文木：当然知道，明天见。我怎么认出你？

鱼：到时候你就知道了。

文木心里一动。

文木：我们以前认识吗？

鱼：我可是恐龙哦！你要有心理准备。

文木：呵呵，好怕。好吧，我带一张《晚报》吧。

十二

怀庆坊一带，是晚清时期各国的使领馆区。街道不宽，但干净整齐，两旁的法国梧桐（其实是中国悬铃木）五步一株，粗可合抱。时令已近深冬，枯叶落尽，一串串干透的果实仍颤巍巍地挂满枝头，给都市无趣的风景平添了一份乡野的味道。

梅雪餐厅是一栋典型的洛可可风格的两层欧式建筑。虽然近些年上京每年都要有几家各种风格的西餐厅开业，但是还是无法替代梅雪在喜欢怀旧的人们心里的位置，来得稍晚，等坐是常有的事。

几年前，文木是这里的常客，他和冉佳经常在这里约会。和冉佳分手之后，也许是怕睹物伤情吧，来得也少了。当然，对于西餐，文木本也是无可无不可，当年来，也是为了迁就冉佳的口味罢了。

文木提前二十分钟到了。进了门，文木想都没想，抬腿就上了二楼，在朝北临街第二个窗户下的桌子坐了。眼前，纯棉粗纹桌布雪白，干净得无丝毫雕饰的方口玻璃花瓶里，一枝水灵灵的白玫瑰暗香浮动。

落座之后，文木不由得自失地一笑。人的习惯是如此的顽固，你以为已经忘记了、凋落了，其实它不过像一粒种子，被风掩进了土里，只要有一点雨水，就会重新生根发芽。

一切都还是老样子，和冉佳的分手似乎只是昨天的事。

一人一杯咖啡，他和冉佳经常会在这里消磨一个下午。也许并没有什么话，他看报纸，或在报纸上随手乱画，冉佳就在对面捧着咖啡杯痴痴地发呆。他忘不了冉佳说过的一句话。冉佳说，就这样看你瞎画，看一辈子，也挺好的。

物是人非。冉佳现在，也不知在什么地方。那时候的他，以为会和冉佳一辈子的。

这个小鱼儿是个什么样的人呢?

一个女孩十一点半准时出现在楼梯口，清秀，天然小麦色的皮肤，一双笑眼顾盼生姿。身材不高，但很挺拔，是那种坐有坐像站有站像走有走像连上楼梯都不会哈一点腰，一看就是小时候拿小板子抽出来的家教甚严特有规矩的女孩子。

文木的下巴差点掉下来。

为什么自己说“吃饱了没理想”时小鱼儿会“一惊”，为什么听到“活着没劲，死了可惜”的时候小鱼儿会“狂笑”，为什么小鱼儿在几千家餐厅里单单选了梅雪?

这些都是他和冉佳之间的旧事嘛，而小鱼儿就是冉佳。

“怎么这么巧?你是来见我的吗?”文木迎上几步。肚子里恨不能有千种离愁万种别绪，但已经是说不出口了，说出来的竟是这么一句干巴巴的比蜡还没味的话。

冉佳却一点吃惊的感觉都没有：“是啊太巧啦。我约了一个朋友。”她环顾了一下四周：“他还没到。”

“是啊我说嘛。”文木很失望，“你来见我的几率和中500万的几率应该差不多。”

“哈哈，臭蚊子，我骗你玩呢！哎，我变了吗？我老了吗？”看到文木失望的样子，冉佳乐得花枝乱颤。

“没有没有，一点没变，还和我昨天见你的时候一模一样。”文木松了口气。

“你一点都没变，还是那么会夸人。”冉佳轻轻叹了口气。

文木心里记挂着周恋的事，竟没有叙旧的心情。冉佳看到文木懒懒的样子，也很识趣。两人简单地聊聊别后的情况，话题就转到了周恋失踪的事上。

“是不是周恋对结婚没想好，想一个人好好静一静呢？”冉佳说，“女人总是把婚姻考虑得更复杂一些。

“在所有的可能里面，我反复比较了，这是最靠谱的一种，也符合周恋的性格。”

“会不会出意外呢？”

“一般意义上的意外应该是不会的，周恋是把一切都准备停当了才走的。”

“我还是觉得有些地方解释不通，为什么她要切断和任何人的联系呢？你没有想过要报警吗？”

“想过，但我觉得现在去报警有点荒唐，说起来自己都觉得白痴。”

“你说要我帮忙，是什么事？”

“这也一样是一种很荒唐的想法，但我除此以外没别的线索了。所有能想到的路子我都试过了。”

文木简单地说了周恋在《新报》法治版上涂鸦的事。

“这确实有点像大海捞针，不过咱们可以试试，万一呢。”冉佳拿出手机，“剃刀的古玩店就离这儿不远，我看他现在在不在。”

剃刀的“尊古斋”在上京著名的古玩街南新街上，离梅雪只有两站地，那儿寸土寸金，是清静幽雅所在，因此所有机动车一律禁行。

雨后的晴空瓦蓝瓦蓝，一群灰灰白白的鸽子呼啦啦掠过百年老店的檐角，悠扬的鸽哨远远的去了，令人的杂念俗心为之一空。

“世界上偏有这么巧的事，咱们两个居然能在网上重新认识，又约了见面。有时候想想，人的命运难道在冥冥中真是前生注定的吗?”进了南新街，文木似乎有一种超现实的感觉，直觉得身后这纷纷扰扰的尘世，如镜花水月一般不那么真实了。

冉佳颇有深意的一笑。

“你笑什么，我是不是很酸?”

“那倒不是。世上哪有那么多巧合的事。巧合只存在于故事里，而且是那种胡编乱造的白痴故事。其实很多事都是事先设计好的，只是做得天衣无缝罢了。”

“你的意思是，咱们的重逢，是你设计好的?”文木笑说。

“也是也不是。我在法国呆了三年，想通了很多事情。虽然咱们不能在一起，但我还是放不下你——”冉佳看了一眼文木笑说，“嗨，我不是那个意思，你别误会。我的意思是，我还是很关心你，可又不想让你知道，因为大家都可能已经有了自己的生活。我订了一张《上京晚报》，看过你的每一篇文章。我还经常去你以前常泡的几个论坛，当然没发现你的影子，你的网名已经换了。”

文木觉得心里涌起一层热浪，不知说什么才好。

“后来我就认识了草衣蚊。从他的知识面、兴趣爱好以及说话的口气上，我怀疑草衣蚊就是你，但不敢肯定。于是我就不断地逗他，想确认自己的感觉。直到你后来说出了吃饱了没理想，等你再说出活着没劲死了可惜的话时，我就肯定，除了你，决不会是别人了。”

“原来如此。我说你有时候说话怎么怪怪的呢。”

“如果不是这次你女朋友出事，可能咱们这一辈子都不会再见面。我只是想，能在旁边看着你，知道你好不好，在干什么想什么，就这样一辈子，也就够了。”冉佳有点伤感。

文木突然想起冉佳以前说的一句话：就这样看你瞎画，看一辈子，也挺好的。

文木有些呆了。

“其实，我曾经多次联系你，但自从你一出国，就再也没有音汛了。”沉默了一会儿，文木说。

“是啊，那时候我是很苦闷，有很多事情想不开。”冉佳抬头深吸了一口气，那种满不在乎没心没肺的笑又回到了脸上，“其实好多事都是咬牙一扛。过去了回头看，也没什么大不了的，就像置身事外看别人似的，没觉得有什么过不去。”

“你现在，还是一个人吗？”

“就算吧。刚又吹了一个男朋友，也是一个大醋坛子。哎对不起，你别多心啊，我没别的意思啊。有时候我就想，是不是我做人真的有问题啊？还是天下的男人都这样啊？”

“嘿嘿。”

“嘿嘿啥呀？”

“嘿嘿。”

好整齐的一家店。尊古斋是临街的一座完整的四合院，前厅门面房三间通开，青砖墁地，一尘不染。条案、桌椅硬木雕花，案上的多宝格里陈列着文玩小件，墙上是名人字画。穿过前厅，到了后院，两株老梅直抢入眼帘，枝头花红点点开得正怒，更显得院里的汉唐碑碣古韵悠长。东西两厢房，东为书房，西是客厅。坐北朝南三间正厅，正中紫檀条案隐隐透着水色。两边雕花红木椅子，锦褥椅披描龙绣凤。靠着北墙一溜黄杨木雕花顶箱立柜。厅内字画、石章、古玉、刀币、端砚品相不俗，比之前厅更见端正。

文木看得在心里暗暗喝彩：人家这才叫真正的玩家哪。

剃刀正在正厅招呼几位西北客人。

剃刀是个身材微胖的中年男人，寸头圆脸，黑色对襟夹袄，千层底布鞋，脸上一团和气。

冉佳给二人做了介绍。

“晚报的文先生，真是久仰大名啊。”剃刀一抱拳。

“您客气了。上京的地下活地图，您才是大名鼎鼎哪。”文木也客气道。

“我们那只是瞎玩，文先生才是玩出味道的人，您那两篇清代地下水牢和法然寺地宫的报道我至今还记得呢。”

“今天到您这儿一看，我才知道什么才叫真正的玩家。惭愧惭愧!”

剃刀把文木和冉佳二人让到西客厅，分宾主坐下，文木开门见山地说；“今天来打扰，主要是想向您打听打听那天你们在教堂发现女尸的情况。”

剃刀微微一楞；“这几天老有一些记者来打听那件事。晚报这时候再说有点过了点了吧?”

“这事和我们报社没关系，是我个人想了解一下。”

剃刀又是微微一惊，看到文木没有要解释的意思，很快就掩饰过去了。接着便把那天晚上发生的事情，原原本本细细讲了一遍。

“有没有发现别的什么，能证明被害者的身份的东西？”

“我们没敢动尸体，那是警察的事。对了，在旁边捡了一个手机，应该是那女孩的。”

“现在在吗?!”

“您可真逗。我们留它干吗？交警察了。”

文木失望的样子全都写在脸上。

“兄弟，我不知道你有什么事。但冲着我和冉佳的交情，做哥哥的我劝你一句，如果真有什么事和那女尸有牵连，最好去和警方说说，人家可是专干这个的。”

冉佳在一边也冲着他连连点头。

“噢，还有一件事，挺怪的。”

“是吗？”

“风筝，那串风筝，就是这几天传的神神道道的那串午夜风筝，那天晚上我就见过，就在教堂附近。”

“是吗？”文木没在意。

十三

北城分局的健身房里，蛮牛一般的刑警队队长李立正和一个沙袋较劲，嗵嗵嗵嗵的击打声如闷雷一般。

“李队您在这呢，我到处找您。”刚从警校毕业的方正急匆匆地跑了进来。

“是不是教堂的案子有进展了？”李立一边擦汗一边溜达到休

息区，在吧台要了两听“燕京”，找了张桌子坐下，推一听给方正：“喝吧。”

“就是这事。被害者的身份我们已经查明了，是‘晚唐’夜总会的一个服务生，叫于泉泉。”

“是不是清波门外的那家‘晚唐’？”

“没错，就是号称中国第一亚洲第三的那家。”

“凶手有线索了吗？”

“现在只是在外围摸底，还没有和南唐方面正面接触。”

“好，只要拽着了一根藤，就不愁摸不到瓜。”

“还有一个线索。”

“噢？”

“于泉泉被害前的最后一个电话，是打给一个叫司马渐江的人的。”

“这人是谁？”

“新日新传媒的老总。”

“林依的老板？”

“对。”

“一个是夜总会的小姐，一个是有钱有势的老板，地位悬殊啊。除了性交易，还有其他关系的可能吗？”

“现在很难说。据知情人说，这个于泉泉和林依长得非常像，只是于泉泉要瘦得多。”

“这事就有点意思了。”李立靠在椅背上，翻着眼睛看天花板，“于泉泉和林依长得很像，而且死后被残忍毁容，此其一。于泉泉尸体的阴道里发现了林依的照片，此其二。于泉泉死前的最后一个电话，打给了林依的老板，此其三。”

“三者集中在一个人身上，是不能用偶然来解释的。”方正抢着说。

“臭小子，别人种树你摘桃，嘴倒是挺快！那我再问问你，于泉泉把林依的照片放进自己的身体里，是什么意思呢？先声明一下，我也没想明白啊。”

“我觉得这不是一个简单的举动。从符号学的意义上来讲，女性的生殖器首先是繁衍生殖的象征，是神圣伟大的。除此之外，在不同的文化传统里和不同的历史时期，其象征意义各有不同甚至是两个极端，比如圣洁、美好、快乐、幸福、母性、不祥、邪恶、肮脏、工具等等等等。”

“小子，不错，肚子里有点墨水。我还以为你们现在这帮孩子除了打游戏什么书都不读呢。”

“李队过奖啊，问题是身边有很多条路，可哪条路离成功都很远啊。”

“这话听着熟，不是你的吧？”

“嘿嘿，北岛的，也许是顾城的？记不清了。”

文木进办公室的时候，晶晶正举着一张报纸的大样看得津津有味。

“又帮人校对呢？打牌输了还是想拍谁马屁呢？”文木有一点和一般人不一样，心里越有愁事，就越要和人开玩笑。整天苦着个脸，也于事无补嘛。

晶晶头都没抬：“邪门得很！大头写的，是关于那个午夜风筝的，一会儿给你看看。”

文木出去给自己泡了杯茶，晶晶已经把大样放他桌上了。

“快看看，大头昨天晚上跟踪到了那个半夜放风筝的人了！”晶晶在后面说。

“真的啊，这么强！”文木拿起大样。

晚报社会新闻版的头条：

神秘骑士午夜四环路上放风筝

近日，一串常常在午夜的天空中出现的神秘风筝，成了街头巷尾茶余饭后的一个小小的热点，网上还出现了目击者拍摄的照片，跟帖者络绎不绝。目击者把午夜风筝描绘得神乎其神，更有传言说此风筝是所谓十大恐怖天象之一的悬天幡，是天灾人祸的预兆等等。为了揭开午夜风筝的神秘面纱，昨天夜里，记者在东西南北四城设立了8个观察点，到底要看看这串诡异的风筝是何方神圣。

今天凌晨一点十分左右，记者接到东城一个观察点的报告，发现那串风筝在四环路东段交道口一带移动。记者随即和摄影记者一起驱车赶往现场。车行至燕翔桥附近时，记者果然发现了风筝的踪迹，当时它正在环路的右侧由北向南和记者同方向移动。和一般的风筝不同的是，这串风筝不是在一个相对固定的范围内飘移，而是有一条明显的做水平移动的轨迹，显而易见，放风筝的人不是在一个固定位置，而是在自北向南运动。这是和以前目击者的发现不同的地方。

记者的车离风筝越来越近。大约十分钟后，记者在前方2000米左右的地方发现了一辆摩托车的影子，深色公路赛战车，或黑或蓝，看不清车牌。驾驶者着深色车手服，体形特征不明显。从摩托车的运行轨迹和风筝的摆动上看，这位神秘人正是午夜风筝的掌控者。据记者目测，摩托车当时的时速大概在40公里左右。记者立即加速追赶。神秘骑士很快就发现了记者的企图，在瞬间急加速狂奔而去，并在十里铺出口驰离四环，沿上广高速像影子一样消失了。而那串风筝肯定是被骑手拽断线放了晦气（民间风俗，五月放风筝，故意断线让风筝飘走，象征一年的晦气也一起飘走了），此时已经无影无踪。

记者走访了市社科院研究员、一直关注当代城市流行文化的高风教授，高风认为，在一个日渐开放和多元的社会里，彰显个性是现代年轻人的典型心态，午夜风筝可能就是基于这样的心理基础出现的。另一种可能是，午夜风筝是前卫艺术家的一次行为艺术秀，操作者想要表达的理念则无从猜测，现代人心灵的幻灭感、命运的无常或不可知、对现代城市文明绞杀传统文化的担忧等等，都可以是午夜风筝所要表达的主题。和吃死婴、从牛尸里破腹而出等极端的行为艺术相比，午夜风筝已经是相当温和的举动了。

市公安局治安处有关负责人表示，午夜放风筝的行为目前并未构成对社会治安的威胁，因此警方没有介入的考虑。但是在环路上骑行放风筝则是违反交通法规的行为。该负责人同时呼吁广大市民不要听信传播什么悬天幡之类的荒唐无稽之谈，自觉维护一个文明稳定社会的正常秩序。

记者随后就所谓的悬天幡采访了市民俗研究会副秘书长谷余。谷余介绍说，所谓的悬天幡是在北方民间流行的一种传说，大概起源于唐后的五代十国时期，这和当时战乱频仍民不聊生的社会大环境有关。此传说是不是一种特殊的大气现象，其真实性已不可考，历代正史有关天象的记录都无涉及，只是散见于一些野史笔记里。但是，无论如何，所谓的悬天幡现象，也反映了古人对自然的一种敬畏，这种敬畏的积极之处在于，它可以以某种强制性的外力协调人类和自然的关系，抑制人类出于贪欲对自然竭泽而渔的破坏。现在的人倒是有科学精神，什么都不信了，可是你看看自然环境都被糟蹋成了什么样子！

本报记者 梁立秋

文章还配发了两张现场抓拍的照片，一张是夜空中的风筝，另一张上面，摩托车和车手只是一个模模糊糊的背影。

“哈哈，煞有介事，耸人听闻！不过大头倒是挺能忽悠的，连专家都请出来了。”

这个半夜放风筝的人到底是哪路神仙啊？好像刚才剃刀也说过，他在教堂发现女尸的那天晚上也看见过这个风筝。真是有点意思啊，文木摇了摇头。

十四

除了一次变更户口，一次换新的身份证，文木还真的没有因为别的事来过派出所。站在他们家附近鼎新街派出所的大厅里，文木眼神散漫，在墙上玻璃橱窗里的光荣榜、服务守则上飘来飘去。一个矮胖和善的年轻女警端着饭盆从他身边走过，好奇地看了他一眼，快走过去了才扭头问了一句；“您有事吗?”

“啊，我想来报警，我、我女朋友失踪了。”文木居然心里有点忐忑。

“噢，那你跟我来吧。”

文木跟着她来到一个办公室。女警给他倒了一杯水，连同一张表、一支笔一起放在他面前：“您先填一张表吧。”

是一张“失踪人口登记表”。文木看了一眼，大概是性别、年龄、职业、长住地址、体貌特征、和报警人的关系等等。文木捏着笔犹豫了一下。

“警官，我要么先和您说说大致情况？我不能肯定我女朋友算不算失踪人口。”

这时正好有一个同事在门口叫她。

“你先填一下吧，啊？我马上就回来。”

几分钟后女警回来的时候，文木已经把表填好了。

女警把表拿起来扫了一遍：“好吧，说说大概情况？”

文木便把周恋失踪前后的详细情况，连同自己的猜测一五一十地说了一遍。

“她和同事的关系怎么样？”

“她人缘很好，上上下下没有不喜欢她的。”文木说。

“在她的周围的人里，有没有得罪过什么人甚至结过仇？”

“没有，从没听她说过。”

“你们两个的关系怎么样？”

“挺好的啊，当然有时候也吵架。”

“都为什么？”

“什么原因都有，无非是家里的一些事，和别人也差不多。”

“最近一次是什么时候？”

“前天。”

“原因？”

“我们家催我们结婚，她不太满意，我为我妈辩解了几句，就吵起来了。”

“她对你满意吗？”

“我觉得满意。”

“你有没有过一些怀疑，怀疑她在外面有……”

“我知道你指的是什么。没有，从来没有过。”

“啊，您别介意啊，我对您的隐私并没有兴趣，这么问完全是从工作角度出发。”

“我知道。这事让谁一听，估计首先都会往那方面想，包括我。”

“她以前有过这种不告而别的情况吗？”

“倒是有过一次，可也没有不接电话啊，而且，也没带东西走。”

“我想再冒昧地问一句，您女朋友精神上没有问题吧？”

“没有，这点我敢肯定。”

“您觉得，她现在有可能面临危险吗？”

“我不知道。但毕竟她是成年人了，而且显然是有准备走的。我的担心主要来自于她切断了和任何人的联系。”

“您女朋友的这种情况，”女警笑了笑，“严格地说，并不能算是失踪人口。现在没有证据显示在她离开家之后，有针对她的犯罪发生，因此我们也就无法就此立案调查。这样吧，我们先给您备上案，有什么情况再通知你。您呢，也先别着急，也许，像您所猜想的那样，她想出去静静想一想，过几天自己就回来了呢。如果想起了别的事，或者有新的情况，随时联系我们。”

“那好，麻烦您啦。”

文木本来想说说《新报》法治版上周恋涂鸦的事，但想想又觉得太荒唐，就没再言语。

每年春节前的头一个礼拜，上京的街道就会突然空旷起来，似乎有一半人突然消失了，但不过是在上京谋生的外地人都回家过年去了。文木家离派出所只有两三站地，文木来的时候，既没开车，也没坐车，走着来的。

才晚上七点多钟，天已经黑透了。街灯昏黄，嗖嗖的北风里，只有几个步履蹒跚的老人远远近近地晃着消食。一对小恋人从旁边的玉松副食商场里哈着热气出来，一人手里举着一支羊肉串，一边吃一边嘻嘻哈哈地互相调笑。擦肩而过时，在羊肉串浓厚的香味里，文木居然还闻到了女孩子身上淡淡的“清泉”的冷冽草香。

周恋也喜欢用这款香水。

恋恋现在在哪儿呢？是像自己一样心乱如麻地在寒风里踯躅、还是一个人在孤灯下发呆呢？文木现在倒宁愿相信有那种眼观千里的术士异人，他宁愿奉出自己的所有去换回周恋的行踪。文木下意识地摸了摸兜里的手机。周恋出走的这几十个小时里，他几乎是每隔半个小时就拨叫一次她的手机，但是永远没有回应。听刚才那位警察的意思，文木知道在他们身上抱太大希望是不现实的。“没有证据显示犯罪发生”，什么话？有犯罪发生不就晚了吗？但回过头来想想，文木又觉得也不能怪人家，他自己是个记者，知道每天的各种犯罪多如牛毛，有多少大案子都破不了，如果警察连每一件像周恋这样的事都全力去查，就是再多出十倍警力也忙不过来。

路边的一家小音像店里，飘出陈小春玩世不恭的歌声，是那首“怨夫”的《算你狠》，“你和别人吃香喝辣去，留我一个人在这儿吃冷空气”，恋恋会不会也和别人吃香喝辣去甚至正对别的男人投怀送抱呢？文木厌恶地一甩手，似乎要把这个念头像一把鼻涕似的甩到脚下。

前面不远就到家了，文木却不想回去，于是又掉头往回走。

他看到了一个男人，一个大衣领子高高竖起，戴着深色棒球帽，像明星一样晚上也架着墨镜的男人。男人离他大概有百米左右。文木无意的一回身，男人似乎吓了一下，稍一迟疑，回走两步拐进了旁边的一条小胡同。

文木一溜快行，往胡同里看了一眼，空荡荡的，一只野猫穿街而过。

“王八蛋，跟踪我？”文木心里嘀咕。

漫无目的地溜达了十几分钟，再有几步就又到派出所了。文木在一个报厅停了下来，借着翻报纸的当口，他侧目瞄了一下身后，那个架墨镜的男人正跨过马路拦一辆出租车。

难道真的有人在跟踪我？

在街对面的“鼎泰楼”二层的一个角落里坐定，文木给自己点了几个菜。这是一家主营鲁菜的百年老店，自酿的高粱烧是上京名产之一。

文木要了一瓶。

手机响了。

文木像被烫了一下似的差点跳了起来。

却原来是冉佳。

“你去报警了吗？”

“报了。”文木把情况大概说了一遍，“我估计没什么戏，他们只是在例行公事而已。”

“我倒不希望他们哪儿有什么戏，有就坏了。你也别多想了，周恋不会有事的，我想她自己会回来的。”

“但愿如此吧。”文木叹了口气。

“你要注意身体啊。吃饭了吗？”

“刚点完，还没上呢？”

“一个人？”

“嗯。”

“别喝酒啊，我知道你的脾气，当着别人装得没事人似的，就会一个人喝闷酒。”

“知道，放心吧。”

那天晚上，文木最后的记忆就是把钱包拽出来啪地一声摔在了桌上喊道：“伙计，结账！”后面就一片空白了。

文木在一阵剧烈的头痛中睁开双眼已是第二天的正午。胃像被一只手攥住似的疼得一阵紧似一阵。

他挣扎着起身，摇摇慌慌地蹭到厅里。

一股白米粥的香味扑鼻而来。厨房里，一个女孩正背对着他，拿勺在粥锅里轻轻地搅着。

文木眼里一阵模糊。

女孩闻声回头，是冉佳。

文木一屁股坐在椅子上：“佳佳，怎么是你？”

“你没事了？好点没有？”冉佳关了火跑过来。

“没事。这是怎么回事？”

“还说呢，你不要命啦？喝那么多！昨天晚上十点半，我不放心，又给你打了个电话，却是个生人接的。后来才知道是饭馆的服务员，说你喝得不省人事，他们正不知怎么办呢。后来我就赶过去了。”

“啊？那真的太麻烦你了。”

“说这些干什么？你都把人吓死了，洗胃的时候大夫说你吐出来的东西里都带着血。”

“洗胃？我喝了多少？”

“两瓶没完吧？谁都拦不住，有个服务员还挨了你一巴掌。”

“真是该死。”文木揉着太阳穴。

“答应我，以后无论发生什么事，都不要这样伤害自己，好吗?”冉佳在文木对面坐下来，眼睛红红地看着他。

“好的，我答应你。”文木一冲动，几乎想去抓冉佳的手，但还是忍住了，“昨晚上我在路上，发现一个人好像在跟踪我。”

“你能肯定吗?”

“说不好，也许是我多心了。”

“什么样的人?”

“一个男人，戴棒球帽，架着墨镜，看不清脸。”

“要是真的话，那就八成和周恋有关，事情恐怕就复杂了。是不是去和警方说说?”

“算了吧，谁知道是不是呢?”

十五

门铃响起的时候，司马正在书房里打坐。

“新日新星”选秀杭州赛区十进五，因为杭州方面在一名选手身上的黑箱操作泄密，遭到全国媒体的一致口诛笔伐，致使“新日新”的声誉严重受损。

姜浩暴跳如雷。“新日新”目前正在为上市紧锣密鼓地运作，这时候掉链子不是自己拆自己的台嘛。司马受命急飞杭州，一个礼拜几乎没怎么合过眼，左封右堵，四处作揖，总算把这身屎好歹胡噜干净了，人也耗得快虚脱了。

以一念代万念最后进入虚空状态的打坐，是司马养生休息的多年习惯，他称之为清除精神垃圾。

门铃把司马吓得一哆嗦，像小便时突然被人从背后拍了一巴掌似的。

司马打开门，外面是两个陌生人。

“司马浙江先生吗?”

“我是，请问你们……”

“我是北城分局刑警队队长李立，这是警官方正。”来人出示了警察证。

“你们好。有什么事吗?”

“有一件事我们需要您协助调查。”

“那请进吧，咱们书房谈吧。”

司马把两人让进书房，司马的妻子沏好了一壶龙井送进来，用探询的目光看了一眼司马。

“没事，你先出去吧。”司马拍了拍她的手背。

李立从包里拿出一本一笔，本子里有一张照片。李立瞥了一眼，交给司马：“你认识这个女人吗?”

司马沉吟了一下：“好像有点眼熟，不敢说认识。”

李立和方正交换了一下目光。

“她是‘晚唐’夜总会的服务生，叫于泉泉。四天前，也就是2月14日被人谋杀。”

一丝惊惧在司马眼里一闪而过。“是吗？真可惜，那么年轻。”他不动声色。

“于泉泉的手机通话记录显示，她被害前的最后一个电话，受话方正是您。您还敢说您不认识她吗?”李立有点调侃地说。

司马给他们两位把茶斟上。

“是的，我认识于泉泉。”司马一副如释重负的样子，“其实我应该一开始就承认的，但是我……咳!”

两个人都静等他的下文。

“我承认，我的私生活有不检点的地方。您也知道，我的工作性质逼得我经常要陪人出入夜总会一类的地方。有一次我陪客户去晚唐唱歌，认识了于泉泉。后来她硬是问我要了一张名片。您知道，这样的女人，看到稍为像是有点钱的男人，就会千方百计地往上贴。她是给我打过电话，但我们连熟人都算不上，也没说几句话。”

“那不对吧？通话记录显示你们说了40分钟，40分钟只说了几句话？”

司马沉吟了一下。

“好吧，真人面前不说假话，我也豁出去了。是，是我一时糊涂，和她做过几次露水夫妻。”他警觉地看了一眼房门，站起来重新关了一下。

“电话里你们都谈了什么？”

“于泉泉说她怀了我的孩子。我知道她的话十有八九是假的。她吸毒成瘾，问我要过几次钱，数目都不大，几千块钱而已。但这次她狮子大张口，要五十万，否则就要把孩子生出来送到我家里来。”

李立示意他继续说下去。

“我知道她这是在讹诈，就不答应，但答应她考虑一下再联系。当天我就去了杭州，去处理杭州赛区的一些事情，就把这件事给撂下了，从那以后没再和她联系过，她也再没打过电话给我。”

“2月14日，也就是于泉泉被害的那天，你在什么地方？”

“你们怀疑我是杀于泉泉的凶手？”

“我们不会无证据地指认任何人为凶手，也包括你。”

“我没有杀她，虽然她曾勒索过我。2月14日我人在杭州，这一个礼拜我都在杭州。噢，对了，中间我回来过一次，是16号，回来开了集团的一个会，只待了半天，下午就又飞回去了。”

“你有证人或什么证据吗？”

“当然，我公司的公关主管肖君远，还有杭州赛区的一帮人都可以作证，另外还有机票、酒店的住宿发票。”

从窗户里，司马渐江看见警车出了小区的林荫道，上了通往三环的中原路。

司马拨了一个电话。

电话响了两声，有个男人的声音，懒懒的：“喂。”

“于泉泉死了。”司马劈头就说。

那人在电话里沉默了几秒钟，“你怎么知道？”

“刚才警察到我这儿来了。于泉泉死前的最后一个电话是打给我的。估计就是说那事的那个电话。”

“你捅出去了？”

“当然没有。”

“那你怎么解释？”

司马苦笑了一下：“于泉泉死前的最后一个电话打给了我，我估计轻描淡写人家也不信，只好现编了一出我和于泉泉的婚外情对付过去了。”

那人在电话里松了一口气，“死得好。我不是早告诉你了嘛，不用理她，养了一辈子的鹰，我就不信会被这个雏儿叼了眼睛！你呀，从来就是杞人忧天的性子。警方怀疑你啦？”

“我有于泉泉被杀当天不在现场的证据。那天我正在杭州分赛区。”

互联网已经深刻地改变了眼下人类的行为方式，至少在年轻一代中是如此。它对人类的思维方式和精神世界的改变，目前还看不出太多的症候，但改变是必然的，因为，行为方式改变的最终结果就是思维方式的改变。比如现在文木所做的事，在互联网出现之前是不可想象的。

在几个军事和侦探、推理小说的论坛上，文木把周恋的照片贴了上去，还附上了自己的一封求援信。他知道，在这类论坛里，聚集的都是对军事、刑侦有兴趣的人，其中不少是军方和警方的人。也许，这样做会对找到周恋的行踪有一些帮助。文木不敢抱太大的希望。但他已经是无计可施了，哪怕有万分之一的可能，他都愿意去试去等。

找某名人的资料、找想看的大片想听的歌、找城里某地方的最新地图、找做水煮鱼的菜谱……怎么办？上网呗，google一下嘛。以前可能奔了书店、图书馆、音像店了，可现在全一网捞了，这就是网络的优势啊。文木自己都觉得自己的想法比较白痴，但还是在google上敲下了“周恋”两个字。

这怎么可能呢？周恋不是名人，也不像文木似的名字经常出现在报纸上，也没有在公开出版物上发作品的先例，怎么可能有关于她的搜索结果呢？

同名同姓的人多了，在十几条有关周恋的搜索结果里，大多都是和文木的恋恋没什么关系的，什么某某市官员、少女作家、被骗入深山卖给农民做媳妇的女博士，甚至还有一个养猪专业户。但有一条让文木的心“怦”地一跳：

1991年湖南韶清地区中学生文艺会演获奖名单。出处是《韶清日报》。

恋恋的老家就是韶清市啊。

文木紧了紧手脸，焦急地等待着这个词条打开。

第一条就是：一等奖一名，周恋，韶清市第一中学，参赛作品民族舞《楼兰风情》，指导老师焦凤展。

查到韶清市的长途区号，加114，文木得到了韶清一中的电话号码。

文木把电话拨了过去。“您好，韶清市一中，请直拨分机号码，查号请拨零。”

拨零。

“您好。”

“您好，我想找焦凤展老师，请帮我转一下。”

“焦凤展？我们这儿好像没这个人。”湖南味的普通话，很好听。接着文木似乎听到一阵湖南话，好像是接线生正问旁边的人。

“您找的是教音乐的焦老师吧，她早就退休了。”

“那您知不知道她家里的号码，我有急事找她。”

“对不起，我不知道，要么我给你转到体音组，你问问他们吧。”

接电话的是个男人，高喉大嗓的，原味的湖南话。好在文木和周恋在一起有几年了，周恋和父母、老乡聊天都是湖南话，文木也算有点基础。连蒙带猜，居然也听懂了大半。

“焦老师退了好些年了，我也不知道她家的电话。你是哪里？”对方说。

“我是《中国音乐》杂志社的编辑，焦老师两个月前给我们投了一篇有关中国民乐的文章，有一处我们想让她修改一下，但把她的联系方式搞丢了，只记得她是韶清一中的，麻烦您务必帮我一个忙。”文木撒了个谎。

"呵，老焦可以呀，还真有几把刷子。你等会儿，我帮你问一下啊。"

文木顺利地搞到了焦凤展家里的电话，心中一阵窃喜。

接电话的老人有点上气不接下气，显然身体不大好。

"请问焦凤展老师在家吗？"

"我就是，你哪里？"

"噢，焦老师您好，我是《上京晚报》的记者文木，好不容易找到您家里的电话。"

"《上京晚报》？您有什么事？"老人的声音警觉起来。

"是这样的焦老师。我的未婚妻，是您以前的一个学生，叫周恋，您还记得吗？"说女朋友分量未免太轻了，这年头，男朋友女朋友早就没有什么公信力了，所以文木说周恋是自己的未婚妻，希望能引起对方的重视。

"周恋啊，我当然记得了，那是我这辈子教过的最有艺术天赋的学生。周恋还好吗？"

"说实话，不好。这也是我找您帮忙的原因。几天前，我和恋恋吵了一架，她一赌气走了，跟谁都没说去哪儿，手机也关了，怎么都联系不上，能知道的她的熟人朋友我都找遍了。今天来麻烦您，是想问您知不知道她在中学有没有特别要好的同学。"

"哎呀，这都是好多年前的事情了。让我想想。那时候周恋和一个姓王的女同学最好，都是学校乐团的，可后来我听说她去了德国，就嫁在了当地，再也没见过。周恋也是，从她毕业以后我就再没见过她。"老人的话里有一种无言的落寞。

文木竟一时无言，心里除了失望，还有一种难以名状的感慨，眼下的社会，真是人情薄如纸啊，用人朝前不用人朝后。自己以前的老师，即使逢年过节，也曾想到过去看望一下吗？一日为师终身为父的传统，还有谁会哪怕偶尔的记起呢？

“你是怎么找到我的？”老人听文木没话了，倒好像来了兴致。

“噢，我在网上查到了1991年《韶清日报》上刊登的韶清地区中学生会演的获奖名单，周恋获了一等奖，而您是指导老师。”

“啊，是啊，是啊，那年我们后来经过全省的选拔，还参加了全国会演呢。20世纪90年代初，那是中国文化界最后的黄金岁月，后来就全完了。你看看现在的什么新日新星、什么超女，都是什么东西?！要什么没什么，群魔乱舞，全是炒作嘛，真正有天赋的人却没有机会。周恋大一的时候不也参加新日新星的选秀了么，居然连广州赛区的前二十名都没进去。周恋是连中国音乐学院都笃定能考上的人。什么标准嘛。”

“什么?！您说恋恋参加过新日新星的选秀？”

“是啊，1992年的第二届，她没和你说过吗？当时她还打电话给我商量这事，我一直不赞成，那是什么玩意嘛。可恋恋喜欢啊。从小她就喜欢唱歌跳舞，考大学时想考中央音乐学院，我也支持她。我的一个老同学是中央音乐学院的教授，有一次来出差，听过恋恋唱歌，说只要文化课过线，专业肯定没问题，太有天赋了。恋恋真是很难得，不但有艺术天赋，文化课也特别拔尖。可她父母不同意，我都跟他们吵起来了，可孩子是人家的啊。最后恋恋还是考了广州外语学院。上了大学她还不死心，当时正赶上新日新星的第二届选秀，恋恋就报了名。结果呢，连前二十都没进，真是岂有此理！那年的总冠军我看了，叫什么名字来着？她那叫唱歌？鸡打鸣也比她动听些，给恋恋提鞋都不配！”老人气得呼哧呼哧直喘。

老人后面的话文木几乎都没往耳朵里进，他心里只转着一个念头：周恋参加过新日新星的选秀？从来没听她提过呀。现在，周恋的失踪似乎和新日新星、和林依靠得越来越近，这里面难道真有什么不可告人的玄机吗？

十六

文木登上观音顶的时候，已是黄昏时分。站在碧落庵的山门前极目一望，但见平林乔木，枝叶凋败，山脚下荒村迤逦，暮鸦点点，说不出的萧索凄凉，像极了一幅宋人的山水。

稀稀落落的雪粒不紧不慢地撒着，打在文木的羽绒服上簌簌作响。

碧落庵不大，但收拾得异常雅洁。两进大殿，殿前几棵百年银杏。殿后是藏书楼，东西两排厢房，是僧尼的僧舍。东壁厢开着一个月洞门，连着一个跨院，种着几株丁香、石榴，是云游僧尼和相熟香客留宿的客房。因为山深路险，一般人到不了这里，所以平日里也不收门票。赶上又是年关，游客稀少，院子里除了一个扫雪的小尼，竟是看不见人影。

周恋是个虔诚的佛教徒，每个月的第一个周日，总是要一个人来这里进香礼佛。有几次文木要跟着来，都被周恋拒绝了。所以碧落庵在文木的心里，一直都有点神秘。文木是个好奇心特大的人，有一次他甚至开车在后面跟着周恋，都快出了城了，才突然觉得自己的可笑，又怕周恋生气，最后还是放弃了。

几年来，周恋来碧落庵的日子非常规律，无论刮风下雨下雪雷打不动。也许，在碧落庵里能打听到恋恋的一些消息，哪怕找到一点相关的线索呢？甚至，没准恋恋就在这儿躲清净呢？想着到碧落庵来走一趟，文木心里其实还有一个念头，这几天太乱太烦，他活了二十多年，头一遭碰到这么多没头没脑的事，像一团乱麻，而且头绪越来越多，越往下蹚感觉水越深。他想找一个清静的地方理理思路。

雪却是越下越大，米粒大的雪籽已经变成了大朵大朵的雪花，撕棉扯絮一般。今年的雪真多啊。在文木的印象里，只有小时候才见过这么多这么大的雪。如果没有现在这种烦心的事，在远离尘嚣的山顶禅院里，一个人，一炷香，一杯清茶，一张净几，一院飞雪，该是多么让人神清气爽的享受。

可若没有这事，你会一个人在雪天开150公里山路巴巴地赶来吗？

小尼姑一下一下地十分认真地扫着雪，文木都走到跟前了，她仍是低眉顺眼地，连头都不抬一下。

“对不起打搅一下，我想问您打听个人行吗？”文木不知道和尼姑说话，是该称师傅呢还是别的？

小尼姑住了手。

好一双宁静如水的眼睛。文木立马感觉自己俗了。

小尼姑等着他说下去。

文木拿出一张周恋的照片，“您认识这个女孩吗？她经常到你们这里来上香。”

小尼姑看了一眼摇了摇头：“我刚来不久，好像没见过。我帮你找个人问问吧。”

小尼姑带着文木来到东厢房居中的一间房子门前，“知惠，知惠，你出来一下。”

木门吱呀一响，出来的小尼姑又是别一番风致，柳眉杏眼，雪肤薄唇，眼神眉宇间是拒人千里之外的傲气。

“什么事？”

文木把照片递过去，把前面的话又说了一遍。

“啊，周恋姐呀，认识认识，她是我师傅明心大师的好朋友，经常来和我师傅吃茶讲经来着。您是？”知惠的脸色一下子和缓了。

“我叫文木，《上京晚报》的记者，是她男朋友。最近您见周恋来过吗？”

“没有。周恋姐应该三天前就来的，她每个月都很准时，我也还在纳闷呢？她怎么啦？没什么事吧？”

“应该没什么事，我也找不到她了，所以才到你们这儿来看看。明心大师在吗？”

知惠眼里闪过一丝不易觉察的警惕，“不在，我师傅出远门了。”

“噢，可以问一下她去哪儿了吗？”

“不知道，师傅从来都是行踪不定，也不许我们打听。”

“我能联系到她吗？比如手机什么的？”

“我师傅从来不用那种东西。”

“是吗？现在都什么年代了，你们不至于真的与世隔绝吧？听说你们这行里好多人都开上了奔驰宝马了嘛。”

“不是隔绝，而是在出家人心里，根本就没有您说的那个‘世’。”知惠把“出家人”三个字咬得很重。

“对不起，得罪得罪。”

一场席天幕地的大雪，天擦黑的时候，山门外的积雪已经有一尺厚。文木知道今夜是走不成了，天黑雪大，又是曲折蜿蜒的盘山路，弄不好就会扎到山涧里去摔个粉身碎骨。

好在跨院里有几间供香客们留宿的客房，文木又是熟人的男友，《上京晚报》的记者，不是那种乱七八糟的人。所以文木一提出来要暂住一宿，知惠就很爽快地答应了。

许是风雪压坏了电线，晚上刚吃完饭，电就突然停了。房间里虽然有个小炉子，但文木觉得仍然难以抵挡山里风雪之夜的酷寒，晚上吃的又都是萝卜白菜之类的素食，没什么热量，扛不得时候。文木在忽闪忽闪的烛火下面，翻着一本什么人落下的《南华经》，看得不知所云。好歹挨到快近午夜，肚子里又饿得难忍，又没处去找吃的，便一口吹了蜡烛，卷上被子，床上缩成一团睡了。

山寺的夜静极。迷迷糊糊里，文木听到风似乎已经停了，但窗台上还有极细小的簌簌的声音，知道雪还是在下。突然，一阵很轻很轻的咯吱咯吱的声音从窗外传来，好像有人在窗下徘徊。深更半夜，这么大的雪，谁会到这儿来呢？文木怀疑自己听错了。

但接下来的声音让文木打消了所有的疑虑，本就不多的睡意顷刻全消。

是一声叹息，低沉、绵长、幽怨、哀伤，似乎从很深很深的地方飘出来，凝聚了人世间所有的难以言传的痛苦和委屈……是个女人。

“谁在外面？”文木一激灵坐了起来。

披衣、穿鞋、开门，也就是一刹那的工夫。文木出门看时，微茫的雪光里，院子里已空无一人，两行凌乱的脚印从窗下一直排到月洞门，窗下的一根丁香枝兀自在微微摇晃。

文木循着脚印往正院追去。绕过前殿，文木看见一个人的背影在一棵粗可两人合抱的银杏树后飞快地一闪，就不见了。

天色幽暗，寒气像钢针一般无处不在，远远的有一只夜鸟嘎地叫了一声，便再也没有了声响，仿佛把自己也吓着了。后殿朱红的大门微微开着一道缝，有低沉的呜呜声隐隐地传出来，也不知是风还是别的什么。

文木心中不由得一懔，但还是乍着胆子推开殿门，身上摸出打火机，找到供桌上的一支红烛点了擎在手里，在殿里前前后后寻了一遍，连观音菩萨身后的帐幔都撩开看了，却并没有发现什么。

十七

那年，文木跟着头儿去西安参加全国晚报联盟的年会。会后，作为东道主的西安晚报邀请大家去陕北采风，领略陕北奇异的民俗民风。

米脂的“转九曲”把文木惊了。

转九曲也叫转黄河、转迷魂阵、转八卦阵，是陕北一带流传了数千年的神秘的祭祀仪式。一般是在阴历的十五前后。在山前河畔的两亩大小的空地上，360根高杆插在地上组成九个“万”字阵，阵阵相连并成一个八卦迷宫。每根高杆上顶一盏灯，灯由萝卜或土豆剜成，内盛煤油。阵的入口处设烟火天梯和祭坛，阵中竖通天杆。

文木一行赶到秦村的时候已是掌灯时分。站在坡上一看，河畔的九曲阵灯火点点，左盘右旋，俯仰迎送，宛如活了一般。村里的族长在祭坛前一番祭拜后，率红衣绿裤的秧歌队走在最前头，文木他们随着一村的男女转入迷魂阵。

脚步杂沓，平日说话恨不得赛吆喝的村民个个神色凝重，偶尔低声嘀咕一句什么，顽皮的孩子此时大多被爹妈紧紧地拽在身边，四周笼罩在一片神秘诡异的气场里。在领头老汉沙哑高亢一唱三叹的吟诵声中，文木渐渐陷入混沌状态，恍惚里行进途中每一个岔路都像一个黑黢黢的洞口，都在发出无言的诱惑。文木觉得心中有千万种烦恼，丝丝缕缕，盘根错节，越捋头绪越多……文木在一阵震耳欲聋的鞭炮声里惊醒，原来人们已经转出了迷魂阵，正在放鞭炮送灾星。

零下十几度，文木额上的冷汗竟涔涔而下。

文木现在的感觉，就和当年陷在迷魂阵中差不多。周恋的神秘失踪、周恋和新日新星以及林依模糊不清若即若离的关系、藏头露尾的跟踪者、深山古寺凄凉的夜半叹息和飘忽的背影……转九曲还有一个领路的长者，可现在又有谁能引领自己走出这五里云雾呢？

新闻频道的《面对面》栏目，外憨内奸的王志正采访华裔神探李昌钰。李昌钰说自己有一个奇怪的爱好，喜欢翻别人的垃圾桶，通过别人的垃圾可以了解这个人的生活甚至隐秘。

文木看得心里一动。

他记得上次翻那张《新报》时，周恋书房里的垃圾桶里还有一堆撕得乱七八糟的纸片什么的，也许，能从那些烂纸里发现一些蛛丝马迹。

文木把一张废报纸铺在地板上，将垃圾桶里的东西兜底全磕了出来。写满字的笔记本上的纸片、信用卡消费的小票、停车收据……文木仔细地翻检着、拼凑着，突然，一张只有扑克牌三分之一大的纸片吸引了文木的注意。这是一张商业发展银行的电汇收据的残片。周恋会给谁汇钱呢？父母吗？应该不会，周恋曾提到过，她给父母在家乡买了一所大房子，还给他们在当地存了一大笔钱，够他们养三辈子老都用不完。逢年过节，如果周恋的父母不在上京，她也就是打个电话问候一下，从来没有寄钱的事情。那么这些钱是寄给谁的呢？无论是谁，都说明此人和恋恋的关系非同寻常。这应该是一个有价值的线索。

什么事情一旦有了方向，分类搜索就相对容易了。很快，文木就从一堆杂乱的垃圾里将三张商发行的电汇收据的残片拣了出来，根据纸片的大小和能吻合的边缘，文木将它们一一复位，背面用胶条粘好。

三张完整的收据清清楚楚地出现在眼前，都是汇给同一个账户。但在时间上没有什么规律性，分别去年的4月、7月和12月。金额也不算很大，三笔分别是3000、5000和10000。

现在的问题是，如何根据这个银行账号查到这个人，即便作为记者，这个问题也是文木无能为力的，涉及银行和客户的商业秘密，除了司法机关，估计谁也查不出来。

文木觉得有价值的还有半张照片。上面只有一个男人，五十左右，微胖，看他右手的姿势，显然是搂着左面某个人的肩，照片的背景比较模糊，好像是在类似酒店的大堂里开什么会的样子。被撕掉拿走的那个人会是谁呢？是周恋吗？如果是周恋，那么这个神秘人又是谁呢？她和他，又是什么关系呢？

文木把收据和半张照片夹在一本书里仔细收好，连那一堆剩下的垃圾也没舍得扔，找了个牛皮纸袋子装了，收在柜子里。也许，里面还会有暂时没被发现的线索呢。

冉佳的电话打进来的时候，文木正对着那三张收据发呆。

“这两天有什么消息没有？”冉佳问。

“昨天我去了一趟碧落庵，碰到了一件怪事。”文木把半夜窗下的女人叹息和灰色的背影说了一遍，冉佳听得在电话里大惊小怪，“你觉得会是周恋吗?”

“肯定不是，声音不对。但和周恋也许有关。”

“那你没有问问知惠?”

“一早起来我就找她去了，她也一头雾水。”

“那也没什么，要是她们有什么秘密，会告诉你吗?”

“是啊。不过，我刚才在恋恋书房的垃圾桶里倒有所发现。”

“是吗? 什么东西?”

“三张商发行的电汇收据。”

“那怎么啦?”

“恋恋从不给她父母寄钱，我也没听她说过给别人汇钱的事。这三笔钱一共是18000元，都是在去年，汇给了同一个人。钱不算多，但也不少。我推测，恋恋和这个人应该不是一般关系，也许找到他，就能找到恋恋的下落。”

“我没见过电汇收据什么样。上面有对方的名字吗?”

“什么都没有，只有一个13位的账号。但银行肯定不会告诉不相干的外人客户的资料，除了我是警察。”

“那么去告诉警察呢? 让他们去查?”

“那也无非是备个案。上次我不是报警了吗? 到现在一点信儿都没有。”

“倒也是，这种事警察估计也顾不了那么多，多少杀人案还管不过来呢? 不过，我倒有一个办法。”

“你不会凑巧认识商发行的人吧?”

“我有一个同事，电脑玩得特溜，骨灰级黑客。把账号告诉我，我请他帮忙试试。要说查折子或信用卡的密码可能有难度，但查个客户名字和联络方式估计还有戏。”

“哈，太好了，我可全指望你了。”文木把那个13位的神秘账号给了冉佳。

“等我好消息吧，我觉得这事靠谱。”

整个上午文木是站也不是坐也不是，直在屋里转磨。下午三点来钟，电话终于响了，还就是冉佳的。

“搞定了！”冉佳也兴奋得不行。

“你那哥们太强了，改日我要好好谢谢人家。”

“不用不用，他还欠着我人情呢。你记一下啊，这个神秘人叫苗胜，苗族的苗，胜利的胜，手机是13891394777。”

“没有单位住址之类的吗？”

“只查到这些，这是一张商发行的卡。”

“已经很不容易啦。哎，我该怎么谢你呢？”

“先别说这些了，快打电话试试找人吧。啊。”

文木迫不及待地拨通了这个手机，没忘打开录音键。

“喂你好，请问是苗胜先生吗？”

听筒里传来一个男人的声音，听上去岁数不大，“你谁呀？”

“我是《上京晚报》的记者，我叫文木。是这样，我知道我很冒昧，但我非常需要您的帮助，请您务必听我把话说完。”

对方应了一声。里面的背景声很乱，闹闹哄哄，孩子大呼小叫，隐约还有什么动物的叫声。

“我在找一个叫周恋的人，她是我未婚妻，您认识她吗？”

“不认识。”对方冷冷地说。

“但我手里有三张周恋汇款的银行收据，而收款的人正是您。您不至于收了钱却连汇款人都不认识吧？”

“我根本没听说过你说的这个人，你肯定搞错了。”

对方挂了。

难道是黑客搞错了吗？文木一脑门子的狐疑。半个小时之后，不甘心的文木又用座机拨通了苗胜的手机。

“喂？”文木说。

对方打开了接听键，但并没有和文木说话。里面还是乱哄哄的，只听一个什么人在喊：“哎，苗胜，你这会儿干吗去呀？”苗胜答：“你先帮我盯一下，我接个电话就来。”

“喂，哪位？”苗胜这才和文木说话。

“嗨，还是我，晚报的文木，我……”还没等文木把话说完，对方哒地一声就把电话挂了。

文木再拨，苗胜已经关机了。

文木气得一屁股跌在沙发上。

十八

文木肯定这个叫苗胜的人是在撒谎。也许是不太会掩饰，也许是觉得反正是在电话里，文木也抓不到他，苗胜好像一点都不在乎。他的反应太冷静了，根本不像一个什么都不知道的人的正常反应。

文木把手机里的录音反复听了几遍，对话只有那么干巴巴的几句，提供不了什么有价值的信息。背景声呢？嘈杂一片，似乎在一个很大的空间里，有隐隐约约的叫好声，有孩子们兴奋的尖叫声，还有一种模糊的什么动物的叫声，听不太清楚。

如果知道是什么动物的叫声就好了，这样也许就知道苗胜在什么地方了。

有什么方法可以把这种动物的叫声从其他声音的干扰中剥离出来呢？

文木突然想起一件事情。他记得晶晶曾说过她男朋友和人合伙开了一家音效工作室，拥有目前国内数一数二的音效库，包括中央电视台在内的许多电视台的优秀纪录片的音效，听起来又逼真又震撼，其实不是现场录的音，而是这家叫“超音波”的工作室在后期给做出来的。

也许，求助于专业人士和专业设备，能够甄别出那是一种什么动物。

文木本来不想报社的人知道自己的私事的，但事到如今，也顾不了那么多了，便在电话里一五一十地和晶晶说了。

晶晶带着文木来到“超声波”工作室。

文木像到了科幻世界一样。“超声波”占了博科大厦九层的半层楼，每个工作间里都摆满了各种仪器，无数的控制钮、红红绿绿的指示灯、曲线跳来跳去的荧屏，看得文木眼花缭乱。晶晶的男朋友把文木手机里的录音输进一台仪器里，两手推上拉下地摆弄了一会儿大大小小的控制钮，然后摘下耳机说：“成了。”

他把声音放了出来。

一种动物尖细的“咭”、“咭”的叫声从音箱里清晰地飘了出来。

“是海豚！”晶晶兴奋地叫道。

“是吗？你肯定？”文木从来没注意过海豚怎么叫。

“咱们可以用样本对比一下。”晶晶的男朋友在键盘上敲打了一会儿，从音效库里调出一版海豚的叫声样板，放出来对比了一下。

没错，是海豚无疑了。

那位黑客曾告诉过冉佳，说根据卡上的资料，苗胜人在上京市。而在上京市，有海豚的、人来人往的公共场所，只有海洋馆一家。

辞别了晶晶他们，文木从超音波出来，在博科大厦门前给冉佳打了一个电话。

“可海洋馆是个人流量多大的地方啊，苗胜当时要是在那儿玩，也早走了，谁会老在那儿待着啊？即便你现在赶过去，苗胜还能在那儿等你吗？”冉佳有点失望。

“我第二次给他打电话，还听到了一些信息。”文木胸有成竹。

“听到了什么啦？”

“有人在旁边喊他说，嗨，苗胜，你现在干吗去呀？苗胜说，你先帮我盯一下，我接个电话就来。”

“你的意思是，苗胜有可能是海洋馆的工作人员？”

“很可能就是海豚馆里喂海豚的管理员。”

“你第二次电话是接着第一个电话打的？”

“半个小时以后。”

“那你怎么知道他没有离开海洋馆，到了另一个地方？”

“因为背景的嘈杂声和第一个电话里的一模一样。”

冉佳乐了，“而且，半个小时都没动地方，一般游客不会这样。这样，离海洋馆工作人员的推测更进了一步，是不？”

“哈哈，没错。”

“你现在就过去吗？”

“快下班了，去了也找不到人，明天吧。反正他也跑不了，他做梦估计都想不到我会找到他。”

“好吧，我明天想和你一起去。”

“行，谜底明天也许就能揭开。”

文木没有回家，而是直接把车开到了报社楼下的肯德基门前。就是这儿了，文木想。明天的谜明天再说，今天我先把你这个谜破了！

那辆白色的BWMX3跟着停在了马路对面的东北菜门前。

自从那天去报案时怀疑被人跟踪后，文木就留了心。这几天，他发现有一辆白色的BWMX3总是时隐时现地跟着自己。文木曾想抓他一个现行，但都被他跑了。

楼下的这家肯德基有两个门，正门对着街，还有一个边门，直通到旁边一家公司的接待大厅。而从大厅的后门出去，就进了石化公司的大院。这栋大厦是石化公司盖的对外出租的写字楼。除了在这栋楼里办公的人和石化的人，一般食客是不知道这个肯德基的边门的。文木他们报社租的就是这栋大厦的写字间，上来下去的，熟得很。

文木下车，趁锁车的工夫扫了一眼对面。那辆宝马静静地趴在那儿，深色的玻璃后面没什么动静。

文木进门，直接出边门，穿过大厅，走后门进大院，然后从大院的北门出来，绕了一圈过了马路。

文木跟着几个下学的打打闹闹的中学生，从后面悄悄地接近了宝马车。

文木猛地一拉宝马副驾的车门，坐了进去。

“你为什么老跟着我！?”文木怒喝一声。

那人闻声回头，也许是根本没想到，这一惊着实不小。

“啊?!”这人一回头，文木也是一愣，怎么这么眼熟呢？在哪儿见过吧？

“文先生，别误会，您听我解释。”那人醒过神来，一脸尴尬地说。

他一说话，文木想起来了，“你是林晋？林依的弟弟？在林依家采访的时候我见过你。”

“没错，是我。”

“那天在派出所门口，也是你？”

“对，我是跟了你几天了。”

“王八蛋，你干吗老跟着我，想干什么？”文木急了，抬手就是一拳抡了过去。

林晋轻轻一闪就躲过了，顺手就抓住了文木的手腕。文木没想到，精瘦的林晋还挺有劲，手像一把铁钳一样。

“文木，你别冲动，我绝对是友非敌！”

“你鬼鬼祟祟地跟踪我，还说是友非敌?!”

“这里不是说话的地方，找个安全的地方我好好跟你解释。”林晋警觉地前后看了看。

“我凭什么相信你？”

“好吧，我告诉你，我怀疑现在的这个林依不是我姐姐，我姐姐另在别处。这里面有重大阴谋！”

“什么?！你脑子进水了吧？再说了，这和我有什么关系？”

“这就是我跟踪你的原因！我怀疑周恋的失踪也和这个阴谋有关！”

“你还知道什么？说下去。”一提周恋，文木的神经一下子就绷紧了。

“我还知道很多，但不能在这儿说。”

“好吧，我知道一家叫大月氏的咖啡馆，清静得很。”

十九

窗外北风怒号，悠长而凄厉，像孤狼月圆之夜的喉音。

文木并不是个轻信人的人，但林晋的话和他曾经有过的猜测有暗合之处。周恋长得和林依很像，而且参加过新日新星的选秀，难道周恋的失踪真的和新日新有关吗？

“周恋的失踪和你姐姐有什么关系？”这是文木最关心的事情。

“有知情人告诉我，周恋有可能知道我姐姐林依现在在什么地方。”林晋说。

“啊?！你的意思是说，周恋认识林依？”文木大吃一惊。

“不仅仅是认识。”

“那个知情人是谁？在哪里？”

“一句话两句话说不清楚。这事得从我对现在这个‘林依’的怀疑说起。我曾经说过，我怀疑她不是我姐姐，是个冒牌货。”林晋叹了口气，“不知道我姐姐现在是生是死。”

“你是觉得现在的林依长得太年轻？和实际年龄不符？这种怀疑社会上一直都有，早不是什么新闻了。”

“不是因为这个。以目前的医疗美容技术，只要你有钱，做到这一点是有可能的。我的怀疑基于我对她的感觉。”

“我好像听说这么多年你一直在国外？”

“是。这么些年我和我姐姐，不，和这个林依待在一起的时间不会超过8个小时，但我的感觉告诉我，她不是我姐姐。虽然各方面都非常像，包括身上的伤疤，简直是天衣无缝。”

“20年的时间是个漫长的过程，人是会变的，你的感觉也许不准？不然，怎么连你的父母也从没怀疑过？”

“要么怎么说是天衣无缝呢？但我的感觉是有凭据的，不光是第六感。”

“什么凭据？”

“抱歉，这是我的隐私。20年的时间虽长，但还是有些东西永远不会变，也无法伪造。”

“其实你可以考虑去做一下DNA鉴定，现在很方便，况且你也不难弄到林依的一根头发。”文木还是有点不相信。

“不必，我敢百分之百地肯定，现在的林依不是我姐姐。”

“那你有没有问过现在的林依？这是到底怎么回事？”

“你太幼稚了老弟。一个大活人凭空消失了，被替代了，你以为这是为了好玩吗？其中必有重大图谋！我姐姐现在生死未卜，我要先暴露了意图，不是往虎口里送吗？你很快就会听到，我的谨慎是多么的重要。”

“那么你姐姐呢？在哪儿？”

“这也是我要找的嘛。因为林依弟弟的身份，我得以比较自由地出入新日新公司。在公司的资料库里，我从一堆垃圾一样的破纸堆里翻出了一本十几年前的宣传册，那是第一届新日新星选秀大赛的画册。里面有一张照片，是我姐姐和一群选手的合影，西安赛区的。这本来是一张很平常的集体照，开始我也没在意，但就在我马上就要翻过去的时候，后排一个女孩引起了我的注意。她和我姐姐长得太像了！”

“你的意思是？”

“我没什么意思，直到现在我也没什么证据来下结论。但这个和我姐姐长得很像的女孩，肯定是揭开真相的正确方向。我进入新日新公司的资料网络系统，查到了这个女孩叫于泉泉，西安赛区的选手，但在50进40的预赛中就被淘汰了。别的我就查不到什么了。我发现新日新资料网络系统里有一个核心机密区域，但需要授权才能进入，而且仅限集团和公司的4个高层人物。我曾请了一个电脑玩得很好的哥们，叫黑客吧，试着渗进去，但没成功，做安全系统的人功夫太深了。”

文木的失望溢于言表。不料林晋却说：“看资料库的是个老头，没事的时候我们经常下象棋。我早就看出这老头不是一般人物，那副曾经沧海的样子，深了去了。后来聊起来，果然。他原来是新日新草创的元老之一，后来因为经济问题被拿下了，好在公司还念点旧情，就把他发配到了资料库，当然他自己说是被冤枉的。我就把那张照片拿给他看，他还真知道于泉泉这个人，当时西安赛区的选秀正好是他分管。当时的情况十分蹊跷，在西安进入前50名的选手里，于泉泉的唱功和表演天赋是最突出的，但公司高层却秘密授意，必须把她拿下来，严禁她继续参赛。具体是什么原因，除了公司的几个高层外，任何人都不得而知。根据那老爷子提供的几个含混不清的线索，我费了九牛二虎之力才找到了于泉泉，但她已经成了一个不可救药的瘾君子了，在晚唐夜总会做小姐。我去找她的时候，正赶上她犯瘾，又没钱买粉，于是我就给了她一千块钱。作为交换，她告诉我，周恋可能知道我姐姐的下落，并把周恋的地址给了我。”

“那么，于泉泉、林依和周恋到底是什么关系？”

“我没问出来。当时我急于找到我姐姐，以为找到了我姐姐，什么不都真相大白了嘛。但我没想到，当我来找周恋的时候，她已经失踪了。于是我赶紧回头再去找于泉泉，但是发现情况更糟。”

“怎么了？”

“于泉泉死了，被谋杀的。”

“啊?！那么周恋会不会……”文木觉得全身的寒毛都竖起来了，像被人浇了一盆冷水。

“希望不会，但她正面临巨大的威胁是确定无疑的。于泉泉早不出事晚不出事，偏偏赶上向我吐露了一些情况之后被人杀，十有八九是被灭口了。所以咱们的当务之急是，尽快找到周恋的下落，越快越好！你现在有什么线索吗?”

文木把这几天寻找的情况大致向林晋介绍了一下，接着道：“你能相信一个毒虫的话吗？一个人毒瘾犯了的时候是什么都敢做什么都敢说的，你没怀疑过于泉泉是为了钱拿话来敷衍你吗?”

“我有过怀疑，怀疑自已找错了方向。但于泉泉给我看了周恋的照片，我再无一丝怀疑。”林晋道。

“为什么?”

“你也没见过于泉泉吧?”

“没有，今天是第一次听你说。以前也从没听周恋说起过。所以我才怀疑于泉泉是在敷衍你。”

“那我告诉你吧，你别跳啊，于泉泉和周恋长得非常像，她们两个又和我姐姐长得特别像！你觉得这是纯粹的巧合吗?”

“真的？这也太匪夷所思了吧?”

“千真万确，只是胖瘦有出入，看上去年龄大小不一样。形象点说，就像三姐妹，还得说是长得特别特别像的。”

“我还是有点不能相信，这几率太小了。有悖常理。”

“所以，三个没有任何血缘关系的人，来自于天南海北，居然长得如此之像。不但如此，三个人之间还有某种神秘的联系。这只有两种可能，一是造物主的恶作剧，或者可以称之为神迹。二是这背后有人出于不可告人的目的在控制一切，是阴谋。”

“太不可思议了。”文木觉得头有点大。

临走出门的时候，林晋又突然想起什么似的回头说：“你怎么会和司马渐江的女儿认识?”

“司马渐江的女儿?没有啊?”文木一脸茫然。

“冉佳啊，这几天我老见你和她在一起嘛。”

文木见了鬼似的瞪着林晋：“什么?冉佳是司马的女儿?!怎么可能?”

“有什么奇怪，谁说孩子不能跟妈妈姓了?”

文木呆了，怎么这几天出现的人和事，都和新日新公司有着若有若无的牵连?

“你怎么知道冉佳是司马的女儿?”文木还是不信。

“新日新公司的人谁不知道?她老去找她爸爸。她没和你说过吗?”

“没有，我只知道他爸爸是做文化公司的，没见过，也没问过。”

“你和她是怎么认识的?”

文木显出不悦的神色。

“我不想刺探你的隐私，只是怕这里面有鬼。你知道，咱们现在必须处处小心。”林晋说。

“冉佳几年前是我女朋友，后来分手了。”

“最近是怎么又联系上了?偶遇吗?”

“不是，她半年前从国外回来，就一直在我常去的几个论坛里找我，后来才联系上。”

“她在这时候出现，你不觉得反常吗?”林晋盯着文木说。

“不可能!冉佳绝对不会做不利于我的事情!”文木急了。

“你们是为什么分手的？她不满意你？你不满意她？有原则性分歧吗？”

“那倒没有，当时我们都不太成熟吧？”

“她对你旧情难忘吗？对不起，我再次声明，我很尊重你的隐私，但现在这个时候，有些问题必须弄明白。”

“也许……有点吧？”

“你对她呢？”

“那倒没有，我和周恋的感情很好。”

“这可能就有问题了。女人心，海底针啊。老弟，你要小心啊。”

“你的意思是？”

“我什么也没说，这毕竟是你的个人感情问题，你自己好好想想吧。”

二十

在上京人民广播电台的专栏节目中，《子夜心澜》可以说是一个响当当的牌子。20年来，每到周一、三、五的午夜零点，总是有一大批的铁杆听众准时守候在收音机旁，在主持人心澜温和亲切的声音里，分享、分担着看不见的朋友在情感世界里的感动和苦恼。心澜不但在上京，而且在能收到《子夜心澜》的地方，都是个不折不扣的名人，这从她办公室满满三大文件柜的听众来信上就能看得出来。

以前老说三十年河东三十年河西，看样子现在要改成三年河东三年河西了。歌里不也唱了嘛，这世界变化快。最近几年，市台的几个频道纷纷另立山头，成立了专业台。这些由一帮年轻人领军的电台观念新有冲劲，为了争取听众无所不用其极，栏目之间的竞争越来越激烈，现在光是和《子夜心澜》定位类似的情感热线类栏目就有四个。

《子夜心澜》的听众正在被慢慢分流。台领导很着急，心澜心里更急。心澜的急和台里的急不是一回事，心澜急的不是没有应对的办法，办法就摆在眼前，但她不想用，非不能也，是不为也。

心澜是个有原则的人。或者说，心澜老了。

心澜曾经花了不少工夫研究了新兴的几个情感热线栏目，发现他们的最厉害的撒手锏就两个字：猎奇。奇情、虐恋、变态的单相思、妄想狂的冲动甚至耸人听闻的不伦之情。

在《子夜心澜》里，心澜是排斥这些的，或者在遇到这些逆流时，心澜总是有办法把它们导入正常的轨道。但那几个栏目的主持人不这样，她们是不引导的，她们只是在挑逗，只是掀开盖子，把里面的东西统统抖搂给你看。

心澜很苦恼。她不想放弃原则去迎合潮流，但不放弃的后果就是，眼睁睁地看着自己的听众离开，就像一只漏水的桶，里面的水会慢慢流空。

有一次，心澜和自己上大一的女儿聊起了这件事，问女儿喜欢什么样的内容，女儿的话一针见血：不是变态我不爱！

天啊，世界什么时候已经变成这个样子了呢？难道我真的老了吗？

所以，当心澜得知下一个热线是那个午夜放风筝的神秘骑士打来的时候，她心里是有些犹豫的。但那只是一瞬间的事，因为她知道，这是近来传得沸沸扬扬的午夜风筝骑士的第一次公开“露面”。神秘骑士主动浮出水面，这对任何一家媒体来说，都是求之不得的，它的传播价值是不言而喻的，可以用千载难逢来比喻。

心澜的心里居然有些紧张，这在她二十年的经验里是不多见的。也许，是这个神秘人太不寻常了吧？不寻常的举动，背后必有不寻常的隐秘。神秘骑士主动打电话过来，到底是想说什么呢？

“接下来，我们的热线要请进来一位神秘的朋友，他就是那位午夜风筝背后的神秘骑士。喂您好！我该怎样称呼您呢？叫您风筝骑士吗？”

“心澜您好，您就叫我放风筝的好了。”男人的声音和腔调不像传说中的那么神秘莫测，文质彬彬，听起来很有教养。

“您挺幽默挺……挺正常的啊，不像大家想象中的那么神秘。”

“合理的就是正常的，你觉得不正常是因为你觉得对你来说不合理。就我而言，我的种种不为人理解的行为，是有自己合理的动机的，所以我是正常的，不像很多人想的那样诡异，甚至是变态。”

“您挺有思想的。《子夜心澜》是一个让朋友们敞开心扉的地方。您是有什么心事要和大家聊聊吗？或许，我可以代听众朋友们先问一下，您为什么要在午夜过后放风筝？”

“您曾经刻骨铭心地爱过一个人吗？您曾经在不被世俗观念认同、被所有家人阻挠下爱过一个人吗？其实，午夜风筝和一段爱情有关，准确地说，和一段绝望的爱情有关。”

心澜的心里一阵窃喜，她能想象收音机前无数只耳朵兴奋得立起来的样子。

男人的声音开始发飘，似乎已经脱离了现实世界；“很久以前，一个男孩子爱上了一个女孩子，这本来是一个普通的爱情故事。但因为这段感情背离了世俗观念的正轨，他们遭到了周围所有人的鄙视和阻挠。两个相爱的人被强行隔离，很少有机会见面。那时候没有电话，少年和女孩无法联系，想她的时候，少年便在夜深人静的时候，在女孩家附近放起一只风筝，女孩看见了，就会设法逃出来和少年幽会。有一次，两人在幽会时被女孩的家人发现，随后就是众人的一顿毒打。眼看二人就要被活活打死，逼红了眼的少年情急之下拼命反抗，不慎失手砸死了女孩的堂叔，被判了无期投入大狱，女孩也从此离家出走。几十年后，昔日的少年减刑出狱，这时的他已经是个饱经沧桑的男人。他打听到自己爱的人就在上京，但不知在什么地方，也不知道她的联系方式，于是只好故技重演放起风筝，希望爱人能够看到。这也就是许多人最近看到的神秘的午夜风筝。”

“真是一个伤感的爱情故事，相信收音机前的许多听众都和我一样被感动了。我能问问你们的感情为什么不被认同吗？”

“我现在不想说。也许，等我找到了我的爱人，我会再给你打一次电话的。”

“你是说到现在还没找到她吗？我能帮你什么吗？”

“这也就是我打这个电话的原因。那时候我的唯一的财产就是一部红灯牌收音机，我和她都是您的热心听众。服刑的这么多年来，除了我们的感情记忆，我的另一个精神支柱就是每周一、三、五听您的节目，我相信她现在肯定也还保持着这种习惯。如果她现在正在听这期节目，那真是苍天有眼，她就会知道我正在找她，她肯定会来找我的。”

“她怎么才能找到你呢？您能留个电话或见面地点给她吗？”

男人在电话里笑了：“我在上京现在也是个名人了，这是件很可笑的事。您的节目又有那么多的听众，我可不想被好奇的人电话骚扰或围观。我想给她留下一首诗，她听了之后，会知道去哪儿找我的。”

“好吧，那请您慢点念。”这下就更有戏剧性了，听众的胃口不被吊到房顶才怪，心澜心想。

“每忆舟畔坠金乌，一夜霜寒十七州。点豆种瓜梅岭雪，半掩柴门醉前楼。”

“这是谁的诗?”

“我胡诌的。坦白地说，这是一套密码。她会解出来什么时候到什么地方见我，我们以前常玩这种游戏。”

“请……”心澜刚想再问，男人突然中间把话打断了：“心澜，对不起，我必须挂断了！希望以后有机会再和你聊。”

二十一

文木是在去海洋馆的路上接到冉佳的电话的。

晚上回家后，文木心乱如麻。他把冉佳再次出现后的细枝末节一一重温了一遍，越想越觉得不太对。如果林晋的姐姐林依、于泉泉和周恋是一条线上的话，那她们和新日新公司肯定有着某种不可告人的联系，背景扑朔迷离。她们是知道真相掌握底细的人。林依早已从人间蒸发，于泉泉已死，周恋不知所终。从逻辑上推理，这一系列意外的发生，新日新公司的嫌疑最大，灭口的动机不言自明。

而新日新的掌门司马，能逃脱干系吗?

而作为司马的女儿冉佳，在周恋失踪前就开始设法“合理”地接近文木，这一切难道仅仅是巧合吗?

“世上哪有那么多巧合的事。巧合只存在于故事里，而且是那种胡编乱造的白痴故事。其实很多事都是事先设计好的，只是做得天衣无缝罢了。”

在陪文木去找剃刀的路上，冉佳曾说过这样的话。当时文木听来，觉得合情合理，也没什么别的感觉。但放在目前的情况下，似乎就有了点别的味道。想到这里，文木的背上不禁一阵发凉。如果这种推测不假的话，那么冉佳的城府，就太深了。这个表面大大咧咧的女孩子，难道真的像俗语里说的，是那种外憨内奸的人？

如果上面的推测都可以成立的话，那么第二个被灭口的就是周恋。周恋现在已经失踪多日，假如新日新已经得手的话，为什么冉佳还对寻找周恋抱有这么大的热情呢？是了，这是否可以说明周恋已经逃脱了？

恋恋还活着！想到这里的文木喜极而泣，两行热泪潸然而下。这是这些日子里他第一次流眼泪，似乎他所承受的所有悲痛、焦虑都化作眼泪发泄了出来。

“女人心，海底针。”林晋的话言犹在耳。是啊，设若冉佳对自己仍是旧情难忘的话，周恋就是最大的障碍。当然如果仅仅为了这个就出手害人，也是有点夸张。但如果可以帮助家人摆脱困境、甚至可以救了家人的身家姓名，就手除了自己的竞争对手，也就顺理成章了。

“不是今天要去海洋馆吗？什么时间去？”冉佳在电话里说。

“今天去不了了，报社交代一个急活，我要去一趟上海，现在在去机场的路上。”文木撒了个谎。

“不如我替你去海洋馆吧？”

“不不不，这事我必须自己亲自去。等我回来再说吧。”

“你什么时候回来？”

“说不好，看活干得顺不顺，大概三四天。回来我再联系你。”

虽然不是周末，海洋馆里仍是人头攒动。不知是因为人多还是里面的暖气太足，进来没几分钟，文木竟觉得燥得不行。循着指示的路标，文木找到了海豚馆。这里的人更多，海豚表演的水池前密密匝匝地围满了人，后面看过去，只看到高高低低的人的脑袋和肩膀。孩子们的尖叫声、大人的叫好声，和文木在打给苗胜手机里听到的别无二致，何况还有海豚那标志性的尖细的叫声。

苗胜肯定就在这里。文木的心里竟隐隐有几分紧张。或者，说兴奋更确切一些。

文木好不容易从人缝里挤到最前面。里面有两个穿蓝工装的工作人员，在忙着做清洁，还有一男一女，着颜色十分夸张的卡通风格的演出服，正手舞足蹈、嘴里吆喝有声地逗着几只可爱的海豚鱼跃钻圈。

哪个才是苗胜呢？我也不能直接跨过隔离带进去打搅啊，那不引起公愤吗？

文木在后排椅子上坐下来，等了有十几分钟，终于有一个蓝工装拎着水桶出来了。

“劳驾打听一下，这馆里的工作人员有一个叫苗胜的人吗？”文木迎上去问。

“我还真不太清楚，我刚来两天。”蓝工装说。

文木看他胸前别着的胸卡上印着一个蓝色的B。

文木出了海豚馆，直奔海洋馆办公室。

“我是《上京晚报》的记者，请问这里的负责人是哪位？”文木敲门进去问。

“我们主任在隔壁，您有什么事吗？”一个瘦瘦的女孩迎出来，“我是这里的秘书，我姓马。”

“马小姐您好。我是《上京晚报》的文木。”文木拿出记者证递过去，“有这么一件事。前两天附近的长金河有人落水，被一个人救了上来，但救人的英雄连名字都没留就走了。落水的人当时影影绰绰地看见他戴着你们海洋馆的胸卡，好像是姓苗。后来落水人找到了我们报社，想让我们代为找一下。也巧了，现在正赶上市委提倡发扬公德精神，我们也想采访一下他，给宣传宣传。您能帮我查一下吗？”

“倒真是好事。可我们的员工有一千多人呢……”秘书有点为难。

“他的胸卡上有一个B字”，文木补充说。

“那就好办了，B字是海豚馆的人。”秘书说，“您先请坐，我打两个电话，马上搞定。”

秘书抄起电话，拨了一个三位数：“我是办公室的小马，哎帮我查一下，海豚馆有没有一个姓苗的员工？好，我不挂……苗胜，太好了，谢谢！”

苗胜果然在这里！一听到苗胜的名字，文木差点从椅子上跳起来。周恋和这个苗胜之间的秘密马上就能揭开了，也许，能找到周恋的下落，谢天谢地！想到这里，文木的心怦怦乱跳。

“没错，是我们海豚馆的员工苗胜。我是叫个人带您过去找他呢还是把他叫过来？”秘书说。

“如果方便的话，请他到这里？谢谢了！”文木说。

秘书又打了一个电话；“海豚馆吗？我是办公室啊，你们那儿的苗胜在吗？啊？辞工走了？”

秘书一脸的抱歉：“太遗憾了，海豚馆说苗胜已经辞工回家了，昨天刚走，您看这事？”

文木好像一下子从半空掉到了地上，“啧，我们已经把苗胜的事迹列入报道重点了。您能不能想想办法，看看能不能找到他?”

秘书又来来回回地打了一圈的电话，最后才找到了苗胜家的一个十分笼统的地址：黑龙江牡丹江地区珠山县熊口镇，再具体的，没有了。

原来，苗胜是通过老乡托老乡，由设备科的一个人辗转介绍到这里来的。苗胜平时倒也规规矩矩，但为人孤僻，很少和人交流，没人了解他更多的私人情况，包括介绍他的人，也只知道这个老乡是熊口镇上的人，而再往上的介绍人，早就离开了上京不知去向也没了联系。

苗胜是这里的临时工，没有签过合同，因此人事上也没有档案资料。

竹篮打水，一场空。

文木决定要去一趟这个熊口镇，掘地三尺也要把苗胜刨出来。快过年了，外出打工的人一般都要回老家，苗胜应该不会例外。

周恋和苗胜的社会地位悬殊，却存在着并不算小的金钱上的往来，这似乎很不合理。

文木要独探熊口。

好歹也要见见苗胜的这个介绍人。

文木到设备科找到了说话带着浓浓的东北味的李天谣。

“苗胜这人平时有什么习惯吗？比如特别喜欢做什么事，或者到什么时候必须要做什么事，爱去什么地方？”文木问。

李天谣撇了撇嘴，“他这人整天病恹恹的，老没什么精神似的，喝酒、打牌、泡歌厅找小姐，从来不去。也没见有女朋友。到什么时候必须做什么？做……该吃饭吃饭该睡觉睡觉，这不算吧？哎，对了，这小子好像特别爱打台球，老见他往附近彩虹电影院隔壁的那家台球室跑。”

“太谢谢你了，这个信息很重要。对了，苗胜大概有多高？”

“有一米八吧？也许不到，他瘦，显的。大概一米七八的样子。”

“他在上京有家吗？

“没有，他说回家，八成是回老家了。”

走的时候，文木通过马秘书，去海豚馆把苗胜临走交上来的胸卡要了来。上面有苗胜的照片。

二十二

“你是说你要一个人去黑龙江？”林晋说。

林晋和文木还是在“大月氏”的咖啡馆里碰头。从落地窗望出去，天色阴沉沉的，小北风一阵紧似一阵，三两只归鸟，在风里一溜歪斜地飞。

“是啊，我觉得这个苗胜身上必有线索。”文木若有所思。

“我和你一起去吧，万一有什么事，也好有个照应。”

“不，现在时间紧迫，多拖一天恋恋就多一分危险。我这里还有一个线索，需要在上京试试。咱俩分头做吧。”

“什么线索？”林晋的眼里精芒一闪。

文木把那半张照片递给了林晋，“其实也算不上什么，这是我在恋恋书房的垃圾桶里捡到的，你见过这个男人吗在新日新？”

林晋仔细看了看，“没见过，眼生的很。不过，这个男人的位置靠右边很近。”

“你的意思是？”

“按照一般人照相时的构图习惯，如果是两个人的合影，构图应该靠近取景的中心。”

“也就是说，这张照片应该是三个人的合影？”

“对。你觉得中间的女孩子应该是周恋吗？

“你怎么肯定中间的人一定是个女孩子？”

“你看，”林晋指着照片里男人的裤脚处，“这是一角裙摆，位置和这个男人的双腿平行，虽然很虚，但还是能看出是女孩子的裙子。”

“你眼光很毒啊。”文木笑说，“再看看，看还能不能发现什么？”

林晋上上下下端详着照片，“你有没注意背景里的那面大镜子屏风？”

那是一面紫檀座的镜子屏风，上面画着一株老梅。

“有啊，这说明那个场合是一个老派酒店的宴会厅之类的地方。”

“我不是这个意思。”

“那你的意思是？”

“你看，这是什么？”林晋拿着照片凑过来。

“哎？以前我还真没注意！”镜子里那株梅花的枝柯里，隐隐约约的是一架摄像机的影子。

“摄像机上有STV的字样，这是上京电视台的台标。市电视台都出动了，说明这是一个公开的新闻事件。”林晋得意地说。

“而照片上的日期显示是1993年7月9日。”文木心领神会。

“找到这一天的市电视台的新闻节目！”

“就能知道这个男人是谁！”

两个人像在说对口词。

“高！实在是高!”林晋举杯和文木碰了一下。

“高个屁。这不过是传说中的大海里的针。大海啊全是水你没听说过?”

“怎么了?”

“且不说市电视台7个频道一天有多少小时的节目量，只一件事，你怎么知道那天拍的新闻就一定会那天播出？万一是周播栏目呢，那天拍得了，也许四五天后才播出呢?”

“哼哼哼，我料定你会这么说！你再看看，这是啥?”林晋指着照片上一个圆圆的东西说。

那是一只耷拉下来的镜头盖，上面模模糊糊有一只大眼睛的圆形标志。

“这应该是某个栏目的LOGE。”文木恍然大悟。

“查到这是什么栏目好像并不是很难，难的是查到以后从什么渠道弄到早已入库的资料。”

“这有何难？我介绍你去找一个人，市电视报一个叫柳来妹的记者，她们和电视台是一家，应该有办法把带子借出来。”

“柳来妹，有意思的名字。”

“她是重庆人，说话有口音，老把牛奶说成是柳来，所以大家都叫她柳来妹，其实她名叫杨黛。”

下了上京开往牡丹江的火车，文木没出站，直奔售票处。从列车时刻表上看，下午两点就有一趟牡丹江开往密山的直快，途经珠山县的熊口镇，车程大概需要八个小时。算来到了熊口也得晚上十点了。

“下午两点的912次，还有没有卧铺?”八个小时倒是不算太久，但硬座车厢太闹，文木想碰碰运气。

“没了。”

“我是记者，能不能照顾一下？谢谢了。”文木把记者证递进去。

售票员打开记者证看了一眼，什么话都没说就给了一张卧铺。

靠近车门的这间包厢，车都开了一个小时了居然还是文木一个人。看样子这是预留给关系户的，或者是列车员休息的地方，因为文木是记者，才照顾了他。

隔壁的几个穿制服的人，好像是税务，也可能是工商，打一上车就摆了一桌一铺的卤肉、红肠、咸鸭蛋什么的，拿牙磕开两瓶白酒开喝。这会儿可能喝美了，一帮人居然吆五喝六地划上拳了，闹闹哄哄的十分不堪。

“我可以在这儿坐一会儿吗？”

文木正对着窗外无边无际的雪野出神，闻声抬头一看，是个女孩子，左手端一杯子，右手拿一本时尚杂志，一副大学女生的样子。

“坐吧，反正这也没人。”文木朝对面抬了抬下巴。

“我是隔壁的。那些人太闹了，真讨厌。”女孩说。

“啊，是啊。”文木有些语塞。这女孩子让文木有些紧张，美女总是让他有压迫感。对面的女孩确实是美女。标准的鹅蛋脸，皮肤白皙，五官清秀，唇线优美。黑色长款ONLY羽绒服难掩苗条身材，雪青色的高领羊绒衫衬托得脸蛋更如粉妆玉砌。

文木想起了《爱在战火下》里的那个女主角，那种恬静的气质令人见之忘俗。

文木拿了暖壶，去开水炉打了壶开水，泡了一杯茶。

“要水吗？”文木举着暖壶说。

“噢，谢谢你。”姑娘拧开杯盖，看文木把水加满，“谢谢。”

“不客气。一顺手的事。”

这就是传说中的北大荒啊。来之前，文木在地图上看了一下，熊口镇离密山县不远了，距中俄边境的兴凯湖也就区区一百多公里，是北大荒的真正腹地。雪野在车窗外渐次展开，雪薄的地方，是旧年野草斑斑的枯黄，给冷冷的天地间添了些许的暖意。偶尔能看到焦黑的枯树上站着几只羽毛蓬乱的鸟，人迹却是罕有。

文木在余光里看见那姑娘收起了杂志。

“你这人挺有意思的。”姑娘笑说。

“噢，你是想说我有点怪吧？”文木转过头来。

“也许吧？你和别人不一样。”

“为什么呢？是不是刚才我给你倒完水没接着和你搭讪？”

“是啊，一般男人都会那么做，倒水不过是搭讪的借口。”

“哈哈，像你这样的美女一定遇到过不止一次这种事吧？照顾美女是男人应该的，搭讪我想会有更好的借口。”

“我现在发现我有点看错了。”女孩开玩笑。

“你没看错，我这人见了美女就紧张，不会说话。你是学生吧，在哪儿上学？”

“上大医学院。”

“那咱们应该是坐一趟车过来的，我也是从上京来的。”

“是吗？你也是回家过年吗？”

“不，我要去熊口镇找一个朋友。”

“真的？太巧了！我家就是熊口镇的。你朋友叫什么？也许我还认识呢？”

“未必全镇的人你都认识？他叫苗胜。”

“熊口是个不大的镇子，认识一个就能拎起一串。不过你说的这个人我还真没听说过。哎，你是做哪行的？”

“你看呢?”

“你不是生意人，也不像坐机关的，应该是和文化沾边的行业。但有一点是肯定的，你是有故事的人。”

“是吗？我脑门上有写故事大王吗?”

“不是那个意思。你想啊，再有几天就是春节了，大家都忙着回家过年，你却一个人大老远地跑一千多公里，去一个冰天雪地的边境小镇去找一个朋友，有什么事这么着急呢？不是很不寻常吗?”

“你很会揣摩别人的心思，你不会是专攻精神疾病的吧？我是《上京晚报》的记者文木，很高兴认识你。”文木伸过手去。

姑娘伸手和他握了一下，笑说：“原来你就是文木，没想到在这儿能碰上你，经常在晚报上看到你的名字。我叫盈袖，上大二。”

“是暗香盈袖那俩字吗?”

“是不是很恶俗?”

“现在叫诗意不叫诗意、都叫恶俗了吗？还有姓盈的啊?”

“那当然，这还不算最冷僻的吧?”

车到熊口镇时候，已经是晚上十点了。从两个小时前就开始飘雪，越往东走，雪就越大，到站的时候，窗外已经是白茫茫的一片雪幕，雪粉在呼啸的北风的裹挟下翻卷着、回旋着，路灯下的站台昏黄一片。

“这就是东北传说中的大烟泡子，叫你赶上了。”盈袖说。

“大烟泡子?”

“就是伸手不见五指的暴风雪呀，就像现在，”盈袖往窗外一指，“你朋友会来接你吗?”

“朋友？其实算不上什么朋友，我都没见过他，也不知道他家在哪儿。”文木苦笑着说。

“你真的好神秘啊。那你怎么能找到他啊？这镇子虽然小，可也有一两万人吧？”盈袖惊奇地说。

“我有一点线索，试试看吧。镇上有宾馆吗？”

“有一家新垦宾馆，是牡丹江农场局的机关招待所，是镇上最好的了，条件还行。你一会儿就跟我走吧，我爸爸妈妈一会儿开车来接我。”

“那就谢谢你了。”

“别客气了，到了这儿，我就是主家，照顾客人是应该的。”

还幸亏碰上了盈袖。出了站，别说拉客的出租了，连个人影都没有。也是，这风雪咆哮的夜里，又是年关底下，谁还会出来做生意啊，全在家喝大酒打麻将了。

文木搭上盈袖家的车，在新垦宾馆下来。临走时盈袖和他交换了电话：“有什么事就给我打电话吧，千万别客气，我看你那朋友一点谱都没有。”

二十三

熊口镇原来是牡丹江农垦局的所在地。前几年，农垦局机关搬到了珠山县，但还是留下了一些头脸齐整的建筑，尤其是那些上世纪六七十年代的红砖小楼和平房院落，历经几十年的风雨剥蚀，沉着沧桑的颜色令人思绪悠然。镇子不大，两条大街十字交叉，周围建筑井然，错落有致，毕竟是原来的大机关所在地，不是一般的农村乡镇可比。

街上都是大包小裹的办年货的人，临街的店铺家家披红挂彩，性急的孩子已经把鞭炮放得砰啪一片，满街都是淡淡的火药香。踏着尺把深的积雪，文木先在镇上逛了一圈，然后顺脚拐进宾馆旁边一家杭州小笼包子店，要了一笼包子，一碗紫米粥。

快上午十点了，早过了早饭的饭点，店里清静得很。

“听口音老板不是本地人吧？”文木边吃边和老板有一句没一句地闲聊。

“啊，我是温州的。”

“呵，温州人就是厉害啊，生意都做到这么偏僻的地方来了？”

“嗨，内地生意不好做啊，辛苦求财呗。”

“过年也不回家啊？”

“路上一家子花费太贵，咱小本生意，能省就省吧。先生也不是本地的吧？”

“听口音不像是吗？可这儿的人说话也没什么特浓的东北味啊？”

“这里几十年来一直是国营农场的地盘，天南海北的人都有，基本上都说普通话，真正的当地土生土长的很少。我说您不是本地人，是看您面生。”

“是吗？那么说镇上的人您都认识？”

“那倒不是。但来了几年，是镇上的人，大多都会觉得面善。”

文木把苗胜的照片掏了出来：“这个人，老板见过吗？”

老板收了文木的碗筷，瞄了一眼，“这人还真的看着眼生得很。”

文木结了账，又道：“镇上有什么好玩的地方吗？”

“出门一直往南，走十分钟，对面有一家电影院。往北十字路口右拐，有一个洗浴中心。不知道您想玩什么？”

“有打台球的地方吗？”

“有，电影院的二楼就有一家台球室。从电影院再往前，还有一家，叫什么北极星，不过这家我劝你别去，听人说是赌博的，老打架，前两天还出了人命了。”

文木先去了电影院二楼的那家台球室，在里面转了转，拿出苗胜的照片找了两个人问了问，都说没见过。

这时候手机响了。

“喂你好。”

“你好。是文木吗？我是盈袖。”

“嗨，是你呀。”听到盈袖的声音，文木觉得好亲切，也许，是因为在这个陌生的地方，盈袖是他唯一认识的人吧。

“住得还好吗？挺顺利的吧？”

“还好还好，那宾馆挺干净的。真是多亏你了，要不昨夜里那么大的雪，估计我得露宿街头了。”

“哼，那么夸张！哪有那么严重。哎，你住几号啊，没事我去看看你吧？”

“那当然欢迎了，不过我现在正有事，晚上吧，我的意思是，五点左右你过来，我请你吃饭，表示一下我的谢意。我住302。”

“那好吧。你现在在干吗呢？找你的朋友吗？”

“是啊，满大街找呢。”

“你这人可真逗，还有满大街找人的？太神了。晚上你会给我讲讲你的故事吗？”

“好吧，不过要收费的哦。”

“好吧，讲得好的话大大的有赏，要是讲得不好，嘿嘿。”

北极星的店面不小，装修豪华，即使是在上京那样的大城市，像这样子的台球室也算是不俗了。三张斯诺克，八张美式落袋，居然张张不空。

文木在吧台上坐下来。

一个留着小胡子的小伙子赶紧过来殷勤地招呼："先生要点什么?"

"一个嘉士伯。"文木道，"生意不错啊。"

"马马虎虎吧。"

文木把苗胜的照片放在一张百元钞票上搁在吧台上："我想问您打听个人，这人叫苗胜，您见过他吗?"

小胡子仔细看了看照片："我不知他叫什么，但好像见过。"

"我现在在哪儿能找到他?"

小胡子用两个指头轻轻敲着钞票，看了文木一眼："我好像有点印象，但现在嘛，想不起来了。"

文木把照片收起来，就手又掏了一百元放上去，"现在呢?"

"出门往北，垦丰商场前面的一条巷子，进去第四家，屋顶上有鸽子笼。"

"谢了，不用找了。"

用不着刻意去找，一拐进巷子，文木就看见三五成群的鸽子在一户人家的房顶上起起落落。临街门前打扫得干干净净，红漆门前堆起了两个雪堆。

"啪啪啪。"文木扣门。

"谁呀?"里面一个男人的声音，随后吱呀一声，门开半扇，一个男人探出半个身子，"找谁?"

这男人和苗胜长得确实很像，但个头不对。苗胜有近一米八，这人往高了说也到不了一米七。刚才在北极星，文木忘了和那小子说苗胜的身高了。

“啊，请问这是苗胜家吗？”文木还抱着一线希望：万一眼前的人是苗胜的兄弟呢？

“不是！”那人气哼哼地咣当把门关了。

文木觉得这门像直接拍到了自己脸上，不禁晕了一下。

吃了午饭，文木躺在宾馆的床上，一边有一眼无一眼地看电视，一边盘算着下一该怎么走。这世界上什么都会少，就是人少不了。熊口镇再小，但个把人往里面一扔，想再扒拉出来也真难得很，即便公安查户口，同名同姓的也多得很。何况苗胜本身就是一个极普通的名字。

有什么办法可以让苗胜主动找上门来呢？或者，让别人找上门来提供苗胜的下落呢？

当地的有线电视台正在播美国的一部系列剧CSI，本来挺好看的片子，可是让十来分钟就一个的各种广告搅得支离破碎。这小地方的广告也很有意思，什么玩意儿都有，除了商品和商场广告外，举凡结婚的、讣告、寻人的什么都有，反正给钱就上。

文木心里忽然一动，抓起包出门就奔镇电视台去了。

文木花了两千块钱，做了一个寻人广告，把苗胜的照片扫了进去。最后一句是这样的：“有知其下落的，请与新垦宾馆302房间的李先生联系，电话13853261290，事主愿以两千元相谢。”

讲好半个小时以后，也就是下午三点半就能播出。

重赏之下，必有勇夫。两千块钱不算很多，但以这个小镇上的收入水平来看，也不算少了，差不多是一个人的三个月的工资了。一切安排妥当，文木便在宾馆坐等鱼儿上钩。

四点半，有人敲门。文木心想，来了，还真快。

文木把门打开，一个男人闪身进来，二十来岁，寸头，戴那种一点眼神都看不见的墨镜。来人把房间左右瞄了一遍，“您是李先生？找苗胜？”

“对，您有他线索吗？”文木道。

“这是他家地址。”寸头说着递过来一个纸条。

“他在家吗？”

“昨天我还看见他了。”

文木拿出一千元钱给他。

“说好是两千啊？”寸头说。

“先付一半。等我确认了，再给另一半。明天，还这个点，在这儿。”文木指了指房间。

寸头点点头，转身走了。

也就前后五分钟的样子，门又响了。

“真是有钱能使鬼推磨啊。”文木一边嘟囔一边开了门。

四五个汉子一拥而入，刚才进来过的寸头当先冲过来，不由分说，一把掐着文木的脖子把文木顶在了墙上。

后面进来两个人，一个就是苗胜，另一个黑脸汉子，一脸络腮胡子乱扎扎钢针一般，看样子像这帮人的头。

“我就是苗胜，是你在找我？”苗胜凑上来，“咱们没见过吧？你是谁？弄他妈的这么大的动静找我想干吗？”

“苗胜，我和你通过电话，我是《上京晚报》的记者文木。哥儿几个先放手，我没有恶意！”文木挣扎。

“你他妈的还真缠上我了？找死啊？”苗胜一使眼色，寸头一拳捣在文木的肚子上，文木一声闷哼，一口气上不来，两眼金星直冒，身体像虾米一样弓了起来。“哥儿几个有话好说……”文木上气不接下气。几个人哪里肯听，七手八脚一通乱砸，把文木打倒在地上，兀自用脚乱踢。文木只得双手抱头，在地上滚来滚去地躲。

正不可开交的时候，门突然被敲响了。

就在几个人一愣神的工夫，有人轻轻推开了门，一个女孩的声音问："文木，你在吗?"

是盈袖！"盈袖，快跑……快跑别进来！"文木使出了浑身的力气喊道。

盈袖这时已经推门进来了，只见文木躺在地上，嘴角流着血，脸上青一块紫一块。

"文木，你没事吧?!"盈袖冲过来扶文木起来，抬头怒视着那几个汉子，"你们凭什么打人？你们是什么人?!"

那黑脸胡子一愣。盈袖也一愣，惊道："戚六一？是你吗?"

"是我，是我。怎么？你认识他?"胡子嘿嘿一笑，有点尴尬。

"好啊，六一！你还是和以前一样，动不动就打人啊?!"盈袖喊道。

"误会误会，我哪知道他是你的朋友啊?!"胡子赶紧抢上来帮着盈袖把文木搀到沙发上坐下，冲文木一哈腰："兄弟不知您是盈袖的朋友，得罪了，还望文先生海涵!"

"你们这是……"文木看看盈袖，又看看胡子。

"他是我小学同学，从小就是打架大王！没想到现在这么大人了，还是这样!"盈袖一脸愠色地说。

"这个这个……实在是不好意思，实在是不知道嘿嘿……"胡子转头冲苗胜："大胜，你和这位文先生到底有什么过节？看在我的面子上就算了吧，啊?"

"其实我们没什么过节，我大老远地跑过来，只不过是想向苗胜打听一个人。"文木抢着说。

苗胜翻翻眼睛没说话。

“啊，那还不是小事一桩！哈哈哈。今天晚上我请大家喝酒，一是向文先生赔罪，二是今天见了老同学高兴！有什么事，咱们边喝边说，啊？”胡子环顾大家，大包大揽地说，“不知盈袖和文先生给不给我个面子？”

“好说好说，那我就恭敬不如从命了。”文木忙说。听说能让苗胜开口，文木高兴得连身上的伤痛都忘了。

“把人打成这个样子，便宜你了！”盈袖哼了一声，又柔声对文木说：“你没事吧？”

“没什么事，一点皮肉伤。”

“放心吧，我的兄弟下手有轻重，像这种情况只是让人吃点苦头，不碍大事的，哈哈哈。”胡子道。

“还得美了是吧？你也不是那时候小孩子了，就不想着干点正经事？”盈袖气还没消。

“嘿嘿，盈班长别小瞧人哪，你怎么就知道我没正经事干呢？”胡子赔笑道，又扭头冲那几个手下，“去，回酒楼说一声，让他们赶紧准备一桌，要最好的，就说我晚上要请朋友。哎，跟他们说，把我昨天在北林子里打的那头狍子收拾出来，好好整整！”

“今儿个咱喝这个，北大仓！”待一桌子菜上齐，胡子抄起一个白瓷酒瓶，“南到沈阳，西到呼和浩特，北到满洲里，都知道咱这牌子。茅台五粮液这儿都有，但不瞒诸位，假的太多，虽然我开着几个酒楼，但也难分真假。这北大仓，我有一兄弟在那个厂当厂长，就我拿的这酒头，一年几百吨的产量里也不过出几十斤。今年我弄了六斤，上回县税务局王局来了喝了两瓶，还剩四瓶，今儿个高兴，咱哥儿几个一醉方休！”

服务员把每人门前杯一一斟满，喝葡萄酒的中号玻璃杯。文木暗暗吃了一惊，都说东北人能喝酒，今天到了东北，方才见了真章。

“头一个，我和大胜先给文兄赔个不是，多有得罪，先干了！”胡子和苗胜仰脖干了。

“哪里哪里，不知者不怪。”文木也不含糊，抬手也干了。

“二一杯，我和老同学盈袖也好些年没见了，有五六年了吧？上次我记得好像还是在包子的婚礼上见的。今儿个高兴！干！文兄陪一个？”

喝了两瓶酒，席间的气氛渐渐热闹起来，你推我让，称兄道弟，不知道的人，准以为是一帮多年不见的老友重逢呢。文木酒量虽不是很大，但自幼喜读《水浒》，于古人的江湖义气其实心向往之，酒就喝得干脆。胡子等人看文木如此爽快，也是手到杯干，拽着文木的袖子连声以“哥”相称。

“兄弟这次千里迢迢而来，是为了心里的一个重大疑团，还望苗兄弟指条明路。”文木见酒也喝得差不多了，忙趁热打铁道。

“文哥如此爽快，其实不用您提，我正要说道呢。”

“这就请兄弟指点！”

“其实我从没见过周恋，只是听泉泉说过。”

“等等！你是说的于泉泉吗？”文木一激灵。

“对，于泉泉是我女朋友。”苗胜叹了一口气。

这个消息对文木来说不啻一声惊雷！自己此前一直不敢深想的猜测竟然是真的?！恋恋和于泉泉不但长相相似，而且确确实实认识。她们之间，到底是什么关系呢？现在于泉泉已经死了，恋恋也神秘失踪。那么，下一步呢？如果背后真的有一只邪恶的黑手，下一步他会做什么？想到这里，文木的酒意，竟哗地一声散了大半！

“泉泉已经死了。”苗胜垂下了头。

“我知道。”

“你怎么知道？周恋说的吗？”

“不，听一个朋友说的。在我知道这个消息之前，周恋已经不见了。泉泉是怎么死的？谁干的？”

“我听说是被杀死在一个什么洋教堂的地下室里。不知道凶手是什么人。”

文木吃了一惊，道：“啊？是报纸上登的那个什坊库教堂的抛尸案吗？”

“是，没错。”

想到周恋走前在《新报》法治版那则消息旁留下的只言片语，文木觉得自己离事情的真相又近了一步。

“你们在说什么呢？我怎么觉得云里雾里呢？”胡子说。

文木便将自己的女朋友如何神秘失踪、如何又通过汇款收据找到苗胜等事大概说了一遍，胡子和盈袖听得连声感叹。

“那么说，周恋和泉泉很早以前就认识？”文木问。

“不止是认识，听泉泉说，她们是非常好的朋友，经常在一家叫水之媚的茶馆喝茶，基本上每隔一个星期怎么着也要见一次。”

“那你知道她们是什么关系吗？我的意思是说，她们两个怎么会成为这么好的朋友呢？毕竟社会地位很悬殊啊？哎，我这人说话直啊，兄弟千万别多心。”

“没事。我也这么想过，也是啊，一个是外企白领，一个是夜总会的小姐，非亲非故，不是同学不是老乡，怎么会这么好呢？但我从来没问过泉泉。她这人挺神秘的，过去的事从来不提。”

“怪了，周恋也这样，俩人真是像。”

“泉泉像个见过大世面的人，在她那个行当里非常特别，所以老板对她也格外赏识。”

“那么，周恋给你的汇款是怎么回事呢？”文木转入正题。

苗胜沉吟了一下，点上根烟，抽了一口，“真人面前不说假话，话既然已说到这儿了，我也就不避讳了。我和泉泉都吸粉，她瘾很大，比我大多了。我和她认识，也是因为这个。有一次我们俩都去买货，泉泉当时抽得身无分文，是想去赊的，但卖货的人不干。没想到泉泉那时候瘾上来了，躺在地上一劲儿地抽。我看着可怜，就用自己的粉给她扎了一针。泉泉看我心好，就和我好了。吸毒这东西是个无底洞，有多少钱都得给砸进去。我们俩经常抽得连饭钱都没有，周围认识的人都被我们借遍了，谁见谁躲。实在没办法的时候，泉泉就会给周恋打电话要钱。要说她们两个真是好，亲姐妹也就这样了。每次周恋虽然都会把泉泉骂一顿，可总是很快就会把钱汇过来。”

“为什么周恋非要用汇款，不自己送去或让泉泉来取呢？”

“那就不知道了，她们好像是不愿意让人知道她们的关系。也有送来的时候，但大部分是汇的。”

“那为什么不汇给泉泉，却要在你这儿转一道手呢？”

“泉泉的瘾很大，周恋怕她手里一旦有了那么多钱，会一下把自己吸死。”

天哪，恋恋啊恋恋，你到底还有多少秘密在瞒着我啊。文木暗暗惊叹。

“泉泉被害，你知道原因吗？”

“我哪知道，要知道还不早抓住凶手了？”

“你什么时候知道这事的？”

“头一天晚上我们还在一起，第二天打了一天手机都没人接，也没去上班。后来泉泉的老板蓝少还派人来问我，他们也在找她。

第三天，警察就找到我了，我这才知道泉泉被害了。”

“你最后一次见泉泉的时候，她有没有提到过周恋？”

“没有，除了跟周恋要钱，她从来不和我提周恋。”

“那你有没有猜测过泉泉为什么被害？”

“想过，也许这和她的过去有关，她一定经历过许多许多事，但从来和我半句都不提。我想，那些经历肯定不是一般人的平淡生活。泉泉死前从来都没快活过，她真是个苦命的人。她吸毒这么凶，我特能理解她。”

“你好像话里有话？”

“你听说过SM吗？”

“没有，那是什么意思？”

“性虐待，性虐待表演。晚唐夜总会的地下某处，有一个十分神秘的虐女秀表演场所，泉泉就是一个SM女郎，是这个虐女秀的台柱子。”

“啊?!”听到这里，不光是文木，连胡子和盈袖都禁不住大吃一惊。

“泉泉身上经常有伤，开始我以为她还有别的男人。我们这种人，大家心里都明白，是没什么前途的，如果戒不了毒，最后不是吸死就是病死，反正是不会好死，所以我们在一起谁也没想到过长远，结婚成家根本就不可能。可虽然如此，一想到泉泉可能还有别的男人，而且那个男人又对她不好，我就受不了。刚开始问她，她死活不说。后来有一次，现在想想我有点卑鄙。那次，泉泉的瘾上来了，我就是不给她粉，逼她说实话。她没辙了，才说了。说她每周要演三个晚上，每场两个小时。我劝她别干了，她说不干，你供得了我吸粉吗？”

苗胜的头深深地低了下去，像一盘沉重的向日葵。

“这事你和警察说过吗？”

“我没敢说。蓝少是个黑白两道路路通的人。而且，我听泉泉说，去虐女秀的观众不光是有钱人，好些都是大人物，有权有势。我要敢兜出去，蓝少、还有这些人，弄死我跟捏死一只蚂蚁一样简单。所以我才辞了工跑回来。”

“泉泉和你说那些观众都有谁了吗？”

“没有，所有的人都戴着面具。”

“文哥，”苗胜抬起头，“我知道你是记者，这事你千万不能说出去。万一捅了出去，咱们两个估计得蒸发一双！千万记着！”

二十四

市电视报的记者杨黛从外面和一个朋友吃完饭回来，刚进电梯，一个高瘦的男人紧赶几步跑了进来：“稍等，谢谢。”

杨黛觉得这人眼熟，就是想不起来在哪儿见过。

杨黛在六层下了电梯，那人也跟了出来。到了办公室门口，杨黛在包里翻钥匙，那人也左顾右盼地走了过来。

“请问杨黛是这个办公室吗？”那人问。

“我就是，您是？”

“啊，我是文木的朋友林晋，给你打过电话。”那人彬彬有礼。

“林晋？啊我想起来了，您是林依的弟弟吧？我说刚才在电梯里我就觉得在哪儿见过您似的，”杨黛恍然大悟，“您坐，不好意思，办公室乱得很。”

“谢谢。我倒宁愿您把我当作文木的朋友。”

“当林依的弟弟不好吗？我倒希望有这么一个姐姐呢？”

“啊是吗？”林晋随声附和了一声，马上进了正题，“文木有一件事，也是我的事，想请您帮个忙。”

“那您得答应我一个条件。”杨黛半真半假地笑说。

“啊？您说。”

“给我一个独家采访。”

“这……我从来不接受采访，不好意思。不过，我可以帮您约一下林依，在合适的时候，独家。”

“那就一言为定啊。好吧，您找我有什么事？”

林晋把那半张照片拿了出来，“您看到这架摄像机了吗？”

“啊。”

“这是你们台的。镜头盖上的LOGO，您看到了吧？您知道这是哪个栏目的吗？”

杨黛把照片举到眼前仔细辨认了一下，“看出来了，文艺频道《每周娱乐扫描》的。”

林晋指着照片上的日期1993年7月9日说：“我想知道这天这个栏目拍摄的节目内容。”

“《娱乐扫描》是个老栏目了，播出时间十五年一直没变，每周六晚八点整。要想知道1993年7月9日拍摄的内容，先要知道这天是礼拜几。”杨黛说。

杨黛上网搜了一下，“出来了，是周四。周四拍的东西，赶周六播出的话，播出时间应该是7月11日晚八点。”

“太棒了！可是从你们台的磁带库里借带子是不是特麻烦？”

“以前是，但现在不是了。”杨黛嘴里说着，手里紧着忙乎，“现在有了数字资料库，通过共享平台，可以在两分钟里查到四十年来台里任何栏目任何时段的节目。”

“稍等，”杨黛键入密码，确认，“出来了。”

《娱乐扫描》的熟悉的片头曲、主持人开场白、头条。

头条就是林晋要找的东西：林依白金大碟《迁徙之旅》上市媒体见面会。会上，林依、司马都在，还有一个很少露面的神秘人物，他，就是新日新集团的老总姜浩——也就是照片上的那个神秘的男人！

照片上只留下了一角裙摆的裙子，和录像里林依身上的那条裙子一模一样。

周恋怎么会有这么一张照片？！

姜浩身边的那两个人是谁？林依、司马？

电视里有林依和两位东家合影的镜头。

林晋在杨黛那儿刻了一张盘，把那段节目内容留了下来，随后马不停蹄地赶到市图书馆，在1993年7月10日的晚报娱乐版上，赫然发现了林依、司马和姜浩的三人合影。林晋拿出那半张照片与之做了比较，发现无论是姜浩的表情还是背景，两张照片简直如出一辙。

残缺照片上的另两个人，基本可以肯定是林依和司马了。

如果把六朝古都上京比做一件青铜器的话，那么城里纵横交错的小胡同就是器物上绿锈最厚的部分。近年来，城市像肿瘤一样迅速膨胀，大片大片的老胡同倒在推土机下。在各方面的干预下，上京市政府不得不作出了一项决定，将城区内最集中、保存最完整的响器胡同附近的一片老胡同划为保护区。文木和林晋经常见面的这家名叫“大月氏”的咖啡馆，就在这片保护区的西北角。

窗外海子阔大的水面在夕照下闪烁着黄铜般的颜色，几只野鸭子绿油油的羽毛明灭不定，像一张巨大的金荷叶上的几点清露。

空气里是新磨的咖啡的醇香，音乐若有若无，很容易让人失足滑进遥远的记忆深处。

如果没有现在的糟心的事，这该是一个多么美好的冬日的黄昏。

文木是今天上午十点刚刚从东北赶回的。进门草草冲了个澡，刚躺下想补个觉，电话就响了。

“请问是文木文先生吗？”

“我是，您是？”

“我是北城公安局刑警队……”

文木没等对方话说完，腾地一下就从床上蹦了起来，“是不是找到周恋了？！”

“没有。但和周恋有关。如果您没有特着急的事，请在家等我们一下，我们需要您协助调查。半小时以后到。”

来的是队长李立和方正。

“情况是这样的，”李立道，“晚唐夜总会的一个服务生于泉泉前些天被谋杀。在和于泉泉联系比较密切而且有规律的人里，我们发现了周恋的名字，您和周恋是什么关系？”

“周恋是我女朋友。事实上，我们正准备结婚。”

“啊。在调查周恋的过程中，我们发现了您在鼎新街派出所的报案记录，具体情况在记录里您说得也比较清楚了，就不多说了。这几天您这儿有周恋的消息吗？”

“没有，石沉大海一样。”

“您知道周恋和于泉泉是什么关系吗？您了解她们的交往情况吗？”

“不知道，周恋以前从没提过于泉泉这个人。但现在我知道了，她们之间交情非浅，有数额不算小的金钱上的往来。”

接着，文木便把自己如何找到苗胜、如何从苗胜那里了解了周于二人之间的来往情况一五一十地详述了一遍，只是把自己找黑客帮忙的事情隐去不提。

文木说的时候，方正在一边十分认真地记录着。

“周恋和新日新公司有什么关系吗？”李立话锋一转。

“周恋和林依长得非常像。对了，这也是她和于泉泉的唯一共同点。我曾经给周恋中学时的音乐老师打过电话，据她讲，周恋曾在1992年参加过新日新星的第二届选秀。”

“噢？她后来签了新日新了吗？”

“没有，连广州赛区的前二十名都没进去。”

李立和方正交换了一下很有内容的眼神。

“文先生，如果您不介意的话，我们想在您这儿随便看看？”李立起身道。

“您随便看，随便看。”

两个人在文木家的几个房间里若有所思地转着、看着、翻着，不时地向文木询问些什么。

“李队，您来一下。”方正在文木的书房里喊道。

没几分钟，两个人一块从里面出来了。李立的手里拿着一个金属的圆形装置，冲文木晃了晃：“您的电话被窃听了。窃听器质量很差，但偷听您的通话已经足够了。”

“啊？！这怎么可能？谁干的？”

“那得问您。您觉得会是谁？谁经常来您家？”

“我的朋友很多，就最近经常来的也不下两打。不过，这人既然挖空心思要设计我，那他溜个门捅个锁也不是什么难事。现在网上全套的开锁工具还包教包会才两千块钱还能打折。”文木心念电转：冉佳？还是隐藏得更深的什么人？

“这个窃听您电话的人，可能和周恋的失踪有密切的联系，您再好好想想，最近有什么人经常来您家？而且待的时间也较长？”

“那只有一个人。”

“谁？”

“冉佳，我以前的女朋友。”

“以前的？”

“是的。周恋失踪以后我们才联系上。而且，她是新日新公司老总司马渐江的女儿。”

“又和新日新有关，真巧啊。”

“我以前并不知道，也是最近刚知道。”

“文先生，看样子您以前做了不少调查功课。但现在的案情非常复杂，我们现在面临的可能是一起计划缜密心狠手辣的犯罪，罪犯十分狡猾而且危险。所以，我建议您以后就不要再插手了，这样做，一是为了防止您出意外，二是您的行动极有可能影响警方办案。您是明白人，我想我没必要拿妨碍公务之类的话来压您，您说是吧？”李立最后道。

“嗨，早来了？”林晋的出现打断了文木的思绪。

“嗨，”文木起身招呼，“喝点什么？服务生！”

“咖啡，清咖。”林晋对应声过来的服务生说，然后在文木对面坐下来，“怎么样？黑龙江这一趟？有什么发现没有？”

“倒是摸到了一些情况，可也没什么新鲜的，转了一大圈又回到了起点上，只不过砸实了你所说的一些事情，消除了我的怀疑。”

“说说看？”

“这个苗胜是于泉泉的男朋友。周恋和于泉泉的关系确实是不一般。”

“怎么不一般?”

“我手里的那些电汇收据是周恋汇给于泉泉的。”文木接着把从苗胜那里了解到的情况详细地向林晋讲了，只是没提于泉泉做SM女郎的事。文木也不知道为什么没有提，也许家里发现了窃听器的事让他对身边的任何人都不信任了。

“我早说过周恋和于泉泉关系不一般吧?你还说是于泉泉情急之下糊弄我。”

“照片的事有眉目吗?”文木问。

“看看就知道了。”咖啡馆里有两台供客人上网的电脑。林晋把那天刻的光盘插进去。

“又是林依，又是新日新。那么，照片上的另外两个人是司马和这个姜浩吗?”

林晋没说话，把在图书馆查到的三人合影的复印件摆在了桌子上。

“这是哪儿来的?”文木惊奇地问。

“1993年7月10日你们晚报登的，是和那段录像同一时间、同一场合拍的。我从图书馆查到的。”

“事情是越来越蹊跷了。”文木自言自语，“这张照片说明周恋确实和林依以及新日新有千丝万缕的联系。可是，周恋为什么要留一张林依和别人的合影呢?”

林晋闷闷的没有说话。

“咱们现在该怎么办?”沉默了一会儿，林晋说。

“我刚才把咱们手头所掌握的线索重新又捋了一遍，所有的线索都指向新日新公司。我想，于泉泉、周恋二人和新日新以及林依肯定有着某种神秘的联系，背后必有惊人的黑幕，而于周二人都是知晓机密的人。新日新公司仰仗林依这个品牌，每年收入过亿，现在新日新集团正靠这个积极运作上市。以于泉泉此前的处境，毒瘾极大，入不敷出，这从她不断向周恋借钱上就能看出。周恋之所以一次又一次地借钱给她，一个可能两人关系密切，二一个，她们是一根绳上的蚂蚱，周恋怕于泉泉铤而走险，到时候大家玉石俱焚。”

“你具体指什么?”

“于泉泉和周恋手里有新日新害怕的底牌！如果于泉泉为了钱以此要挟司马或姜浩，结果不外有二。”

“一是给钱封口，一是杀人灭口。否则新日新声誉扫地，分崩离析。”

“没错。这样，于泉泉被杀、周恋失踪，都有了合理的解释。”

“看起来是合理的，但都是假设，你有什么证据呢?”

“我想正面就这个接触一下司马，看看他的反应。古人说，夫兵者，诡道也。我先诈他一诈，再设法跟踪他。我不信他就一点马脚不露。”

林晋不以为然地一笑：“老弟有点纸上谈兵了吧？司马是何许人？以他的奸猾老到，你这么孤注一掷，不但没有效果，恐怕反而打草惊蛇。”

“那你有什么更好的办法?”

林晋摇了摇头，接着试探地说：“要不和警方去说说?”

“他们已经找过我了，就刚才，我来之前。”

“你和他们说过了?”

“用不着我说。我们手里掌握的情况人家都有，肯定比我们更详细。我能想到的假设，人家吃这碗饭的，还能想不到?”

“那我们岂不是可以坐在家里等好消息了？”

“他们也警告我，不许我再插手。但我要什么也不干，非急死不可！也许愚者千虑偶有一得呢？”文木话锋一转，“警察在我家发现了窃听器。”

“啊？是吗？”林晋惊奇道。

“你以前跟踪过我对吧？”文木盯着他的眼睛。

“你怀疑是我？”

“你说呢？”

“我是跟踪过你。但后来什么都告诉你了，也没必要隐瞒窃听器。告诉你，不是我。你爱信不信。”

“我希望我能信你。”

“你应该相信我，因为咱们有共同的目的，咱们是朋友。另外，我还想提醒你，别一脑门子陷在新日新这条线上出不来，有时候最合理的假设其实是离真相最远的。而真相可能只是在极偶然的事件背后。”

“你什么意思？”

“周恋的失踪还有没有别的可能性？”

“到目前为止我还不知道。”

二十五

司马渐江这几天郁闷得很。

一瓶人头马黑方已经见底，书房里缭绕着赵传沙哑苍凉的歌声，那是那首他最喜欢的《我是一只小小鸟》：有时候我觉得自己是一只小小鸟，想要飞却怎么样也飞不高，也许有一天我飞上了枝头，却成了猎人的目标，我飞上了青天却发现自己从此无依无靠……

二十年前，司马第一次听到这首歌时，感觉自己的灵魂嗖地一声飞了起来。他这才相信，人世间众生万千，但知音稀少，原因只是机缘未到。古人俞伯牙说过，“春风满面皆朋友，欲寻知音难上难”，但后来于长河之上鼓琴，偶遇钟子期，两人一见倾心，所以才有祭台上摔碎三尺瑶琴以谢子期的千古美谈。凭着一首《我是一只小小鸟》，甚至仅仅听了开头的一句，司马就将赵传引为了知己。这个丑男人歌中所传达的那种痛入骨髓的孤独和无助，正是当时在一家街道小厂摇煤球的司马浙江所日日忍受的。

而现在的司马所感受到的绝望，比之二十年前有过之而无不及。

警察来家找他的那天，他刚挂了电话，老婆素文就气呼呼地推门进来了。

“怎么了，你?”看到老婆挂着霜的脸色，司马隐隐觉得有点不妙。

“好啊司马，我没想到你竟是这种人?!”素文声音都有点哆嗦。

“我是哪种人啊？来，坐下慢慢说。”

“你别揣着明白装糊涂了，你和警察说的话我都听见了。你和那个叫于泉泉的到底是怎么回事？今天你必须和我说明白!”

“我没杀于泉泉，和她也没那种关系。”

“哼，你也真够无耻的！你喷出去的吐沫星子还没干呢，转头就抵赖!”

“我是和警察说过，但那是假的，故意骗他们的。”

“你为什么要骗警察？你有什么见不得人的事需要去骗警察？”

“这涉及我们公司的商业机密，我不能说。我希望你能理解和相信我。”

“我怎么相信你？你连警察都敢骗的人，你指望我还能相信你！？”

“我和于泉泉之间真的是一清二白啊，完全是公司里的事情。”

“什么事情？什么见不得人的事情不能说？什么事情值得你牺牲自己的名誉去遮遮掩掩？”

“素文，这事关系到公司甚至集团的根本利益，也关系到我的命运和前途。我真的不能说！”

“什么根本利益？什么命运前途？你心里有鬼罢了！你以为我会相信你的鬼话吗？当年我真是瞎了眼了！”

素文说完摔门而去，当天晚上就收拾东西回了娘家。

素文最后那句话深深地刺痛了司马。司马是老三届毕业生。在黑龙江当知青的时候，平日里穷极无聊，就天天摆弄战友的一把破吉他。他还记得那是一把上海“美声”牌的民谣吉他，背板都摔裂了一条缝。司马音乐天赋很高，虽然不识五线谱，但只要听到什么曲子，很快就能在吉他上弹出来。回城后，由于没有关系，只能窝在一家街道煤球厂给人摇煤球。在那段人生最灰暗的日子里，这把吉他成了他生活中的唯一安慰。在一次“插友”的聚会上，司马弹唱了那首《我是一只小小鸟》。也许是真实心情的写照，那首歌司马唱得声情并茂。

在座的一个姑娘被打动了。她就是素文，司马的一位战友的妹妹。

司马比素文大十多岁，又是一个看不到任何前途的摇煤球的，他们的恋情遭到了素文家所有人的反对，包括司马的战友。但最后素文还是和他在一起了，甚至不惜和家人决裂。

一个好女人可以帮助你上天堂。素文的出现改变了司马当时暗无天日的生活。司马后来重拾十几年前的功课，发奋读书，考上了大学。可以说，如果没有素文，就不会有他司马今日的风光。

这么多年来，作为国内屈指可数的唱片公司的老总，司马周围经常是美女如云，主动投怀送抱者不乏其人。说心里话一点不动心是不可能的，但想到素文对自己的情义，司马从未越过雷池一步。在骨子里，他是一个太传统的人，这种心理障碍让他好几次在最后关头抽身而退。对泉泉，他是一点腥都没沾，现在身边比于泉泉年轻漂亮性感妩媚的女人多得很，就算他司马有拈花惹草的心，也轮不上于泉泉。他对警察所说的话，也实在是一种舍车保帅之举，是骗人的烟幕弹。

但素文不信。背后的原因他又不能说，因为，那确实涉及新日新存在的根基，一旦泄露出去，他相信新日新会在一夜之间土崩瓦解。

这几天司马三番五次给素文打电话，甚至买了鲜花去丈母娘家去接素文，但素文态度坚决：如果司马对这件事没有一个令人信服的交代，结果只有一个，离！

那是在冉佳上大二的时候。有一次，爸爸和妈妈因为一件什么事吵了架。以前他们吵架都是关着门，生怕冉佳听见。但是那一次变了。战争告一段落后，先是妈妈把冉佳拉出去遛弯，狠狠地控诉了爸爸一通。然后是爸爸把她叫进自己的书房，发泄了一顿对妈妈的不满。

冉佳竟笑了。

“臭丫头，我和你妈吵架，你还笑?”爸爸不解。

“在你们眼里，我终于是大人了!”冉佳道。

那次，第一次在父母那里获得了成人待遇的冉佳成功地调停了一次家庭战争。

可这次，冉佳一点把握都没有。事太大了。、

听了妈妈一晚上的哭诉，冉佳回到家的时候，厅里那架古色古香的挂钟刚刚敲完十二下。厅里黑着灯，一线橘黄色的光从爸爸书房的门缝里泻出来。冉佳轻轻地推开门，一股浓烈的酒味差点把她给顶出去。一只酒杯歪在地上，旁边是一滩酒痕。司马歪着脑袋趴在写字台上，嘴里兀自在嘟囔着什么。

“爸爸，您没事吧?您这是干嘛吗?!”冉佳把司马扶正靠在椅背上。

司马看着他嘿嘿傻笑，“我，没事，没，喝醉!”

冉佳给他倒了一杯水，扶着他喝了两口，“爸，您别这么糟蹋自己的身体了，这样于事无补，也挽回不了我妈!”

“佳佳，这么说，你，都，知道了?”

“是的，我刚从我姥姥家回来。”

“佳佳，你一定要相信、相信爸爸!你妈误会我了。我、我所说的和那个于泉泉的事都是假的，是骗警察的。”

“可是为什么?为什么呀?”

“这事和公司关系重大，爸爸真的不能告诉任何人!”

“爸，您要这样，我也帮不了您。我不明白，到底有什么要比我妈、比咱们这个家更重要!我妈反正是铁了心了，您要还是抱着葫芦不开口，咱们这个家可真的要散了!”冉佳说到这儿，忍不住哭出了声。

司马的头，慢慢慢慢地垂了下来。

许久的沉默。

"好吧，你把爸爸扶到厅里的沙发上。我、这就告诉你。这、这件事，不是一句两句话能说得清的。"司马似乎下了极大决心。

冉佳费了好大的劲才把司马搀起来。

就在司马的身体挺起来的一刹那，只听窗玻璃一声脆响，司马像被什么重击了一下似的猛地向后倒去！在司马重新瘫倒在椅子上的同时，冉佳也被带了一个跟头。

"爸爸，您怎么啦?！爸爸！"冉佳扑在司马身上哭喊着。一团殷红的血痕，像一朵诡异的花，在司马的胸前缓缓开放。

破碎的窗玻璃，像怪兽獠牙毕露的嘴，一个黑影在远处的树篱后一闪而逝。

"爸爸，您一定要坚持啊，我这就叫救护车！"冉佳哭着，一手捂着司马的胸口，一手就去抓电话。

"东西……"司马抓住冉佳的手，拼尽最后的力气说。

"什么东西？啊？爸爸？"

司马此时已经说不出话了。他用抖抖颤颤的手指着书架，向冉佳示意。

书架上有两本单独抽出来的书。冉佳急忙拿过来一本，《凡高传》。司马微微摇头。又拿过来另一本，《三国演义》。

司马艰难地翻开这本《三国演义》，抽出一张书签——其实不是真正的书签，是一张普通的、每年年初好多杂志都免费赠送的小年历片，把它塞进冉佳的手里。这个简单的动作已经耗尽了司马最后的力气。

司马的嘴角露出了一丝欣慰的笑意，那只拿着年历片的手慢慢地滑出冉佳的掌心。

二十六

文木打司马的手机。文木事先想好了说辞，就说是采访，到时候就让司马谈谈新日新星决赛的情况。到最后，再把于泉泉和周恋的事突然抛出来，看看司马什么反应。

林晋觉得文木是在打草惊蛇。文木不这样想。要是知道蛇在哪儿，当然可以瞅冷子一棍子打死。要是不知道，倒不如虚张声势惊一惊，至少能看到蛇往哪儿跑了。

电话通了，没想到是冉佳的声音。

“冉佳？你爸爸在吗？我想和他约一个采访。”

“我爸爸没了。”冉佳带着哭腔。

文木一愣：“没了？怎么回事？”

“昨天晚上的事……被人打了冷枪。”

听筒里传来冉佳压抑着的抽泣。文木一下呆住，眼前空白一片，半天说不出一句话。

“我正要去找你。这事挺复杂的，和我爸、于泉泉，也许和周恋都有关系。”还是冉佳先缓过神来。

“那我就在家等你。”

“这是我爸临终前留给我的一本书和其中的书签，重点是这个书签。”冉佳道。

打开那本人民文学出版社1983年版的精装《三国演义》，冉佳从里面抽那张书签。刚抽到一半，文木伸手抓住她的手，拦住了，“等等，小心。”

“怎么啦?”

文木翻开夹着书签的那页，“这张书签一直是夹在这页吗?78页?”

“我不记得了。也许是也许不是。这重要吗?”

“但愿它不重要。”文木说，“你爸当时是连书一起给你的，还是把书签单独抽出来给你的?”

“单抽出来的。怎么啦?”

“那还好，说明夹书签的位置并不重要。这个书签很可能隐含了一个密码，她会告诉我们你爸爸当时可能已经来不及告诉你的东西。”

“东西?”冉佳想起什么似的。

“东西?”

“爸爸当时先和我说的也是这两个字，‘东西’，但后面的话已经说不出来了，所以才指着书架让我拿这本书。”

“那就合理了，他一定有轻易不愿意让人知道的东西，是什么?”

“说来话长。”冉佳叹了口气，就把警察如何因为于泉泉被杀一事来找司马调查、司马如何为了某种秘密撒谎、妈妈如何无意中听到了司马和于泉泉之间的私情并逼司马吐实，直到自己昨晚回去问爸爸、而司马在醉中刚要说出真相却突遭冷枪袭击前前后后告诉了一遍。

“凶手抓住了吗?”听了后，文木又震惊，又替冉佳难过。现在，对冉佳最大的安慰莫过于抓住凶手。

“没有。”

“这些情况和书签的事警察都知道了吗?”

“其他的事我都告诉他们了，书签的事我还没说。这里面可能有我爸的隐私，关系到我妈今后的生活和心情，我想先弄明白再说。”

“你找到什么线索了吗？”文木拿下巴点了点那张当作书签的年历片。

“没有，所以我才来找你。你不是侦探小说迷嘛。”

文木把那张年历片拿起来。

是一张名片大小的普通的年历片，加厚铜板纸，上面有“《财富》杂志社赠”的字样。在1、3、5、7、9、10、11七个月里，每个月有两个日子被黑水笔钩了出来。文木找出纸笔，把这些数字抄了下来。具体如下。

1月	4	12
3月	7	23
5月	25	4
7月	33	2
9月	9	30
10月	12	1
11月	33	8

“我琢磨过，数字排列没有任何规律，不像是电话号码，也不像密码锁密码。”冉佳皱着眉。

“橘生淮南为橘，生于淮北则为枳。”文木道。

“什么？”

“环境。讨论任何事情都不能脱离具体的环境。这张年历片为什么不在别的地方，而偏偏在这部三国里？”

“你觉得真相是藏在这本书里？”

“真相肯定是一篇长篇大论，不会在这本书里。但是这本书和这些数字会告诉我们到哪里去找。”

“这些数字对应着一句话!”

“正确。”

“你看过福尔摩斯吗?”

“我只看过一篇,巴斯克维尔的猎犬。”

“我记得全集里有一篇小说,具体叫什么忘了。里面有一个细节,答案藏在一本书里,也是有几组数字,和这个类似。”

“该怎么做?”

“挑字。我们先把这些数字认定为七组,每组假设代表一个汉字。现在要做的是,根据这组数字的暗示在书里把这个字挑出来。”

“哈,你好强啊。”冉佳特崇拜的样子。

“这不算什么。对于行家来说,这只是小儿科,不值一提。好吧,咱们先按一个思路来试试。1月有两个数字,4和12是被钩出来的。但是,4和12在每个月都有,为什么要选在1月呢?所以,这组其实应该是三个数字,也就是1、4、12。现在我们假定它们的排列规律是页、行、行内第几个字,你在第一页的第四行,挑出第十二个字。是什么字?”

“是个斤。”冉佳找了出来。

顺着这个思路,文木和冉佳挑出的前四个字是“斤户栏丛”。文木道:“这条路不对,前四个字不可解,没必要再往下了,改戏吧。”

他们又按第几回、第几行、第几个字的路子试。第一个字是“东”,文木心里有什么动了一下。

第二个字是“西”。

“对了对了!我爸说过这两个字的!”冉佳叫起来。

再往下就很顺利了。七个字拼出来的结果是一句话:东西在钱宽画里。

钱宽是当代大师级的国画家，画风师法徐渭、八大一脉。

“你爸有钱宽的画吗?”

“有，我爸和钱伯伯是特别好的朋友。”

“那就对了。走，现在就去你家!”

冉佳家的厅里就挂着两幅钱宽的画，一幅是《溪山行旅图》，一幅是《菊蟹图》。两人前后研究了半天，没一点门道。

“对了，钱伯伯最近刚又送了我爸一幅墨荷，前几天我看我爸裱来着。”冉佳突然想起来。

“你爸自己会裱画?”文木道。

“我爸可多才多艺啦。那会儿他在街道煤球厂摇煤球，工艺美院有一个老教授，被打成反动学术权威，下放到他们厂。我爸没事就跟他学裱画。我爸老说，等他退休了，就自己开一个裱画店。唉……”冉佳说着说着眼泪又下来了。

文木无言地拍了拍冉佳的背。

司马书房的旁边就是他专门用来裱画的工作室。室内一张巨大的画案占了将近一半的地方。那张新裱出来的墨荷就挂在正对门的墙上。

泼墨残荷、落款、印章。“画面上看不出什么蹊跷。”文木端详了半天道。

“那东西应该是一个本子，几张纸，或者，一张光碟?”

“摘下来看看。”文木登上梯子，一手托着画轴，一手从下往上摸过去，“咦?”他叫了一声。

“有发现吗?”

文木的手摸到了一块硬硬的东西，“有东西。”

文木把画反着平铺在案子上，后面什么也没有，只是感觉这幅画托裱得比一般的画要厚实。

“这里面有夹层，你摸摸。”

“确实有东西！”

文木从桌子上找到一把美工刀，“打开看看？”

冉佳点了点头。

文木小心翼翼地揭开最后一层绵纸。

里面是一张光盘，上面用马克笔写着一个“密”字。

二十七

冉佳把碟片塞进电脑的碟仓。

画面里司马坐在写字台前，微微斜着身子，沉着脸，若有所思地转着一支笔。左侧昏黄的落地灯的光影里，司马整个人半明半暗，很有些阴谋的味道。

有那么十几秒钟，司马就那么眼神落寞地坐着。周围很静，想必当时已是深夜。

终于，司马说话了：

无论你，或者你们是谁，看到这张碟的时候，我可能已经在另一个世界了。因为，录下这段自述，我是做了最坏的打算的。这是一个我生前没有机会说出来的故事。

这个故事的主角是林依，20年来娱乐圈最大的谜。

20年前，也就是1983年的秋天，我在重庆一家酒吧里第一次听林依的歌。当时她是酒吧的住唱歌手。林依唱的是邓丽君的《小城之恋》。听到一半的时候，我就对和我一起去的公司艺术总监说，我要签她！一个歌手的潜力，不在于技巧，而在于对词、曲的悟性。技巧可以通过训练提高，而悟性是天生的。

林依后来的成功证明我当时的感觉是准确的。

天才的歌手大多是激情型的，而年龄越大，激情就越少，就像森林越深，花儿就越少一样。在流行音乐这一块，他们吃的就是青春饭。这是由受众的年龄因素决定的。林依的状态在1986年达到了顶峰。这时候，林依这两个字已经成了新日新的金字招牌。但是此后，林依开始走下坡路。

公司在林依身上花了难以计数的财力、物力和心血，国内外数以亿计的歌迷的狂热日甚一日。新日新这时候可以放弃林依，让她自生自灭，转头去包装新人。但这样资源的浪费太大了。

在企业经营中，品牌的运作是一门很深的学问。一个知名品牌的附加值可能是产品本身价值的几倍、几十倍甚至几百倍，这种例子太多了。如何让林依这个品牌保持永恒的生命力呢？这似乎是一个不可能完成的任务。因为没有人能够抗拒生命自然衰老的过程。

挑战这个不可能完成的任务，最直接的启发来自于人人都知道的好莱坞的“007系列”电影。作为一个艺术形象，间谍007几十年来深入人心长盛不衰，简直就是票房的保证。我们能不能把林依做成一个类似于007的品牌呢？可能性是有的，但困难非常大。大家知道，007是一个虚构的人物，观众喜欢他，大部分原因是因为他的机智、勇敢、风流倜傥，演员的个人魅力相比之下是次要的。但即便如此，当最受欢迎的康那利和布鲁斯南被换掉的时候，仍在观众里掀起了轩然大波。林依和007的最大的区别，在于林依是个真实的人，她的歌和和她的个人魅力是一体的。如果像007那样操作，只保留林依这个牌子，而换上完全另外的一个人，我估计绝大部分歌迷和观众都不会认同。

怎么办呢？能不能克隆一个18岁的林依呢？

现在的克隆技术当然还无法做到这一点。但是，目前的整容技术已经足够发达，中国有足够多的人口资源。我们可以偷天换日。这就是新日新公司从1987年开始启动的“9·16计划”。9月16日是林依的生日，选择这个日子做这个计划的代号，象征着林依的重生。

我得承认，“9·16计划”是一个阴谋，它蒙蔽了公众的视线，欺骗了林依的歌迷的感情。

1987年，新日新公司和上京市电视台联合举办“新日新星”的全国选秀活动。“新日新星”表面上是发掘新人，事实上每届也确实都推出了相当不错的新秀，但这只是这次活动的副产品。我们真正的目的，是在全国范围内寻找和林依在气质、外形、音色等各方面都比较接近的人选。在1987年的第一届“新日新星”选秀中，西安赛区的于泉泉进入了我们的视线，这个女孩子和林依在各方面都非常像，当然，离偷梁换柱的要求还有很大差距。

为了避免引起不必要的关注，于泉泉在50进20的比赛中就被“安排”刷掉了。

在第一届“新日新星”选秀启动之前，我先做通了林依的工作。事实上，征得林依的同意是整个“9·16计划”中最关键、也是最棘手的一环。因为，按照我们的预想，“林依二代”应该全面“接管”林依的生活。演艺活动就不必说了，包括林依的父母、亲戚和所有的社会关系，“林依二代”都要不露一点马脚地照单全收，这样才能把林依克隆得天衣无缝，让歌迷什么异常都看不出来。这样的话，意味着林依要全面退出原有的生活，放弃自己的父母、亲友，成为一个没有身份的人。这么做，对林依来说，确实挺残酷的。

公司肯定会给林依一笔补偿金。这笔补偿金从一开始的100万一直涨到300万，但林依自始至终都没有一点商量的余地，就一句话：不同意。

我们集团的老总姜浩，可能很多人都不太了解，那是个想要什么就必须得到的人。那两年正赶上集团的其他项目都不太景气，林依不但是公司的台柱子，在整个集团的经营中也是举足轻重。如果这个牌子随着林依年龄的增大倒了，新日新集团就更难了。

因此，在姜浩的授意下，我们对林依采取了非常卑鄙的手段。

我威胁了她，拿她父母的生命威胁她，逼她接受条件。

姜浩是杀猪起家的，欺行霸市，是黑道中人，当时人称“镇关西”。这个人胆大心狠，非常冷血，我相信他不会是光吓唬一下林依就算了的，他能做得到，也一定会做，在他觉得有必要的时候。我当时也是这样对林依说的。而且，姜浩还让我告诉林依，如果她敢把这事捅出去，就让她等着为她父母收尸。

一般人谁见过这个啊。林依不会有别的选择，她只能同意，答应在拿到钱后永远消失。

“9·16计划”的知情人不超过十个。姜浩、我，艺术总监和他的综合训练小组、整容顾问和他的手术小组。

于泉泉当时在西安赛区的初赛中非常出众。她被淘汰后，所有的评委都十分不解。但因为是外围赛，所以并没有引起媒体的关注。五十进二十赛的第二天，我就秘密把于泉泉带回了上京公司总部，由计划的参与者对她进行了各方面的考察和评估。大家都觉得这是一个好“坯子”，略加雕琢，一定是一个完美的“林依二代”。

“9·16”计划对于泉泉的要求是，在从18岁到23岁的“服役”

五年期之内，要和包括父母在内的所有社会关系保持适度的隔离，也就是说，可以通电话，但绝对不能见面。借口自己去想办法，比如可以说自己出国留学了等等。五年后退出，公司会付给100万的补偿金，这还不包括她作为“林依”这个身份的所有正常收入。应该说，对一个十七岁的女孩子来说，这份差事的诱惑是相当大的。

我和于泉泉谈的时候，开始她死活不信这是真的。当她终于知道不是开玩笑的时候，几乎连眼都没眨就同意了。

接下来，就是长达八个月的对“林依二代”的塑造。

这是一个庞大而复杂的系统工程。

一个是由整容顾问和他领导下的手术小组负责形象整合。于泉泉虽然在外型和身高方面和林依很接近，但还是有不少差别，这需要通过整容手术来弥补。此外，在唱歌的发声上，于泉泉的音色和林依相比显得单薄。要解决这个问题，除了通过声乐专家的帮助改变发音的部位和方法外，手术小组还对于泉泉的声带进行了改造，使她的声带在物理性能上更接近林依。

另一个是综合训练。在演艺类训练中，分为声乐、舞蹈、表演、与媒体和歌迷的交流技巧等课程，以林依为模仿对象，进行有针对性的训练。要求于泉泉了解、熟悉林依在演艺方面的大事记，逼真再现演唱林依出道以来的50首为歌迷熟知的经典曲目等等。在生活背景训练中，训练小组将林依的从5岁开始到22岁的成长史、主要社会关系状况、与父母家人的关系、个人情感状况、个人生活习惯及爱好、知识背景与结构、成名以来为公众知晓的绯闻记录等等分门别类编辑成教材，对于泉泉进行填鸭式的灌输。其中甚至包括要学说重庆方言，因为林依是重庆人。

在位于上京西郊的“新日新星艺术学校”，“9·16计划”有一个秘密培训基地，“林依二代”8个月的秘密训练就是在那里完成的。

1988年9月16日，在君豪酒店公司为林依举行的生日会上，“林依二代”于泉泉正式被推上前台，林依黯然引退。应邀到场的媒体和歌迷代表不会知道，他们面对的是一个全新的、18岁的林依。

五年以后，也就是1993年，由同样的方法塑造出来的“林依三代”周恋取代于泉泉，续写了林依青春不老的现代神话。

1998年，来自林依故乡的18岁少女梁若成为“林依四代”，也就是现在的林依。

从90年代开始，媒体中开始出现林依青春不老之谜、林依定期整容、传统中医驻容秘方造就林依永远18岁等等声音，公司对此采取了默认的态度，并在随后推波助澜，利用报刊、电视、出版各种媒体，将林依的养颜美容术渲染得神乎其神，目的不外是把水搅混，掩盖真相。

但是十几年来天衣无缝的惊天骗局，却因为最近于泉泉的勒索出现了危机。五年内的合同内收入加上退役时100万的补偿金，当时的于泉泉应该是很有钱的，我估计至少也在千万以上。但这个女人挥霍无度，后来又吸毒成瘾，终于沦落到去晚唐夜总会做小姐，并欠下了老板蓝少的50万毒资。于泉泉打电话给我向公司勒索100万，声称如果不满足她的要求，她就向媒体揭露“9·16计划”。当时我没敢答应她，而是把这事汇报给了姜浩。姜浩当时连一分钟都没考虑，就说，别理她，让她折腾去。这是姜浩的一贯风格，他是从不和别人谈条件的。

后来就传来了于泉泉的死讯。对于于泉泉的死，我毫不知情，也不敢妄加猜测。我所知道的事实就是这些。

至于我对警察所说的我和于泉泉的私情，完全是为了撇清公司而编造的谎言。我不知道这是不是聪明反被聪明误。现在我老婆为这事和我没完没了，看来我是故作聪明了。

镜头里的司马说完这些，用手揉着太阳穴，沉默了足有半分钟。终于，他抬起了头，眼神十分痛苦而无奈，接着说：

还有一件事情，我没有勇气去做，那是我这辈子最大的遗憾。就在林依四代梁若之前，公司曾经看上了另一个女孩子，是湖北的黄卓妍，但是条件都谈好后，她却后悔了，要退出。当时黄卓妍已经了解了“9·16”计划的内情，放她出去会有很大的风险。于是我和姜浩故技重演，拿她父母的命要挟她。但没想到这个外表柔弱的女孩子十分倔强，一点都不怕，还扬言如果我们敢动她父母一指头，她马上就报警。

这下姜浩急了，和我商量要杀黄灭口。我当时和姜浩曾有过激烈的争论，甚至拍了桌子踹翻了椅子，差点打起来。但姜浩根本不听我的劝告，当着我的面就指使手下一个叫大桩的打手去“办了那个不知天高地厚的丫头”。后来，大桩在黄卓妍回家的路上制造了一起“车祸”，要了那孩子的命。那事后来被当做一起普通的交通事故处理了。但外人并不知道，那是一起由姜浩在幕后操纵的计划周密的谋杀。对姜浩来说，这算不了什么。

这么多年来，这件事一直像噩梦一样纠缠着我。虽然我并没有杀人，但我常想，如果当时我及时报警呢？不是就可以避免一个无辜的生命被杀吗？这么多年来，我无数次地想过要去向警方揭发这件事，但一考虑到自己的前途和家庭，每一次都退缩了。

我是一个自私而卑怯的人，这是我不愿意承认的。但现在我敢于承认了，因为我知道，当你、或你们看到这张碟的时候，也许是几年、几十年之后了，也许已经没有人记得我了，更不会有人对我评头论足了。

听完司马的自白，文木和冉佳当时都傻了。文木脱口骂了一句“操!”看冉佳，只是一劲儿地摇头，不知是不相信她老爸说的话呢，还是不相信自己的耳朵。

这些日子，文木就像一个盲目而绝望的猎人，在深山老林里追逐着猎物的足迹。猎物的行踪诡秘莫测，东一榔头西一棒子，处处可疑处处不实。文木丈二和尚摸不着头脑，始终没有查清猎物的行动路线和目的。现在，司马的一席话像一根红线，将先前的种种蛛丝马迹像散落的珠子一样逐个串了起来，有先有后，有因有果。路线虽山重水复但方向一目了然，以前所有的匪夷所思的疑问现在都有了合理的解释。这正应了福尔摩斯的一句话：“事件是一条互相扣着的链环，摸到了其中任何一环，就可以推理出其他环节。”福尔摩斯往往能从一些细微的细节入手，凭想象推理出事件的因果关系和前后顺序，再通过调查去证实，所以人家是神探。

而文木不是。要不是司马的自揭家底，文木还会在一堆似是而非的细节里兜圈子。

“我爸肯定是被姜浩这个混蛋害的!”冉佳满脸的悲愤，“他要杀人灭口。”

“显而易见。于泉泉要捅马蜂窝，姜浩先杀了她灭口。为了根绝后患，索性一不做二不休，接着要解决周恋。恋恋知道泉泉被杀的消息后逃了，至今不知死活。林依目前也有可能被杀了，或正被追杀。虽然这样，姜浩还不放心，派人秘密监视你爸，在发现你爸爸迫于家庭危机要吐露真相时枪杀了他。这一连串的安排你爸爸也估计到了，所以才先录下了这份机密资料以防不测。”

“我要把这张碟赶紧交给警察！让他们快去抓姜浩！”

“光凭这张碟可以搞臭新日新，但可能还定不了姜浩的罪，毕竟策划谋杀还需要更有力的证据。但这张碟对警方仍很重要。不过，我想先留一份拷贝你不反对吧？”

“你要在媒体上曝光新日新？”

“现在不是时候，我不想影响警方办案。何况周恋和你爸都牵扯在这起案子里。从哪方面讲我都不会先走露风声。等凶手都落网了吧，我一定要把新日新的肮脏黑幕大白于天下！”

“太不可思议了！为了钱也算是挖空心思下足了工夫了。”冉佳似乎有很多感叹，却不知该说什么好的样子。

“所以马克思说过，如果有百分之百的利润，资本家就敢践踏一切法律。如果有百分之三百的利润，他会不惮于犯下任何罪行。”

“我没想到我爸心里藏着这么大一个秘密。看样子人人都是水面上的冰山一角啊。”

“你是吗？”文木笑说。

“你指什么？我没骗过你吧？”冉佳正色道。

“你从来没提到过司马渐江是你爸爸。”

“你也从来没有问过啊？再说，我挺烦娱乐圈的，乱七八糟，我不愿意和他们扯上什么关系。但老爸却是无法选择的存在。”

“坦白地说，我曾经怀疑过你，怀疑你是新日新的卧底。”

“文木！我没想到你居然这么不信任我！”冉佳急了，“我走了！我再也不想见到你！”

“哎哎，别急嘛，”文木赔笑道，“我现在跟你坦白，正说明我还是信任你的。再说，以我目前的处境，听说你是司马的女儿，有那种想法也是很正常的嘛，拜托你多多理解啦。”

“你可以那么想别人，你怎么能那么想我呢？你和我是什么关系……我是宁愿伤害自己，也不会去伤害你的……你居然会那么想……”冉佳眼泪下来了。

文木免不了的一番打拱作揖、做好做歹，说了一车的软话儿，才把冉佳劝转过来。

二十八

一封电子邮件让文木重新掉进了五里云雾当中。

文木曾在几个网站的BBS上发过几个寻周恋的帖子。许久没有回音，文木几乎把这事都忘了。

很多事都这样，总在你不抱什么希望的时候，转机来了。或者，在你刚刚明白的时候，给你带来了新的困惑。

对现在的文木来说，上面的两种情况全赶上了。是转机，也是困惑。

邮件是一个叫“堕落天使”的网友发来的：“文先生，在捷讯网的军事论坛上看到了你的寻人的帖子。你所找的周恋我三天前在一个地方看到过，从照片上看应该是她。周恋在‘晚唐’夜总会地下的一个虐女秀酒吧做SM女郎。是不是被胁迫的我看不出来，因为虐女秀本身就是一种强迫性的被虐性表演。该酒吧的观众有极其严格的身份认定和秘密的门禁，圈外的人根本不可能进去。之所以给你发这个邮件是因为我和你一样有亲人失踪的惨痛经历。但我也只能说这么多。这个邮箱是临时申请的，邮件也是在一个公共网吧里发的，所以你也不必再和我联系，也找不到我。你自己好自为之吧，希望你能尽快找到周恋，那个地方太变态了。”

震惊之余，文木的心像被刀割似的痛，夹杂着无处发泄的愤怒。他把手里的杯子狠狠地向墙上砸去！

文木曾看过日本的一部情色电影，内容就是性虐待，里面的变态情景令人发指。一想到周恋有可能正在受着同样的折磨，文木控制不住地浑身微微直抖。

“晚唐”的地下虐女秀酒吧，文木曾听苗胜提起过，于泉泉就曾经是那里的SM女郎。会不会是这个网友把于泉泉误认为周恋了呢？她们长得很像啊。但人家说得明明白白，是在三天前，而于泉泉死了已经快半个月了。

又是于泉泉，周恋似乎永远和于泉泉脱不了干系。

那么，如果周恋正在躲避姜浩的人的追杀的话，她又是怎样落到了“晚唐”的老板蓝少的手上了呢？难道姜浩和蓝少之间又有什么说不清的关系不成？

文木拨通了北城分局刑警队队长李立的电话。早一分钟找到周恋，周恋就少受一分钟的罪。文木觉得，现在的情况已经是越来越失控了。

文木在电话里把匿名邮件的内容在电话里和李立说了，“问题是现在找不到这个提供线索的人。人家不愿意牵扯进来，知道我肯定会报警，所以邮箱是临时申请的，登记的资料肯定也是假的。邮件也是在有个公共网吧发的。”

“没关系，你把他的邮箱地址给我吧。其他的你就别管了，我们想办法去查。有什么新情况随时和我联系。”

文木是个文人，可是没有文人优柔寡断的通病，他是那种什么事都要去试去做的人。这和传统与现代没有关系，和东西方文化背景也没瓜葛。他就是这种性格。

他不会等在家里听警察的信儿。

报案的第二天，文木又打电话找李立。李立告诉他，昨天晚上分局治安大队派人对“晚唐”进行了突击检查，是打着年底扫黄行动的名义去的，但是搜遍了夜总会的每一个角落，都没有发现任何可疑的地方。又不能仅仅因为一个人在网上发的帖子随便拘审人。李立让他别着急，更不要像以前似的蛮干。“你一个人应付不了。”

文木并不这么想。

中午，文木约了林晋在自家附近的一个川菜馆吃饭。

“你觉得这事靠谱吗？就凭一个不认识的人的帖子？”林晋听完文木的介绍后狐疑地问。

“无风不起浪。那哥们平白无故地忽悠我干吗？再说了，‘晚唐’夜总会地下的SM酒吧的事，我去东北的时候，苗胜曾经和我提到过。于泉泉死前就是那里的SM女郎，台柱子。”

“这事没听你提到过。”

“是，我当时觉得这件事和周恋的失踪没有关系，就没往心里去。”文木说，“但现在看来，我们所掌握的所有的细节，其实都有隐秘而合理的联系。这就说明了一个问题？”

“什么？”

“这是一起精心策划的阴谋。但有一个事我有点糊涂。”

“是什么？”

文木仰身伸了个懒腰，似乎想从困惑里退出来，“咱们以前的注意力都集中在新日新的司马和姜浩身上，所有的疑点也冲着新日新。但现在，突然又冒出来一个蓝少的晚唐。另外，司马死了你知道吗？”

“啊！什么时候？”林晋吃了一惊，到口的一口菜掉在了布碟里。

“前天。”文木把司马的事以及那张碟里的秘密告诉了一遍。

“我就猜这里面有大的猫腻。不知我姐姐是不是还在人世？我真想把姜浩碎尸万断！”林晋百感交集，十分冲动。

“你也别着急。至少在于泉泉勒索新日新之前，他们是不会对你姐下毒手的。生意人的目的是赚钱，不到万不得已不会下手伤人。我们现在要紧的是赶快找到周恋，然后就能知道你姐姐的下落。”

林晋慢慢冷静下来，“这时候冒出个晚唐的线索，也不能说和新日新没有关系。”

“怎么讲？”

“晚唐的蓝少以前是开饭馆起家的，他和姜浩是几十年的交情了。”

“他妈的！这就对了，这就对了嘛！我说晚唐这根线不能就这么孤零零地出来了么。你这么一说我明白了。于泉泉勒索新日新，姜浩被逼无奈又不愿意认大头，所以背着司马结果了她。司马为公司保密对警察撒了谎，引发了家庭危机，一时酒后冲动，想对女儿坦白真相，被一直暗中监视他的姜浩的手下杀人灭口。于泉泉是晚唐SM秀的台柱子，姜浩毁了蓝少的摇钱树。为了弥补蓝少的损失，姜浩绑架了周恋替代于泉泉，本来两个人长得就很像，何况周恋又比于泉泉年轻。姜浩这样做一举两得，一是补了对朋友的亏欠，而是借蓝少的手，把周恋软禁在晚唐，免得出来惹事。”文木一步赶一步的推理，自已觉得如拨云见日一般，心里一片亮堂。

“你算是干错行了，你应该去当警察嘛！”林晋兴奋地和文木碰了一杯，“不过，现在怎么办?”

“嘿嘿，山人自有妙计。”

“你可是说过，警察现在都没什么办法。”

“警察能办的，咱们办不了。可有些事咱们可以干，但警察不能做。”

“是吗?”

“记得小时候回乡下老家，我爷爷带我打黄鼠狼。黄鼠狼偷鸡。半夜里，鸡窝里鸡咯咯直叫。我拿着手电一晃，一道黄影子一蹿上了墙头，喉管被咬断的鸡还在墙脚下扑棱。跟着狗追到村外的乱坟岗子里。月亮地里，黄鼠狼往一个坟洞里“咻”地一钻，不见了。我爷爷就拢来一堆干草，塞在洞口，在上面撒一泡尿，点着，那烟呛人，顺着坟洞口就灌进去了。我拿一趁手的树棍子，拉开架势，等着。爷爷蹲在旁边抽烟。不一会儿，一个小脑袋慢慢慢慢地，探出一小点，啊嚏，还打一喷嚏。黄鼠狼也会打喷嚏。这时候不要动。再等，黄鼠狼在里面实在憋不住了，蹭地一下，像打了个闪，快得很！蹿出来了。这时候要眼快，手立马跟上，当！往下一劈，正砸在它腰上！黄鼠狼就怕打腰。它腰细。”

“好有诗意的一幅乡村风俗画！月华如水，云影横空，孩子、老人、黄鼠狼。让我猜一猜，你的办法是什么?”林晋说完，从包里取一支笔出来，在手心里写了一个字，把笔递给了文木。

文木会意，也去自己左手里写下一字，攥紧，伸出来。

两人同时摊开手掌，只见各人手里都有一个“烟”字。

文木和林晋击掌大笑，引得周遭众人回头直看。

“明天晚上八点，晚唐门口的停车场见。分头准备吧。”

从12号塔院出口下了上满高速，上118国道，一路左盘右旋，高低起伏，福特翼虎良好的操纵性能得到了彻底释放，发动机的声音充满了快感，如尽性疾驰的骏马快意的嘶鸣。

北方冬天的山野，是一片孤寂的苍黄和铁灰，让人安静，静如无风的野水，思绪在水底无声地飘。年关到了，城里人已不大出来。路上来来往往的多是农用车。车行半个多小时，转过一个山嘴，前面是片开阔的谷地。国道的右手，是一片山里难得一见的平坦如砥的空地，五六排蓝白相间的塑料布搭成的雨篷格外醒目，一块半人来高的白漆木牌蹲在入口处，上面四个潦草红字：山货大集。

停车场里，城里来的车还真不少，大概都是些腻味了大鱼大肉，想在过年寻摸点稀罕物的人。文木停妥了车，信步进了大集。野鸡、野兔、獐子、狍子，核桃、山蘑、榛子、红枣，甚至还有野猪。城里来的廉价点心礼盒花花绿绿。

集上有十来个卖鞭炮、烟花的摊子。比起市里定点卖的炮仗，这里的玩意个大药足，放起来的响动比手榴弹不差哪去。

转了一圈，文木在集东头最大的一家鞭炮摊子停了步。

“兄弟来点什么？”摊主是一个粗黑敦实面相忠厚的汉子。

“我要的东西你这好像没有。”文木道。

“除了原子弹，我这儿都可以定做。”汉子看着文木的眼睛说。文木发现这人并不像看上去那么实诚。

“那我找对地方了。”

“兄弟说说看。”

“我要那种冒烟儿的。烟要足，声音要小。”

“像电影里飞虎队使的那样的？”

“对。老板门清啊。”

“嘿嘿，这个我还真做不了。”老板眼神直躲。

“别呀，地雷你都做了，烟雾弹你做不了?”文木从一个纸箱里抄起一个超大炮仗，真的是个地雷样儿，也那么大，黄纸皮，菱形花纹。“我可以出大价钱。”

“真做不了。”汉子推托。

“那算了，不难为你，我找别人。”文木拔腿就走。

“兄弟！等等、等等。”汉子拽了下文木的袖子。

“能做?”文木回头笑说。

“你要多大规格的?”

“我不懂规格。这么说吧，每只，1000平米内，两步之内看不见人脸。但烟不能有毒。”

“要几个?”

“四个。”

“每个一千。”

“贵了，五百。”

“八百，不能再少了。我要单独给你配方、配料。再少了我不值当的。还得顶着雷。”

“就是它。我可要得急，明天下午四点我来取货。”

“就这么着。但有一点。兄弟拿他干什么使我不问。钱货两清后，你没来过我这儿，我也没见过你！”

“放心，规矩我懂。”

次日下午，文木按时取了货。正好冉佳打电话来问情况，文木把合计好的计划说了，冉佳执意要去。文木苦劝不听，只得说若你去，不但帮不了忙，反成我们的累赘还要分心照顾你。冉佳这才不坚持，说那你等我一下，一会儿我去给你送个东西。文木问是什么，冉佳只说见了就知道了，就把电话挂了。

个把小时的工夫，冉佳急匆匆地进了门，从包里拽出一支仿勃朗宁9毫米手枪来，把文木唬了一跳："那来的这玩意？真的假的？"

"当然是真的，从剃刀那儿借的。你会用吗？"

"会倒是会，我采访过一个靶场，去玩过几次。不过，我觉得用不着，我们今儿也就是去探探风。"

"拿上吧，有备无患。那帮人可都是不要命的。"

二十九

清波门一带，自故宋以来，就是旧京浮浪子弟经常流连之地，花街柳陌，楚馆秦楼，美人当垆，王孙买笑，其风流精神奢靡气象，凡数百年余绪不绝，直到上世纪五十年代，才被荡尽涤清。不料想几十年后，时过境迁，那曾被千万只脚踩入污泥之中的风流种子，竟似得了和风雨露一般，抽枝吐芽，清波门左近一路两行，每到夜半酒绿灯红调丝品竹尽是香艳行当。

"晚唐"夜总会是一座仿古园林，主楼三层，房舍无数，园内曲径通幽，林石雅洁，据说建成耗资三个亿，是上京甚至华北地区巨贾豪富的销金窟。方圆几百公里内，常有开着悍马、保时捷的主儿专门来烧钱的。

晚上八点，文木和林晋在晚唐门口的停车场见了。文木道："东西办妥了？"林晋拍了拍后备厢："齐了，都在这儿呢。你呢？"文木耸了耸背包的右肩："没问题。你先在这儿等着看热闹吧。"说完径投晚唐大门去了。

这点儿正是夜总会开始上客的时候，人来车往的，热闹，透着生意好。趁着乱，文木先在园子里转了一圈，把主楼左右几座偏厦厢房，冷眼细细相看了，没发现什么尴尬的地方。文木心道："也是，来那变态酒吧的都是些达官巨贾，那个入口，就说不敢张扬，也决不会开在仓库或职工浴室里，丢不起那人。看来必在主楼的某个所在。"

进得楼里，也无非是些风月之地常见的舞榭歌台、笙歌盈耳，遍地的衣香鬓影、假笑佯痴。文木从一楼晃到三楼，四处走了一遭，处处留意，竟也没见有丁点儿蹊跷。文木倒没觉得意外，要是被随便什么人这么搭眼一瞧，就能看出破绽，那还怎么在这道上混？再说，人家治安大队神不知鬼不觉地突然临检，都空手回去了，更何况自己这个半瓶子醋？

文木下到一楼，不经意地扭头一看，却看见走廊的尽东头，有一个大厅，自动门里金碧辉煌，恍若瑶宫贝阙，那富贵气派比别处又是一番不同。不知道自己刚进来时为什么竟漏过了。或许是先入为主地觉得那酒吧的入口应该是个隐秘的地方，尽盯着犄角旮旯了。

文木假装喝多了，一溜歪斜地拐到了门口，被笔挺的门童一把拦了："先生，对不起，这里是贵宾厅，您不能进去。"

"我就是贵宾。让我进去。"

"对不起，您不能进。"

文木一边和门童假意纠缠，一边向里面张望。只见灯烛辉煌，两面墙上悬着字画，有张大千，也有赵无极，两排沙发靠墙摆着，几盆铁树、凤尾、巴西木等大型植物点缀其间，倒像是个会议厅。靠东墙又是一个旋转门，透过玻璃，能看见门里的小厅换了欧式风格，古典油画、壁炉、青铜执矛武士、路易十四时代的仿古家具，对门一个小小的吧台。

除了吧台里一个服务生，贵宾厅里空荡荡的，里外都没人。

别的地方都是人声鼎沸笑语喧哗，这个地方就显得有点古怪。门里有门，门口还有人看着。贵宾？什么人才是贵宾？可里面敞亮得很，所有的东西一目了然，又看不出什么不对。

文木暗暗留了心。

要说这晚唐夜总会，倒真不是浪得虚名，除了装潢排场、陈设富丽，店内轩厅雅室自不待言，便是那走廊和洗手间之类的去处，也都点缀着名人字画、假山盆景、闲花逸草，难怪那些大字都认不了两筐的土包子暴发户，也都爱来这里厮混，为的是既满足了欲望，又沾了风雅气，充了风雅名。文木上了顶层，走廊里踅摸了两趟，看左右无人，便从包里掏出那土造的烟雾弹，怕只有小香瓜大小？文木把那活儿塞在一盆半人高的龙爪松盆景后面，打着火点了捻子，拽开脚步，腾腾腾下了楼。只听得后面“嗡”地一声闷响。

文木在二楼、一楼如法炮制。等点了一楼的那颗时，三楼和二楼已经是一片乌乱，男男女女鬼哭狼嚎，滚滚的黄烟裹着人直向一层扑来。

出门的时候，文木索性把剩下的一颗（本来是做备份的）点了，顺手扔进了门里的不锈钢垃圾桶里。那时大厅已成了被燎了巢的蜂窝，乱哄哄一片的狼奔豕突，人都被烟呛得眼晕，谁还顾得上别的？所以也没人发现他做的手脚。

文木赶回停车场时，林晋正抱着膀子靠在车上看热闹，见了文木鼓掌笑道：“你小子干的好事，硬把人家这风流窝、快活林、锦绣堆、胭脂队，变成了路边烧烤摊了！”

文木回头看时，只见百十步开外的晚唐主楼，顺着大门和七八个开着的窗户，一团一团焦黄的狼烟直滚出来，那晚却又没一丝的风，偌大个园子上空被整得一片的愁云惨雾。楼里楼外一片声地乱。周围闲人越聚越多，一个个伸脖掂脚，指指戳戳。

“报警了没？”文木问。

“报了报了。估计不只我一个。”

“我觉得一楼尽东头的贵宾厅有点不对。”

“怎么不对？”

“倒没看出什么，就是觉得不尴不尬。”

正说着，只听得消防车凄厉的叫声远远地来了。眨眼工夫，三辆消防车分开众人到了楼前，“嚯”地停了，涌出一群服饰鲜明操着各式家伙的人来。

“快！快！换衣服！”文木嚷着，帮林晋从车子后备厢抱出一堆消防员的衣服来。

两人在车里换了衣服，戴上防毒面具，全身结束齐整，一溜烟奔楼里去了。

“你从上往下，我从下往上！”文木冲林晋做了个手势。

文木逆着弯腰捂嘴的人流，挨挨擦擦地奔走廊尽头那金色大厅去了。正行之间，忽然觉得有人猛地一扳自己的肩膀，文木一惊，回头一看，见一个消防员冲自己大喊：“看见丁队没有？！”文木顺手向后一指，喊道：“上楼了！”说完扭头就走。到了门口，就见几个道貌岸然的男人正从自动玻璃门里挤出来，烟雾里看不大清模样，依稀看见一个秃顶男人手里拎着一个怪兽面具。文木心里一紧，猛里想起苗胜说的虐女秀的观众都戴着面具的话来，知道那变态酒吧必是在这里无疑了，于是闪身就要进去。却不料那门童甚是敬业，大家都在逃命，他却不动地方，看文木要闯进去，遂一把揪住了文木的袖子：“对不起，这里不能进！”

文木抬手就是一巴掌，把他的手打掉了："废你妈话！里面烧死了人你丫负责啊?!"

文木在大厅里寻了一圈，并没有发现哪儿有暗门。便摸到旋转门门口，想进小厅去看看。这个旋转门镶在一堵厚厚的墙壁里，门两边墙的切面是两块弧形的金属面板，正和旋转门的旋转轨迹吻合。文木伸手就要推门的当口，突然看见左面那块弧形金属板"刷"地一声竟滑开了！三个男人从里面一拥而出，推开旋转门跑了出来，差点把文木撞了一跟头。

文木登时就明白了！原来那两块弧形金属板就是电梯的门。电梯就在墙的夹层里，门上肯定有红外线接收装置之类的东西。"贵宾"进了旋转门，并不进小厅，只在旋转门里按一下随身的发射器，隐藏的电梯门就会自动打开，再坐着电梯下去。所以贵宾厅只是个幌子，里面并没有人。

这么想着，文木便抬眼去那门上找，果然在门头上一块古罗马宫廷生活场景的紫铜浮雕上发现了一颗衬衫纽扣大小的有机玻璃接收器，是镶在一头狮子的眼睛里的。若不是亲眼看见有人从墙上的暗门出来，推断出门上必有接收器的话，平日里估计任谁也发现不了。

"奶奶的，老子莫不是看电影么，"文木心道，"都快赶上007了嘛。"这时正好赶上又一拨人上来，文木抢上一步进了电梯，摁下行纽，电梯刷地自动关闭，轻巧地向下滑去。

出了完全由汉白玉砌成的电梯间，前面是一个巨大的T字形空间，横着的长廊足可对开两辆轿车，地上是厚实的阿拉伯风格的地毯，踏上去无声无息。层高达四米，高大宽敞，实木护墙板上挂着尺寸各异的名家字画，走廊两旁各有十来个房间，从几个半开的门里能看见里面陈设豪华，不逊于五星级酒店的总统套房，估计是供“贵宾”们休息、淫乐的。最奇的是与这条长廊垂直的另一条长廊，穹顶，长可六七米，脚下、两厢和穹顶都是透明的，海水蔚蓝，水草曼舞，五彩斑斓的热带鱼闪闪烁烁地游，整个就是照搬了海洋馆的海底走廊，也算是费尽了心机。走廊尽头是一扇结实的楠木大门。里面应该就是那家臭名昭著的虐女秀酒吧了。

下面倒是烟小了点，但照样是一锅粥似的乱。不时有衣冠楚楚的男人从楠木大门里和房间里慌慌张张地跑出来。文木认出了一个是市电视台的主持大腕，那小子一看见文木忙不迭地把一个唐老鸭面具又扣在了脸上，但已经晚了。几个衣着暴露的女孩和西装笔挺的男服务生没头苍蝇似的窜来窜去，把对讲机捂在嘴上拼命地喊。

一个小领班模样的人冲过来拦住了文木：“嗨嗨，你怎么进来的?! 这儿不能随便进!”

文木犯了混，把防毒面具扯下来扔在地上，一把把他给搡到了墙上，指着他鼻子喊道：“你他妈给我听清楚了，再拦我我告你妨碍公务危害公共安全啊?! 王八蛋!”

小领班有点傻了，文木拽开大步朝楠木大门跑去。

看看快到门口了，也就三五步的样子。突然，一个雪白的人影伴着撕心裂肺的尖叫从半开的门里冲了出来!

文木定睛一看，那不就是恋恋吗？只见周恋上半身精赤，下面只穿了一条被撕破了的三角内裤，浑身上下血痕累累，惨不忍睹，脖子上还拖着一条丈把长的绳子，整个人像疯了似的，不管不顾地直撞了出来。

文木此时已顾不上心疼了，上去一下把周恋抱在怀里。周恋双目圆睁，一边尖叫一边又撕又咬。文木一叠声地喊：“恋恋！是我！是我文木!”周恋这才慢慢安静下来，抱着文木失声痛哭。

文木也不答话，从身上撕下外衣给恋恋披上，半搂半拖地架着周恋往电梯间跑去。

眼看就要到了，文木却听后边一片脚步杂沓，来得甚急，一个男人声嘶力竭地扯着尖利的女人嗓喊道："快拦着他！别让跑了！"文木回头一看，只见三个男人正拼命追来。其中一胖一矮，正是前面出现过的、当初从虎头手里劫走周恋的人。另一个身形精瘦，鹰钩鼻子薄嘴唇，却是那个女人嗓儿。

当然这三个人，文木都不认识。

这时文木已经没有第二条路可走，只有咬牙加紧脚步向电梯间冲，心想只要上了电梯到了一层就算逃出魔掌了。眼看已经到了横着的地毯走廊，文木心里暗作防备，左手架着周恋，右手就去腰里拔枪。就在这电光火石的瞬间，右手边走廊拐角一根大棒劈头砸将下来，文木不及细想，要拔枪的手只好抬起来望上一搪，右脚却早飞起，正踹在偷袭者的肚子上，那人闷哼一声，腾腾腾倒退几步倒了。文木虽然没有功夫，可自小爱好体育，各种运动从未间断过，这情急之下的一踹又何止三二百斤的力气！

但正所谓好汉难敌四手，文木顾了右边却顾不上左边，原来那左边拐角也藏着一人，举着垒球棒候着呢。眼看着文木蹬翻了一人，左边这条棒绕过周恋，嗯地一声，结结实实地招呼在了文木的脑袋上。文木只觉得眼前一黑，往前扑地倒了。

恍惚里只听得周恋的哭喊，还有几个男人吵吵嚷嚷的声音："蓝老板，现在怎么办？上面来了一拨警察和特警，怕是来者不善！"

"电梯是不能走了！快！去应急通道！你带着另外几个丫头，咱们分头走！"那女人嗓道。文木这才知道，却原来这鹰钩鼻子的男人就是晚唐的老板蓝少。

"这小子怎么办?"

"管不了那么多了!快走快走!"

也不知过了多久，文木觉得脸上一凉，猛睁眼，看见上面有一张戴着狮子面具的脸，手里还拿着半瓶矿泉水。原来是这人把他浇醒的。

"我晕过去多久了?"文木挣扎着爬起来。

"不长，大概几分钟，幸亏你戴着头盔。"狮子脸说。

"他们去哪儿了?"

"我看他们奔后厨了，说是什么应急通道。"

"你是谁?"

"这不重要。我知道你是文木。我在电视里见过你、在探险节目里。快去追吧，他们可能还没走远。我去叫警察随后过去!"

文木突然想起了那位叫"堕落天使"的网友。"你是堕落天使?!谢谢!"来不及再多说什么，文木捡起刚才撂在地上的防毒面具，蹿起来朝走廊尽头的后厨跑去。

如果真有什么暗道的话，这玩意儿兴许能派上用场。

三十

文木一头撞进厨房，四下打量了一遭。这是一个西式厨房，全套的不锈钢的厨具，看样子是给酒吧准备简单的餐点用的。操作台上、地上一片狼藉。靠北墙一排三个巨大的不锈钢冰柜，角落的一个下半截门半开着。文木打开门细看，里面空荡荡的并无一物，但地板和框子间的槽里夹着的一截筷子粗细的绳子头让文木起了疑。

定睛再看时，文木发现这绳子上还残留着一块血迹，让他一下子想起了周恋脖子上的那根绳子。文木拽着那根绳子试了试，还够结实，然后慢慢加力，只听“砰”地一声，那块地板猛地弹了起来，一股浓浓的霉臭味忽地蹿了出来。文木探头看时，见下面是一个两三米深浅的竖井，类似于市政管线的作业井，但要粗一些。一溜十几个钢筋扶手，壁上一盏昏黄的防爆灯一闪一闪的行将要灭。

蓝少他们肯定是带着周恋从这儿逃了。

“妈的！跟老子在地底下玩，你算找对人了！”文木恨恨地心道。

文木先从地上捡起一个洋葱头塞在兜里，又从腰里拽出手枪，咔地一声上了膛，接着往腰带上一摸，见腰上手电、多功能消防专用刀、攀岩索一应俱全。心里暗暗夸奖林晋，干事真他妈专业，作假也作了个十成十！他掏出手电按亮了嘴上叼着，攀着扶梯一路向下。离井底还有半米，文木从兜里摸出那洋葱头扔了下去。见没什么动静，这才“咚”地一声跳了下去。

顺着坑道往北走了也就不到十米，就是一个大约70度的斜坡，踩着台阶爬上去，见一个仅容一人钻出的洞口，洞口还垂着一些枝枝杈杈的树根样的东西。

文木从洞里爬出来，用手电四处晃了晃，又拿出指北针看了一下方向，知道这是一条东西走向的雨水管道。管道由青城砖砌成，拱顶，一人多高，宽可一米左右，应该是清朝末年的工程，管道的毁损还不算严重，至今还在使用，大概是属于市政的三级管网。

晚唐夜总会位于东西向清波门内大街，往北十几米，只有一条同方向的稍宽一点的马路，那就是二清路。

根据这些情况，文木断定自己现在的位置，是二清路下面的清代用于排污的盖板沟。

文木又回头照了照洞口，发现那些枝杈还真是树根。“如此，是二清路下面的盖板沟无疑了。”文木心道。因为今年7月，大雨连日暴作，二清路附近出现多处暗沟塌陷。市政当时想把整个二清路一千多米的暗沟刨开，彻底整修一下。后来却发现，二清路的暗沟因修于清代，近二百年来地上建筑、道路无数次变更，现在的沟上建有多处民宅、商铺，甚至还有合抱粗的大树，别说翻修，连普查一遍都费了九牛二虎之力。

蓝少显然是在建晚唐的时候就挖好了这条坑道，连在了二清路的暗沟上，洞口正赶在一棵大树下面，树根倒是成了天然的掩蔽物。

一旦清楚了自己的方位，文木对蓝少的逃跑路线已经是一目了然了。

从二清路往东一公里左右，就是原来的老护城河。上世纪五十年代初，市政将老护城河用钢筋水泥整修一新，上面铺了水泥盖板，成了上京市排水排污的总干线。这条环形管线总长20公里，最高处4米多，最宽处近9米，两辆大卡车对开一点问题没有。而它的外侧，就是地铁的环线。以前文木和同道们去地下探险，曾经多次钻过这条沟，哪宽哪窄，哪儿有个渗井，心里整个就有一张图。

蓝少会往东顺着二清路的暗沟，拐进护城河盖板沟，再往北、接着偏西走4公里左右，可到达福德门出口，这是离清波门最近的一个出口。从出口出去，一直往北沿光福路排水支线走两公里，就是金沟河排水口了，从这里就可以上地面。如今是隆冬季节，雨水不多，金沟河干涸见底，从那儿上去，几乎不费吹灰之力。

当然，这条线上大概有十几个市政的作业井，蓝少有可能从其中任何一个井里爬上来。但基于以下两个原因，蓝少这么干的可能性很小。一个是最近上京最近为了防止偷盗市政作业井盖，从国外引进了聚酯钢井盖，将全市所有的井盖全部更换了。这种井盖防盗功能极强，除了有专业的氧焊切割设备，否则休想打开，要从里面打开更是千难万难。另一个，上京主要干线上的作业井都计算机联网了，24小时有人监控。而蓝少走的这条路线基本上都在主要干线上。即便蓝少有同伙在外面接应，晚上9点来钟，拿一个氧焊切割机在灯火通明的大马路上锯井盖的可能性也不大。

加上在厨房找洞口的工夫，文木估计，现在，自己至少落后蓝少他们大概十分钟。

文木要抄近路在他们到达福德门之前截住他们。

近路倒是有一条，但是要穿过令人胆寒的“上京地下百幕大”。

福德门出口附近管线纵横交错，从明代、清朝、民国时期一直到现在，各种排水排污管线密密匝匝，左右勾连，高低错落，简直像迷宫一般。这个方圆不到十平方公里的地方，主要干线大概呈一个“区”字形，而那些小的支线和废弃不用的暗沟则密如蛛网，是上京地下管网最复杂的地区，有“上京地下百慕大”之称，连市政水道维修班阅历最广的老师傅都望而却步。稍有不慎，哪怕是拐错了一个弯、错过了一个路口，都有可能像撞了鬼打墙似的迷失在那个地狱般的地方万劫不复。

就在前年，西安的一个都市探险俱乐部五个队员，在那个地方走失了一个人。福德分局组织了一个搜救小组，包括警察、市政该管片的水道维修班、本市几个地下探险俱乐部的经验丰富的队员23人，整整搜索了48小时，结果连个人毛都没见着。一个大活人走失了，活不见人，死不见尸。

文木当时参加了那次搜救行动。

如果能顺利通过这片地下百慕大，在出口伏击蓝少他们，凭着复杂的地形和对地形的熟悉，文木相信摆平蓝少他们几个人跟玩儿似的。

地下手机基本上没信号，联系不上林晋，警察也不知什么时候能来。文木没有援手。

但文木已经等不及了。

蓝少他们走的路线基本上是一个直角三角形的两个垂直的边。

文木就着手电筒的光，在地上画了一张“区”字形区域的主要管线的分布图，设计好路线。他要从那条斜边过去。

文木要走的那条道大致是“区”字中“×”里的“一撇”的方向。

他之所以敢孤身犯险，是因为去年初在这个区域有过一次探险的经验。

去年二月，文木和几个哥们说动了市政工程管理处养护部的一个退休的老师傅，去“上京地下百慕大”寻找清雍正朝康王府的地下水牢。当年，康王以惩办反清人士手段酷烈闻名，其心理变态令人不寒而栗，民间多有传闻，但正史野史都少有记载。其中最耸人听闻的就是康王府下面私设的地下水牢，据说是集中国几千年酷刑之大成，还有许多他自创的毁人手段。但是当年的康王府早在民国初年就毁于一场大火，彻底从地面上消失。时光荏苒，沧海桑田，昔日的康王府早在历史的烟云里模糊一片，连具体位置都难以确定，传说里的地下水牢找起来更是大海捞针一样。

那位姓郑的老师傅要说还真不含糊。郑师傅从上世纪30年代就端水道维修这碗饭，敢说是上京地下管网的活地图，从养护部已经退休多年。在郑师傅的带领下，文木他们从护城河盖板沟福德门入口下去，三进三出，终于找到了康王府地下水牢，发现了大量的历史遗物。发现成果和经过公开后，坊间街谈巷议，媒体争相炒作，甚至引起了正统史学界的关注和参与。文木也从一个晚报的小记者一下成了上京的名人，“堕落天使”可能就是因为这事知道文木的。

要抄近路，文木须先向西走几百米，右转，从一条废弃的明代暗沟进去，才算进入“区”字形的区域。

合计停当，文木拔步正要走，忽见后面一道光柱直射过来。他回头一看，只见一个人正从方才自己出来的洞口往外爬。“谁?”文木警觉地问，同时把手放在腰上，虚握着枪把。

“我，我！林晋。”说话人已到了跟前。

文木也不及细言其他，只把在楼里的所见，以及自己的分析和打算，拣要紧的三言两语告诉了林晋一遍。

“按说是没错。但你想过没有？蓝少就不会在什么隐蔽的地方事先留好了出路？非要钻七八公里的暗沟再出去?”林晋说。

“要真是晚唐出了事，蓝少当然是离夜总会越远越好，而从地下跑要比上面安全得多。”

“就怕万一啊。别咱们以为抄了近路，人家却有更近的。”

“那这样，我去抄近路，你顺着主线追下去。我要是在前面截不住他们，再回头来找你!”

文木说完忙不迭地要走，却又听得洞口里什么响了一声。

“你带了人来了吗?”文木回头，却没看见什么，就问道。

“没有啊。”

两只老鼠吱吱吱地厮咬从洞里滚出来。

“耗子!”文木说着话，人已经冲出去了。

文木钻进了那条废沟。沟不到半人高，宽仅可容身，积年的臭味、霉味，以及被文木扑腾起来的细尘，呛得人几乎无法呼吸。文木赶紧把防毒面具捂在脸上。这沟已经有几百年了，壁上、顶上的青砖有的地方拿木头支着，有的已经塌下来了。文木索性手脚并用，在砖堆缝里钻来钻去。洞里老鼠成群，根本就不避人，有的直往脸上扑。文木一面挥着手电对付老鼠，一面奋力往前爬。好在这段废沟不长，七八分钟后，文木终于一身的土钻了出来。

左右踅摸了一下，文木找到了老字号“德聚缘”饭庄院里的那口作业井。从这儿开始，就有了路标了，那是上次文木探水牢时用颜料桶喷上的。而且，在作业井旁边的墙上，还有一张该地区简单的地图。这些本是文木为后来进来的人留下的，没想到还是自己先用上了。

对着地图设计好了路线，照着路标的指示，文木顺着“区”字里的那一撇，七拐八弯地一通急走，前面已经能够看见护城河盖板沟宽大的出口了。

文木一口气冲出来，拐进护城河沟，前后一望，却不见一星的亮光。难道是蓝少他们还没到？应该是不会，文木在找路的时候耽误了一会儿，加上和林晋又啰唆了几分钟，算起来最多能和蓝少迎头撞上就不错了。

正疑惑间，只听得右前方光福路排水支线里一声女人的哭叫！是周恋！他们果然赶在前面了。

文木疯了似的追了上去。

一转进光福路的支线管道，文木就见前面四五百米的地方几根光柱乱晃，三个男人正撕掳着一个女人走，因为周恋边走边挣扎，所以几个人速度并不快。

也亏得是这样。

蓝少显然也发现了追兵。文木只看见两支手电光望自己这边一晃，跟着管道里一声巨响，一颗子弹擦着耳边“咻”就过去了。

文木身子往前一扑，着地的同时右手早去腰里拽出枪来，瞄了前面影影绰绰男人的影子砰砰还击，嘴里大叫道：“恋恋！我来了！”

双方僵持了几分钟，只听前面有个男人叫道：“老板！你带了人快走！我们俩在这儿缠着他！”

文木一听急了，真要这样，事情就糟了。这个他妈的林晋！就是不听我的，弄得我现在一个对付三个，这可怎么是好？

匆忙之中文木不忘仔细观察了一下前面的情形，只见昏黄的灯光里，有两个人趴在管线沟里也就半尺深的水里冲这边砰砰放枪，压制着文木的火力。窄窄的沟沿儿上，精瘦的蓝少正拽了周恋拖拖拉拉地往前跑。

文木又转头在自己身边看看，想找找有什么可以借力的东西。当右手边一扇绿漆剥落的小铁门跳进眼帘时，文木心里一阵狂喜。心里说，有了！

只见那门上有几个网球大小的白字“市政B676”。这一带文木门儿清。文木知道，这是上面一家中水处理厂雨水蓄水池的闸门间，闸门的出水口就在下面的沟壁上。平日里，足球场大小、深七米的蓄水池蓄积着街面流下来的雨水径流，经过简单的处理，变成中水，用于洒街和浇灌草坪和花坛。雨水大的时候，把闸门打开，将多余的雨水放出去。

前几天天气异常，连降暴雨，蓄水池里应该是满满当当的。

得了这个主意，文木更不怠慢，伸手从腰里摸出一把大号钳子，欠起上半身，夹着门上那把锈迹斑斑的锁头，用力那么一扭，只听咔吧一响，那把锁应声而落。文木接着一弓身，猫一样蹿进了闸门间。

前面沟底蓝少的两个手下正上下摸不着头脑，猛地听得一声闷雷似的响声，一人多高的黄水泥汤劈头就盖了过来，俩人刚来得及叫了一声，却早立脚不着，被半空里滚下来的那水“吼”地一声卷将进去，一溜烟地顺下坡往下游去了。

那蓝少被周恋拖累着，刚也就蹭出三二百米。文木知道自己玩枪是个二把刀，恐怕失了准头，伤了周恋，所以不敢开枪，只是向前急赶。蓝少一边跑一边回头放枪，却也是一枪不曾射中。蓝少一颗心只在后面的文木身上，却不防周恋瞅冷子一把抱住了他拿枪的手，去那手腕上下死劲就是一口！蓝少“嗷”地一声，左手劈头揪了周恋的头发，右手急甩，两人扭在一起。就在这几十秒的工夫，文木已飞身跨到跟前。

蓝少自十三岁起就在街筒子里混，大小阵仗见了无数，却也不把这个娘们儿看在眼里。见文木投鼠忌器，不敢用枪，底下右膝一抬，正顶在周恋下巴上。周恋忍痛，却不张口，竟生生从蓝少胳膊上撕下一块肉来。

蓝少好歹挣出拿枪的手来，左手一松周恋的头发，手臂往下一撤，扼住了周恋的脖子，往回一收拉在怀里，右手枪口一顶周恋的太阳穴：“识相的，把枪放下！”

文木拿枪点着蓝少：“蓝少，江湖上都说你是个人物，你现在这样算什么？不如咱们都把枪放下，你我像个男人似的干一场！”

“少废话！你丫是电影看多了。江湖从来都是只要命不要面子！把枪扔过来！我不害你，咱们各走各的！”

文木迟疑不决。

周恋却很镇定："文木，快开枪！反正我也是不想活了，开枪！他不会放过你的！"

就在这时，就听得蓝少后面一声脆响。蓝少的脑袋往前猛地一点，手里的枪"日"地就飞了起来，正好落在文木眼前。

文木抬左手一把抄住："林晋！"

周恋一把甩开蓝少的身体，扑进了文木的怀里。

文木不知是敌是友，双枪仍是举着，定睛一看，只见十步开外，一个壮汉举枪直对着自己。旁边一只半人多高的黑色巨犬，绿莹莹的眼睛十分诡异。

"你是谁？"文木喝道。

那壮汉还没答话，周恋却先开了口："他、他是那个开始抓我的人！他是姜浩的人！"

却原来是虎头！

"我本来可以不救你。"虎头缓缓地开了口，"但我怕你一时糊涂，让蓝少伤了周恋。现在，把周恋交给我吧。我要她！"

"你是姜浩的人？于泉泉和司马都是你杀的？"

"那些都不重要。现在，把人给我！"

"你他妈的狂什么啊？你要人，先问问我手里的兄弟答不答应！"

"小子，你杀过人吗？你有多大的准头？我杀过的人可比你认识的人还多！我劝你还是不要自己找死！"

正僵持不下的当口，只见左边手电一晃，一个人出现在水沟的对面。文木眼角一瞥，不禁喜出望外："林晋！你他妈的死哪儿去了？！快来下了他的枪！这小子是姜浩的人！"

林晋不答话，蹚着齐膝深的水哗啦哗啦地就过来了。林晋刚一爬上沟沿，也从腰里摸出一把枪来，还没举起来，只见一道黑影快似流星，疾逾奔马，直冲林晋而去！

“小心那狗！”文木急叫道。

就在这时，不可思议的一幕出现了。那恶犬冲到了眼前，也不知林晋使了什么法术，那狗竟瞬间收了去势，对着林晋摇头摆尾、扑上翻下地亲热。

“你小子还真的有两下子！”文木夸道。这话刚刚出口，一股寒意刷地蹿遍全身，“莫非……”

此时，林晋方把枪举起来，瞄住了文木的头：“你猜对了，这小子是我的人，人也都是我杀的！可惜你醒悟得太晚了！把枪放下！”

三十一

此时是两把枪对着文木。

文木手里也是两把枪，可这时全指着虎头。

文木左眼瞄了一下林晋。林晋笑说：“别琢磨了，你一动我就开枪！没跟你逗！”

“林晋，有话好说，犯不上这样，你想要什么？”

“我姐林依的下落。”

“我知道你在找你姐，一开始你就跟我说过。现在周恋找到了，她知道的话 定会告诉你。”

“我还要她的命！”林晋脸沉似水，一指周恋。

“怨有头，债有主，周恋可没碍着你什么。”

“记得我说过我一直在国外、最近刚回来的事吗?”林晋道。

“那又怎么啦?”

“那儿确实是另一个世界，是你们这些锦衣玉食的人想象不到的地方。说白了吧，我是在大狱里待了20年刚放出来。”

“现在看来倒也不奇怪。我奇怪的是，这会儿你干吗跟我扯这蛋?”

“你不是想知道我为什么想要她的命吗?”林晋下巴点了点周恋，“有什么人或东西是你宁愿舍了性命也要去保护的吗?我有。她就是我姐，林依。20年前，我家住在重庆乡下的一个小县城里。有一天，一个混蛋欺负我姐，我砸死了他。我是成心的，就是要他死！我姐是我的，我一个人的。谁要是敢碰她、伤害她，我都会让他用生命付出代价!”

“你就是为这个杀了司马?因为她伤害了林依?”

“难道他不该死吗！为了钱，他把她一个人孤零零地赶了出来，有家不敢回，有父母不能认，没有亲戚、没有朋友，甚至没有熟人，这和放逐在蛮荒之地有什么不同?你想象过那是一种什么日子吗?看着另外一个人取代了自己所有的生活，你能想象林依内心的感受吗?在牢里的20年，我读了很多书，但更重要的是，我从其他囚犯那里学到了更多东西，那是你们四年大学所学不到的。照我以前的想法，我是不会轻易放过司马的。我让他痛痛快快地死了，算是便宜了他!”

“你他妈的疯了！天底下难道没有王法了吗?依这种情况，你完全可以去报警，姜浩和司马以暴力威胁林依，已经触犯了法律，法律会惩罚他们的。”

“像他们这样的人，法律会宰了他们吗?可他们这样做，和杀一个人有区别吗?!”

“那么于泉泉呢？周恋呢？她们不过是被人利用了，难道也该死吗？”

“是的，你会说她们只是为了名利，当了别人的枪。但是对我来说都是一样，谁想取代我姐，谁就该死！”

“那么现在的林依四代梁若呢？还有姜浩，你是不是已经把他们都杀了？”

“林依四代，哼，昨晚已经去向阎王报到去了。至于姜浩这王八蛋，我想就留给警察去收拾他吧，这么多命案我都做了手脚，安在他头上，还愁警察不赏他一颗黑枣？！”

周恋失踪后的一幕一幕，在文木脑子里走马灯似的转。有的已经明明白白，有的却还看不分明。“这么说，你从一开始就知道是怎么回事？”

“是的。我在第二次见现在这林依的时候，我就知道，她不是我姐，她是假的。”

“对，我想起来了。记得我当时问你，连你父母这么多年都没怀疑过，你凭什么就那么肯定？你说那是你的隐私。你说，无论过了多久，有些东西都是无法改变也无法伪造的。”

林晋沉吟了一下，显然是在合计什么。接着道：“好吧。反正你也活不过今晚，索性全都告诉你吧。我和林依表面上是姐弟，事实上是恋人。”

文木吃一惊：“啊？你这个人渣，真够变态的！”

林晋淡淡一笑：“不是你想象的那样。四岁那年，我妈得病死了，林依的妈妈带着她改嫁了我爸。我和林依名义上是姐弟，但没有任何血缘关系。

我爸是个酒鬼，而林依的妈妈也就是我后妈，是个赌棍，为了打麻将什么都可以不管，他们凑在一起可真是他妈的天作之合。

我姐比我大两岁，从小就是我们两个相依为命，比一般的亲姐弟都要好上百倍。十六岁那年，我和我姐偷吃了禁果。但在我们那种小地方，虽然我们没有任何血缘关系，但这种感情仍然是大逆不道。我那个酒鬼爹知道后，把我一顿乱棍打了出去。而我姐也在城里臭名昭著了，几乎全城人都知道了她和自己的弟弟乱伦。后来有一次，我和林依幽会的时候，被我们家人逮到，我被打急了，一砖头砸死了正毒打我姐的一个堂叔！我那时杀心极重，常常有一种想象：在大街上当街架上一挺机枪，把他妈的全城的人全突突了！你不知道他们那一个个肮脏的嘴脸是多么的恶心！

后来我进了大狱，我姐也在家里待不下去了，到了重庆。这一晃就是二十年。

我从大狱出来以后，知道我姐一直没有结婚，也没有男朋友。我想，她可能一直都在等我。后来，我见到了现在的这个假林依梁若。说句不怕你笑话的话，我当时激动得要死！想象我们会像电影里那样抱头痛哭亲热缠绵。可是当我像一团火一样扑过去的时候，那个假林依吓得像见了鬼似的！她当然不会知道我和我姐的真实关系。我姐肯定不会说，我的父母，呸！那对狗男女，他们一直觉得这是他们的耻辱，自然也不会说。我们家那个地方在一个深山窝里，闭塞得很，到现在也没几家有电视机，可能也早把这几十年前的事给忘了。所以，这个秘密只有我和我姐心里清楚。

我当时就对那个假林依说：你不是我姐，你到底是谁？我姐在哪儿?!

在监狱的几十年，我最大的收获就是学会了变着法地折磨人，让人求生不得求死不能。所以，我没费什么劲儿，就把那个从小娇生惯养的假林依整尿了，从她那里我知道了新日新这帮王八蛋所干的一切。但那个臭丫头片子不知道我姐在哪儿，也不知道她前面的两个假货、就是于泉泉和周恋，叫什么、在哪儿。

后来，我设法查到了于泉泉，利用她的毒瘾诈出了周恋的下落，她告诉我周恋和我姐还有联系。这些我都告诉过你了。但没告诉你的是，完了以后我就把于泉泉弄死了，谁让她害了我姐呢？”

“你后来没有找到周恋，所以才跟踪我，并在我家里装了窃听器。”

“那倒不是，周恋也没有那么难找。我让我兄弟虎头，”林晋看了一眼文木对面的汉子，“跟踪并在上黄公路上抓住了周恋，但螳螂捕蝉黄雀在后，周恋又被别人劫走了。虎头被打晕扔到了山涧里，好在后来大难不死，挂在一根树杈上侥幸捡了一条命。至于周恋后来又怎么落到了蓝少的手里，我就不知道了。跟踪你和装窃听器是这之后的事。”

“你早不做晚不做，偏偏在司马要抖搂新日新的内幕的时候杀了他，不是在替姜浩灭口吗？”

“当然不是。我是不愿意让你们和警方过早知道新日新的内幕。一旦警方对新日新展开调查，现在的那个假林依就有可能把我给供出来。我杀了司马，一个是本来就是早晚要做的事，另一个在那个节骨眼上杀了他，可以把水搅混，嫁祸姜浩。”

“其实你一直在给姜浩下套？”

“没错。现在我估计他是跳到黄河里也洗不清了。就在昨天，在我得知冉佳已经把司马留下的新日新内幕的证据交给警方以后，就毫不犹豫地做掉了那个林依四代，她可是警方要找的最重要的证人。这样以来，加上以前于泉泉和司马的死，姜浩想让警察相信自己的清白，估计不会那么容易！何况还有黄卓妍的一条人命。”

“我告诉你姐姐在哪儿，你放我们走吧？”周恋恳求道。

林晋一声冷笑：“伤害我姐的人都死了，姜浩也难逃政府的一颗子弹，你以为我会留你一个人吗？凭什么？”

文木愧疚地看了周恋一眼：“都怪我，我太轻信人了，我以为他是受伤害最深的人，一定是朋友的。我一直以为你是被姜浩他们绑去了。”

周恋却冲文木摇了摇头，眼里全是爱意和不舍，接着对林晋喊道：“你不是就想要我吗？你放文木走，我留下，要杀要剐随便你！否则，你就是杀了我们，我也不会告诉你林依的下落！”

林晋一咬后槽牙，腮帮子登时鼓出两道棱来：“文木兄弟，说实话我还真有点对你下不了手。你这人挺好。可你知道的太多了。你要不死，我这戏就没法收场。兄弟对不住了！”

就在这要命的当口，周遭忽然明晃晃亮成一片，把个本来黑糊糊的地下照得如同白昼一般。扩音器里一个男人的声音把管壁震得直掉土：“所有人都放下武器！你们已经被包围了！”

文木其实早就精疲力竭，这时看这阵势，料定是警察无疑。这么想着，双手一软，把枪撂下了。林晋和虎头还要挣扎，但四下一瞧，见周围高高低低，手电光柱一片乱晃，有警察，也有飞虎队。看看反抗无望，也只好不情愿地放下了枪。

四周都有人“呼啦”扑上来。众人齐上了手，早把林晋和虎头放翻，咔嚓嚓上了铐子。那条狗护主，刚扑上来就被一警察一记电棍撂倒。一个女警抱了一条毯子过来，给周恋披上。

两个人押了被文木放水冲跑的蓝少的人过来，两个人水淋淋的，缩成一团直哆嗦。

李立分开众人过来。文木正靠墙坐着，气刚刚喘匀。李立蹲下来，递给他一根烟："没事吧，你?"

文木点了，深吸一口又缓缓地吐出来，说："差点就交代了。多谢你们了！你们是接到报案电话来的?"

"要那样你可真就交代了。其实我们一直在跟踪你，也摸清了这个变态酒吧的底细。没想到你先动了手，逼得我们只好提前收网了。"

"你们一直在跟踪我?"

"算是吧，我们在你家里的电话和你的手机里都放了窃听器。就是上次在你家的时候。我们拆了林晋的破窃听器，换上了我们的好的。"

"姜浩人呢?"

"他和直接杀害黄卓妍的大桩都已经被批捕，完蛋了!"

三十二

从被绑架到现在，前后也不到半个月的时间，可周恋完全变成了另一个人，一个文木不认识的生人。

不吃不喝不睡，也几乎不说话，终日只在窗前坐了，眼神空洞、漠然，似乎在看极远的地方，又好像什么也没看，间或眼珠的一转，往往透着不可名状的惊慌。文木不知道周恋这些天都经历了什么。凭着他道听途说对性虐的了解，他知道，对一个正常的人来说，那是一个地狱，精神上的伤害远比肉体上的要深得多。

这几天，文木请了假，只是寸步不离地在家陪周恋。文木拣周恋平日里爱吃的，四处去买了，回家精心拾掇了，像照顾婴儿一样伺候周恋。叫的时候，周恋也吃也喝，虽然很少。晚上睡不着觉，文木找了安定片给她吃，周恋也很听话地吃药。但周恋只是在应付，文木能看得出来。有时候，文木想对周恋温存些，但他的手还没碰到周恋的身体，周恋就像被电击到一样本能地往后躲，眼神里恐怖得像见了厉鬼似的。睡觉的时候，周恋一个人缩在床边，离文木有八丈远。文木看在眼里，疼在心上，索性抱了被枕，在周恋脚后的沙发上睡，夜里好随时起来照顾在噩梦里惊醒的周恋。

除了扯一些不相干的闲事和八卦外，对周恋这十来天的经历，周恋不说，文木是一个字也不敢问，生怕说起来惹她心惊。

文木脸上一派的云淡风清，心里却焦躁得像油煎一样。他偷空给李立打了个电话，觉得李立这样的事见得多，向他讨主意。李立的意思是，周恋这样的情况，是精神受了重大的刺激，整个人还处于应激的状态。不问不说不是办法，一定要想法用温和的方式引周恋把那段噩梦般的经历说出来、发泄出来。如果在家里做不到，可以考虑带她去看看心理医生，接受一下心理辅导，心里的结解开了，人也就会慢慢好起来。李立还给文木推荐了安定医院的一个心理医生，人医术高，又极有耐心，说是经常和分局合作的，对周恋这种情况很有经验。

文木应了，决定自己先试试，毕竟，自己还是周恋最信任的人，说什么也比外人强一些。实在不行，再去找大夫。

看到周恋心情好点的时候，脸色也比较和缓，文木就有一句没一句地，装做漫不经心的样子，引周恋说这十几天的事。从周恋断断续续的话里，文木大致了解了周恋失踪的来龙去脉。

因为有在新日新共同的不可告人的经历，从“林依”的位置上退下来后，周恋和于泉泉成了交心的姐妹。每隔一个礼拜的周五，两人都会约着出去逛逛街，吃个饭，最后在“水之湄”茶馆喝茶。半个月前的周五，于泉泉没打招呼地失了约。打于泉泉的手机，没人接。晚上七点多钟，周恋按往常的喝茶的时间到“水之湄”去等于泉泉，但终于还是没见到人。周恋那时就有了不好的感觉。

回家后，周恋在当天的新报上发现了无名女尸在教堂地下室被发现的消息。当看到女尸被残忍毁容并在生殖器里藏着林依的照片时，周恋登时惊出了一身冷汗！她知道，被害者十有八九是于泉泉。其实坠子里的照片不是林依，而是当年于泉泉做“林依二代时的自己的照片，她一直放在一条白金项链坠儿里戴在身上。于泉泉之所以把它藏在自己的身体里，估计是在万分危急的时候，用不合常理的举动吸引警方的注意，为警方留下一点破案的线索：这种不合常理的做法是有深意的：说明死者和林依有关系，有生殖意义上的孕育、生命延续的关系！”

周恋想，肯定是于泉泉不知怎样破坏了和新日新当年的协议(事实上也就是如此)，结果招致了姜浩和司马的灭口。周恋知道，她、于泉泉和林依是相邻的多米诺骨牌，这个杀人灭口的机制一旦启动，按姜浩的行事风格，一不做二不休，下面遭毒手的就是自己和林依！

第二天，周恋在极度的内心矛盾里挣扎，这种挣扎的痕迹都留在了那张《新报》上，就是后来文木回家发现的那张。但最后，周恋迫于新日新公司的淫威和潜在的威胁，还是选择了不辞而别。她所写下的哈里森·福特的名字其实是和其主演的电影《亡命天涯》有关联的，因为自己也要亡命天涯了。而《遗文郎永别书》里的断章，也正是她潜意识里要和文木诀别的写照。

她不知道该如何向文木解释这一切。

她也怕没有时间解释了。

周恋匆匆安排了自己的个人财产，并去美容店里将长发剪了，连夜驾车出逃。

周恋没想到的是，姜浩当时认定于泉泉不敢和自己破脸，所以一直在观望，后来发现于泉泉死于别人之手，乐得捡了个便宜，也没了动手的意思。要抓她的不是姜浩，而是林晋那疯子。

林晋的兄弟虎头在那个上黄公路的雨夜劫持了周恋，却不承想被蓝少的手下横刀夺了。

据周恋被劫持到“晚唐”后零零星星听来的情况，蓝少之所以劫持了周恋，还不是和老朋友姜浩有什么协议，而是另有隐情。

于泉泉被害前一直是“晚唐”夜总会虐女秀酒吧的台柱子，有一大把有钱有势的拥趸，是蓝少不折不扣的摇钱树。于泉泉深陷毒瘾，陆续向蓝少借了五十多万元，虽然有周恋的时常接济，但是吸毒是个无底洞，于泉泉还是常常为没钱买毒品抓耳挠腮。于泉泉最后敲诈司马，其实是心存侥幸地弄险。

事情后来的发展出乎所有人的预料。

新日新那边知道了于泉泉的敲诈，还在观望，半路里却杀出了林晋。林晋逼出了周恋的下落，并无意中得知于泉泉敲诈新日新的情况，真是无心插柳柳成荫。林晋弄死于泉泉后，乐得就手送了一项杀人灭口的嫌疑给新日新和姜浩。

说到蓝少这边。蓝少知道于泉泉失踪的消息，以为于泉泉是逃债溜了，于是派人到于泉泉经常去的地方到处找。那天周恋去“水之湄”等于泉泉的时候，恰好被蓝少的手下撞见。

周恋和于泉泉长得很像。当时天已经黑了，蓝少的手下又躲躲闪闪地怕被人发现。这几个因素一掺和，蓝少的手下错把周恋当了于泉泉几乎是顺理成章的事。

周恋同时被蓝少的手下和虎头盯上了。

那个雨夜，蓝少的手下在被虎头识破了行踪后，抄近路在山嘴的拐弯处设伏，出其不意地夺了周恋。

其实，把周恋劫到车上没几分钟，蓝少的手下就发现抓错人了。他们和于泉泉天天照面，岂有分不出的道理？当时正好蓝少来了个电话问情况。知道是这种情况，蓝少动了鬼心眼子。心道，既然连和于泉泉天天在一起的人都能错认了，说明周恋和于泉泉长得的确很像。既然错抓了，索性就将错就错，拿这个女孩来顶包，于泉泉欠的那五十几万，就着落在这个倒霉蛋身上得了。

就这样，周恋被蓝少将错就错地充了虐女秀的SM女郎。周恋自然是抵死不从。但蓝少派人二十四小时地看着她，寻死都找不到机会。周恋后来索性绝食绝水，但蓝少叫人把她绑在床上，强迫给她打点滴输营养液，到点时就把周恋拖到台上去施虐。反正那种表演本身也不需要自愿。就是自愿的，也要表现出十二分不愿意，这样才能满足那些大变态的虐待心理。

周恋在台上的真实的挣扎和反抗，在观众看来，反而成了一种逼真的挑逗，引得那些变态们在下面疯了一样，那情形比于泉泉当时的风头还要胜出十倍。这真是一种凄惨的黑色幽默。

听了这些，文木心里，就只有一个恨字。恨当时没有一把火将“晚唐”烧成灰，恨当时不是自己亲手毙了蓝少。

周恋哭了，这是这些天周恋第一次哭出来。文木爱怜地抚了抚周恋的头发，看着周恋的泪眼说：“恋恋？”周恋的身子抖了一下，任文木把自己轻轻拥在怀里。

文木不禁泪流满面。

“傻孩子，你当时为什么不告诉我呢？”文木紧紧地搂着周恋道。

“我怕，我怕和你解释不清楚，也怕连累你。”

“你真是太傻了，”文木叹了口气，“那天晚上你一个人准备去哪儿呢?”

“去碧落庵。”

“找明心大师吗?”

周恋一愣。

“我去那儿找过你。小尼姑告诉我的，你和明心大师很熟，是好朋友。”文木道。

“你知道明心大师是谁吗?”

文木心里一跳，道：“难道是林依吗?”

“是。林依姐离开新日新的第二年就出家了。”

“啊？是吗?”文木还是吃了一惊，“那天夜里在我窗外叹气的女人肯定是明心无疑了。”遂把自己去碧落庵找人的经过告诉了周恋一遍。

“那肯定是明心大师了。她知道我失踪，情况未明，她肯定是不会见你的。再说，她是个心如止水清净惯了的人，平时也懒得见人。”

文木突然想起了周恋扔在垃圾桶里的那张残缺的照片。“恋恋，你还记得你走前扔在垃圾桶里的那张照片吗?”

周恋愣了一下，道：“我扔了不少东西，记不得了。”

“就是只剩下姜浩一个人的那张残缺的照片。”

“啊，我想起来了。怎么了?”

“后来林晋在当时的晚报上查出了一张类似的照片，照片上除了姜浩，还有两个人，一个人是司马渐江，还有一个是……”

没等文木说完，周恋就接着说：“另一个人当然就是我。当时我就是林依三代。那是在《迁徙之旅》的发布会上，我和姜浩、司马的合影。”

“你为什么那么做？我的意思是，撕走了你和司马，却留下了姜浩？”

“我走之前销毁了很多东西，先是在卫生间烧，但烟太大，怕有人多管闲事报火警，招来不必要的麻烦，所以后来才改撕的。我想不留一点痕迹地消失，不想留什么线索。姜浩极少在媒体曝光，没什么人认识他，所以我就把他撕下扔了。”

“从一开始你就不想我找到你，是吧？压根就没想再见我？”文木心里酸酸的。

周恋看着文木，眼神复杂：“我不想连累你，这里面的水太深了，姜浩是个心狠手辣的流氓，我知道你斗不过他的。”

“你为什么不告诉我真相，然后再报警呢？”

“我怕，我怕姜浩报复我爸妈。所以我并不想让警方知道。”

“你真的错了，当时如果你报了警，就不会有后来的七灾八难了。”文木叹了一口气说。

这时有一个电话进来，文木接了。吃一大惊：“林晋！”

“我现在被关在看守所里，等着判。我是快死的人了，想求你一件事。”林晋道。

“你还没把我糊弄死，你还有脸来求我？”

“我知道我对不住你。但我一个要死的人，很快就会付出代价了。你又何必和一个死人计较呢？我只想在临死前见我姐一面。我知道，周恋知道我姐的下落。麻烦您，让周恋通知一下我姐，来见我最后一面，我就是死，也瞑目了。”

文木心善耳软，听了，想想也是这个道理，便说：“那好吧，你姐现在城西的碧落庵，早出家了。我和周恋会去找她，让她来看看你。”

“什么？我姐出家了？唉，也好也好，也算是个好归宿，我放心了。那么谢谢你了。我就在北城分局的看守所，北土城14号。另外，作为回报，我想告诉你一件事，对于一个记者来说，这是一个独家新闻。”

“噢？是什么？”文木的职业好奇心被勾了起来。

“你知道那个半夜放风筝的风筝骑士吗？”

“你知道他是谁？”

“我就是那个放风筝的人。”

文木恍然大悟：“这就是了。风筝骑士在‘子夜心澜’的热线里说过，他是在找自己失散了多年的恋人。”

“对，这个人就是林依。当年我和林依的感情，没有人能理解，更有那不知道底细的人，把我们当作猪狗一样乱伦的人。我被我爸撵出门以后，只是在城里靠给别人打短工混日子，很难见到我姐一面。家里把林依像贼一样地看着，那时候一般人家又没有电话，递个信都很难。后来我们就约定了一个通信的方法，想我姐想得狠了，我就半夜别人都睡了时候，在我家附近放起一只风筝，我姐看到了，就偷着溜出来和我幽会。

其实现在想想，仍然不觉得是什么苦，反而觉得很浪漫很刺激。你想想，两个绝望的情人，在月华如水的子夜，凭一只风筝传情达意，我觉得，秦观的‘柔情似水，佳期如梦’这八个字，竟就是为我们两个写的！当时就想，如果就这样爱一辈子，也没有什么不好。但是好景不长，发生了后来那件事，我进了大狱，我姐也在老家待不下去，一个人离家出走，到了重庆。

在大狱的二十年，我是想着林依熬过来的。要是没这个想头，我都不知道自己能不能挺得过来。在我的生活里，如果那种日子也可以叫生活的话，我姐是我唯一能活下去的理由。所以，当我那天从那个假林依嘴里，听到我姐早就被新日新踢了出去，成了一个有家难回有亲难认的'黑人黑户'时，我当时差点就宰了她。但因为还没找到我姐的下落，怕打草惊蛇，就没有动手。但那时我就发誓，我要让那些伤害了我姐的人，一个、一个用生命付出代价！

我知道我姐可能还在这个城市里，但是人海茫茫，上哪儿去找呢？我一边顺着假林依的线索往下追，一边拣起了二十年前的老办法，在半夜放风筝。

在四环外的宋家河铜矿的废矿洞里，有一个拾荒人的地下村落，也叫宋家河。我在那儿为自己造了一间密室，那儿有我的风筝，还养了一条叫夜叉的大狗。每隔三两天，我就半夜从那儿出来，在东西南北四城轮流放风筝。我希望我姐能直接看到，那她就知道我正在找她。即使她看不到，午夜风筝这种怪异的举动一定也会引起媒体的注意和热炒，迟早也会传到她耳朵里。但我没想到她已经出家，把自己和人世隔绝了。后来，我在电台的'午夜心澜'热线里讲了我们的故事，并留下了藏在一首诗里的约会时间和地点。"

文木听得有点愣。他没想到，在林晋这个极度冷血的人的心里，居然还有这么一个柔软温情的角落。如此分裂的人格，自然不是一辈子生活平淡无奇的人所能有的。只有极端的环境，才会催生出这样畸形的人格。

"我想起来了，是有一首诗来着，我们一帮同事还猜了半天呢，叫'每忆山前'什么来着？"文木道。

"每忆舟畔坠金乌，一夜霜寒十七州。点豆种瓜梅岭雪，半掩柴门醉前楼。”

“对对，那又是什么意思？”

“其实很简单，是一个挑字的游戏，我和我姐以前常玩。方法是，选中第一字后，后面隔一字选中第二个字，再隔三个字选中第三个字，以此类推。它的节奏或者规律就是‘一、三、一、三’。这样选完后就是这样的：每舟乌夜七点梅雪门前。换上同音的合适的字就是：每周五晚七点梅雪门前。”

“梅雪指的是梅雪餐厅？”

“没错。可惜我没等到我姐。不知是她没听到，还是真的看破了红尘，超然世外了。”

三十三

周恋获救的当天晚上，冉佳打了一个电话给文木。文木告诉她周恋找到了。因为当时心力交瘁，也没有多说几句。这几天，文木整个心都在照顾周恋上，也没时间给冉佳打电话。

其实文木也怀疑，到底是真的抽不出打电话的十分钟，还是潜意识里躲着不给冉佳打这个电话。经常，打电话缺的不是那十分二十分钟，而是打电话需要的心情。“没有时间打电话”的潜台词是“没有心情打电话。”

冉佳再打电话来的时候，说自己可能会离开上京，去新加坡。

这个文木倒是真没想到：“怎么突然想去新加坡了？”

“也不是突然。有一段时间了。我在法国时的一个同学，现在在新加坡的一家很有名的平面设计公司做设计总监，想把我弄过去帮他。去不去，我一直没拿定主意，一直在犹豫。”

俩人都沉默了一会儿。冉佳也许是在等文木说些什么。但文木只是含糊地应了一声。

“你觉得我应该去吗？”冉佳声音很小，不是她平时的说话风格。

“冉佳，有些事情恐怕必须你自己拿主意。”

时间似乎在此停顿了一下。终于，冉佳说：“那，我就走了。下个礼拜二的飞机。”冉佳的声音又恢复了那种大大咧咧的劲儿，“其实我早就想好了，是逗你玩呢。”

“几点？我去送你。”

“不用了。你好好照顾周恋吧。到了那边我再联系你。”

次日一早，文木和周恋不到六点就起来，各挑了一身素净衣裳穿了，吃了一碗素面，开车往碧落庵去了。

车子刚转出城，早见得又一场大雪飞了起来。那天却是没风，雪花一朵一朵，铜钱大小，在天地间静静地飘着，车子在雪幕里走，犹如在万顷梨花里穿行。周恋就提议说，要么改日再去算了，雪这么大，又是山路，别出了什么事。文木却心情好，觉得这些天心里的烦躁，竟被这场大雪给洗得干干净净，因此执意要去。

两人也不着急赶路，一路慢慢行来，遇到出奇的景致，便在旁边停了车，消消停停地看一会儿，赞几声。雪大山深，路断人稀，举头送目，满眼的都是天高地远，层峦尽白，风物清旷，直让人俗念顿消。

路上聊起来，文木才知道，周恋当年认识林依，竟和新日新没有什么关系，说起来也可算是一桩奇事。原来周恋的娘家从外婆开始，到她妈妈，都是虔诚向佛的人，虽不像出家弟子似的有七斋八戒的讲究，但心里那份诚意却毫不逊色。周恋到了上京后，几年间几乎访遍了这里所有的庙庵，听人说碧落庵是个极清静的地方，于是远道慕名而来。

周恋说，她第一次见到林依的时候，两人都微微吃了一惊，估计在心里都暗暗打了一个问号。

周恋见林依谈吐不俗，既精于佛理，又人情练达，看得出是个在红尘里翻过跟头的人，不像有的僧人那么颟顸，心里佩服。周恋是从小在一个志诚礼佛的家庭长大的，那言谈话语、举动做派，自是和庸俗市井人家出来的孩子不同，加上天资聪颖，悟性过人，林依看在眼里，心里也实在喜欢。两人你有心我有意，遂成莫逆之交。

两人在新日新的那些事，却是在成了好朋友之后才聊出来的。

林依当年被新日新踢出来后，有一阵子失魂落魄，人几乎要崩溃，满脑子都是想找个干净的地方自杀的念头。有一天她开车偶尔撞到了碧落庵的后山里，见那儿花放水流，佳木参差，正是自己心目中的葬骨之地，于是一条素练挂在了树上。也是林依命不该绝，那日正好碧落庵的住持惠岸大师到后山采药，救了林依，并说得林依回心转意。

此时的林依除了钱，其他都被新日新剥夺得一干二净，身份、事业、家人等等全被别人冒名夺走，真可以称得上是赤条条的无牵挂，于是将万千烦恼丝一挥而尽，跟了慧岸做了徒弟，法名明心。

林依看那碧落庵窄小朽败，就把那些年在名利场上挣来的上千万元钱倾囊而出，加盖山门，再整庙宇，重塑金身，把个昔日的荒郊野寺，收拾得金碧辉煌，俨然名山大刹的气象。

没过几年，惠岸圆寂去了。林依是大师的高徒，又是于寺里有大贡献的人，自然就做了住持。

两人进了碧落庵，却正撞见上次见过的知慧正督着几个小尼在院里扫雪。那知慧虽然是个出家人，但毕竟年轻，小孩子的心性，见了周恋，高兴得不得了，两个人自是有一番亲热。完了，知惠便领了二人去见明心。

后殿的旁边，有一个小小的角门，上次文木来的时候倒是没注意。进了角门，是个不小的院落，中间一片荷塘，塘里残荷支离，间着斑斑的白雪，别有一番凄清的韵致。穿过荷塘上的石桥，北岸是三间精致的房舍，房前短篱菊畦，一架紫藤，屋后万竿修竹，经雪之后更显得绿意森森，和外面乱哄哄的市井一比，真是世外桃源一般，把文木羡慕得嘴里不停地感叹，恨不得也立刻落发做了和尚。

明心大师闻声迎了出来。文木见明心约莫有四十岁左右，长得和周恋很像是意料之中了。但相比之下，明心神态从容，淡定自若，虽然一身朴素的僧袍僧帽且年近不惑，但仍有一种特别的楚楚风致。

“恋恋，你终于来了。没什么事吧？我一直在担心你。”明心拉着周恋的手道。

“唉，一言难尽，待会细说。不过我还好。”周恋道，接着把文木和明心互相介绍了。

明心和文木彼此客气了一番，把二人让进了屋，接着吩咐知惠道：“去把杭州智觉禅师上次送我的明前泡一壶来。就用咱们前几日窖的竹头上的雪水。你亲自去弄，别让那帮孩子沾手。”知惠应了一声去了。

房间一明一暗，里面一间略小，挂着青布棉帘，可能是卧室。外面两间是客厅加书房，布置简单，却是不俗。案一、香炉一、几一、椅四、书橱二，案上是笔墨纸砚。壁上悬青藤老人的《桐荫铭诗图》，元气淋漓，生机勃勃，疑似真品。其余壁上则一白落地，素粉如银，绝无累赘。屋角烘着一盆栗炭，空气暖融融的温而不燥，有一股细细的干净的檀香味。

如果不是靠东墙摆着的一圈蓝印花布的布艺沙发，文木会真的以为时光倒流，回到了几百年前的古代了。

三个人品着茶，说了几句闲话，窗外的雪愈发大起来。“恋恋这么多日子没来走走，到底是什么缘故？”明心道。

“新日新的老底东窗事发了。”

“哦？”明心端杯子的手微微一晃，旋即镇定下来，瞥了文木一眼。

“没事，文木都知道了。亏得有他，否则，恐怕我们这辈子都没相见之日了。”周恋道，接着把于泉泉被杀、自己被劫后来又如何被搭救等事原原本本说了一遍。

开始明心还在努力把持着，不动声色，但渐渐地就有些动容，脸上阴晴不定，时悲时喜，或惊或叹，文木知道明心虽然十几年来青灯黄卷，波澜不惊，但骨子里毕竟是性情中人，十几年前的那些刻骨铭心的经历，像一段旧伤，表面虽已愈合，但一遇到天阴下雨，犹是不可遏止地隐隐做痛。要做到形同槁木易，心如死灰则难矣。

“这么说，这些都是林晋干的？”明心颤声道。

“是。林晋现在身上有三条人命，证据确凿，恐怕他的时间不多了。”文木说。

“这傻孩子啊。”明心一声长叹。终于，两行清泪再也无法克制地潸然而下。

“林晋一直在找您。”文木说，遂把林晋在午夜放风筝、给电台打电话约会、托自己来找明心等事一一告诉了，“他现在就只有一个愿望，希望在起身前再见你一面。”

明心百感交集。尤其是听到风筝一节时，清癯的脸上竟有了柔和的光彩，平日静如秋潭的眼里似有星星在闪。但这些却如阳光下草尖上的清露，很快就蒸发得了无踪迹。

“我恐怕不能见他……我不知道，我还没想好。”明心有点语无伦次。

“为什么呢？说句不太合适的话，林晋这样做，都是为了你呀。”

“外面现在是什么样子？”明心道，一副心慌意乱的样子看着窗外。

满天的雪，下得正乱。

文木当然知道她问的是什么。“一瓢冷水泼进热油锅是什么样，外面就是什么样。林依四代和司马死了。姜浩被抓了，新日新整个瘫痪了。媒体和林依的歌迷全炸了。记者满城乱撞，但都是在捕风捉影的瞎猜。暂时，如果我不往外捅，还没什么大乱子。但林依四代死了，警方肯定要核准她的真实身份，而且警方从冉佳那儿掌握了新日新的内幕。天底下没有不透风的墙，即便警方不愿意向外界透漏新日新的内幕，但毕竟纸里包不住火，迟早会传出去的。到时候，你的父母肯定也会找你的。无孔不入的媒体恐怕会为你掘地三尺。至于疯狂的歌迷，那就更不用说了。”

“我要是这时候出现，唉，这碧落庵佛门清净之地，怕是山门也会挤塌了，哪里还会有我的存身之所。再说，我遁入空门这么多年，已经很难适应外面的世界了，别说适应，想起来就怕。”

“那怎么办？你父母倒好说，什么时候想见面，可以从容安排。可林晋，恐怕他时日不多了吧？”

“容我想想吧，再说吧，啊？”

文木见明心为难，便岔开了话头，“上次我来的时候，晚上住在了东跨院。夜里在我窗外叹气的人，是您吗？”

明心一愣，道：“是，是我。我平时一概不见生客，都是知慧替我婉拒了。那天听说周恋失踪了，心里着急，想去找你问问情况。但想到和新日新的瓜葛，又怕节外生枝，所以……”

当晚，文木和周恋就在东跨院住了。尽东头的两间，原是特意留给周恋的。平时若不是客人特别多，这两间净室，是轻易不给别人住的。吃完饭，明心又亲自带了一个小尼，送了一个大黄铜火盆，烧起热烘烘一盆的上好的栗炭。

向晚时雪停了，山风呜呜地刮起来，把那满天的冻云吹散。东边积雪的山峦里，却捧出一轮焦黄的满月。

一帘月色渐渐转为青白。月在中天，该是半夜了，身边的周恋还在辗转反侧。

“睡不着吗？要么吃点药？”文木道。

周恋没有接这个茬。半天，才说：“木木，我想和你商量个事。”

“啊。”

“我想，留下来。”

“那也好，在这儿清净清净，回头我再来接你。”

“不是那个意思。我的意思是，我，我想出家。”

“哈，咱俩想一块去了，我也想呢，这儿多好啊，世外桃源似的。可惜我是个男的，人家不要我。”文木笑道。

“木木，我没开玩笑。”

文木一惊：“你真这么想？”

“是。这几天我心里其实一直在想这件事。”

“恋恋，我知道这些日子你受了很多苦，常人想象不到的。不过我觉得现在你只是一时想不开，过一阵就好了。别再乱想了。睡吧，啊？”

“木木，我不是一时冲动，我已经想通了。你无法想象我这一个多星期在那个地下魔窟里面对的是什么、是怎样熬过来的。那是比所有的噩梦都可怕十倍的噩梦！我没办法在外面的世界再待下去了。有时候走在街上，我总觉得所有的人都在盯着我看，都在指指点点偷笑，好像所有的人都见过我在里面的样子！有些话我说出来恐怕会很伤你，但我不得不告诉你。我现在对所有的男人都有一种恐惧和厌恶，包括你。你碰我的时候，我已经感觉不到你的温暖，有的只是害怕和恶心……当你不小心摸到一条冰凉而浑身黏液的蛇时，就是那种感觉。”

“天哪。”文木一时呆了，竟不知道说什么好。

“我病了文木，我是一个病人。只有在这儿，我才会觉得心里好过一点。我这个样子，是不会给你幸福的，你对我越好，我心里压力就越大。而且，时间长了，你也会厌倦的。我们分手，是早晚的事。”周恋转过头来看着文木，朦胧的月色下，周恋的脸上泪光一片。

“不！我不会的！你就是一块冰，我也要把你捂化了！”文木几乎是在喊。

“我不是冰，我是一块石头。我已经心如铁石了。木木，我知道我对不起你，这对你不公平。我努力过，但我做不到。明天一早你就走吧，去重新开始。我的木木是个多么优秀的男人啊，可惜我没这个福气。忘了我吧。”

“不行！我不和你说了，明天你就和我一起回去！我会陪你去看心理医生，我知道一个很好的医生！”

“别傻了，咱们都不是孩子了，我自己的心病我最清楚。咱们的缘分，怕是已经尽了。”

文木像一只泄了气的皮球，他知道周恋的脾气，她一旦决定了的事，十头牛也拉不回来。

“你父母怎么办？他们辛辛苦苦养你这么大，你有没有想过他们的感受？”文木只有最后一招了。

周恋哭出了声。“我对不起他们，但我也没有别的选择。好在我前些年在新日新还挣了些钱，也足够他们这辈子花的了，就算我对他们的一点报答吧。”

天晴了。

天蓝得无边。地白得干净。

明心一个人把文木送出山门。

“那么，恋恋就托付给您了。等过一段时间，我再来接她出去，把外面的一些未了之事办一办……我，还有一个不情之请，不知道说出来合不合适？”

“啊。”

“我想，我还是想让您劝劝恋恋，毕竟，她还这么年轻……这一辈子，难道就这样了吗？”

明心微微一笑，看着阳光下的远山，曼声吟道：“溪水何妨随石转，岭云或有出山时。”

山下的村子里，零零星星的鞭炮声在山风里隐隐约约。

明天就是除夕。

新的一年，就要来了。

2006年9月11日一稿于京

9月18日二稿

2007年9月17日修订于出版前

惊心动魄的调查

孤胆记者与冷血杀手最惊险的较量

揪出幕后黑手

破解神秘的“守护天使”之谜

一部现代都市的惊人传奇

隐身搭档

一

马路对面就是久安市电视台的大门。还没过马路，优力就觉得被人盯上了。

那是一个面容黢黑的中年汉子，看样子像是郊县的农民。这人脚下放着一个大纸袋，双手在胸前端着一块纸板，上面密密麻麻地写满了字。

告状的。优力想。电视台门前上访的、告状的，每天都有几个，台里的人都习以为常了。平日里，优力都是开车走北门进台，免得被告状的堵着，但今天他的车坏了，坐地铁过来，走大门最近，就奔大门来了。

优力是电视台《调查30分》的记者，主要跑市里的文教卫生口。这两年，他做了几期揭露医疗、医药行业黑幕的节目，在久安市引起了轰动，观众拍手称快，经常出镜的优力也成了个小名人，一些吃了亏的患者，简直把他当成了救星。当然，一些医药行当里的人也把他恨得牙根痒。

果然，优力刚一跨上人行道，那汉子就三步并作两步奔过来，一把抓着了他的胳膊："优记者，您真是优记者，我都在这守了您半个月了！"因为过于激动和愤怒，汉子的话有点前言不搭后语，但从他语速极快的叙述里，优力已听明白了个大概：又是一起出了人命的医疗事故官司。

这时候，另外几个告状的也围了上来，优力见不是头，忙对那汉子说："那什么，你先把申诉材料和你的电话给我，我回头再联系你吧。"汉子将脚下那个大纸袋子拎了起来，里面有一大堆

病历、片子什么的，优力忙摆手："先不用这些，材料就行。"

拿起材料，优力一溜烟地跑进了门。他很同情那些上访的，可他实在没那么大的能力帮他们。

进了大厅，优力刚要上楼，就看见同事安安抱着一堆素材带急匆匆地往下跑。

"嘿，安队，什么好事，这么急？"安安是跑政法口的记者，不知是天生的一股飒劲儿，还是老和警察打交道熏陶的，大家都觉得她像警察，而且是警察的头儿。于是，比照电视剧中的称呼，大家都叫她"安队。"

"能有什么好事？去机房呗。"安安说。

"我也得先下去约一下。"优力说，顺手从安安手里接过几盘带子帮她拿着。

"这阵儿去哪儿啦？半个月不见人？"优力说。

"想我啦？那晚上请我吃饭吧？"安安半真半假。

"晚上还真不行，改天？"

"吓的你！逗你玩哪。这阵子我在市刑警队的警犬训练基地待着。"安安说。

"干吗呀？安队改拍动物世界了？"

"那有什么办法呀，大案不让拍，又要有收视率。哎，警犬挺有意思的，也比人好。而且，和狗在一起特有安全感。"

到了机房把位置占上，安安倒不着急了。

"你知道了吧？听说王进要辞职去凤凰卫视了？"

"你消息倒是灵通，我今天第一次听说。不过这也是意料之中的事。"优力说。

王进是《调查30分》的主持人，是久安市的名人。他主持风格平实，气质儒雅，从容大气。不像眼下的一些主持人，梗脖瞪眼，采访别人跟要刑讯逼供似的。王进在观众中有人缘，在业界口碑也很好，拿过两届全国主持人“金麦克奖”。但是，恐怕外界谁都没想到的是，王进在久安电视台干了五年，闯出了这么大的名头，到现在的身份还是个临时工！

说起来是个笑话。可在久安市电视台，这就是事实。台里流行一个段子，说电视台有“三种人”：皇军、伪军和民团。皇军指的是有国家干部编制的原电视台的老人儿，享受分房、公费医疗等特殊待遇。伪军是台聘人员，除了没有房和公费医疗外，其他待遇和皇军一样。民团就是王进他们这拨人，什么都没有。他们大多是外省市台有一定实力的记者编辑，因仰慕久安市的文化氛围来这里打拼，但正式员工政策已是计划经济时代的事，连台聘名额也有限，所以只能做做临时工。民团的收入也不见得比皇军和民团少多少，但在心理上永远比别人低一等。但像王进这样已经混出了头的，谁又肯老这样窝囊着呢？

优力也是民团。从山东省广播电台辞职到久安电视台，到现在也快有4年了。

“其实凤凰也不见得有多好。我有个同学从广院毕业去美国留学，后来去了凤凰，说那边累得要死，人都快熬成老太太了，房租又贵，挣的钱有一半交给房东了。她准备今年年底回来，正让我帮她找工作呢。”安安说。

“咱们这儿现在也不轻松啊，听说市审计局要来了，什么票都不让报了。你们台聘的还受不了太大影响。我们这帮民团就惨了。”优力叹了口气，“我也有心辞职了。”

“你可别走，你走了我会想你的！”安安说完，又没心没肺地大笑起来。

优力的脸一下子红了，一时不知该说什么。

优力就是这样一种人，有时候很贫，可有时候还会脸红。周围的女人都知道他这样，经常拿他开涮。按说也是三十五六的人了，女朋友交了好几个，世面也见过不少了，应该是刀枪不入了，可这脸红的毛病依旧。优力倒也没想过要改。安安说了，会脸红的男人是珍稀动物。

优力和安安的关系比较微妙，说近很近，可要发展到男女之情，似乎又老是隔着点什么。优力不算花心，可就是对婚姻有一种隐隐的恐惧。以前的几个女朋友都不错，时间长了，最后总是要走到一个坎儿，要么结婚，要么分手。每到这个时候，优力总是很痛苦，分手吧舍不得，结婚吧又不乐意。优力知道，安安虽然表面上看上去大大咧咧，可骨子里特别热衷于正常的家庭生活，和自己在本质上不是一路人。安安肯定也了解优力对婚姻的态度。因此，两人虽然彼此都互有好感，但谁都不敢先迈出第一步。

优力说晚上有事，倒不是在搪塞安安，他是真有事。也是饭局，是一个不情愿的饭局。他倒是宁愿和安安一起吃。

饭局是一个奇怪的东西。在这种场合，人的基本需求，吃，仅仅是一种形式，是一种类似于背景音乐似的东西。也许，人在进食时比较放松，这样可以趁机谈一些平时不太好谈的事情。

一般情况下，野生动物进食时是非常警觉的，尤其是食肉动物。

可见现代智人的动物性已经消失殆尽了。

优力手头正在做一期节目，前期采访已经基本完成，眼下正在粗编。优力知道，这又将是一颗重磅炸弹。这期节目涉及本市的一家大型制药厂环亚集团。两年前，环亚从俄罗斯引进了一种尚处于试验阶段的治疗糖尿病的新药“威可”，未经国家药监委员会批准擅自批量生产，并通过不正当的手段进入部分医院的临床治疗。这种药的最大的副作用就是损害患者的肾功能，严重的会造成器官坏死。目前虽然还没有直接的证据证明这种药会直接引起患者死亡，但已有近两百位患者因服用该药出现了肾功能严重异常。

三个月前，优力从一个患者手里接到这个线索后，便一边等待选题批准，一边开始明察暗访。选题经过制片人、部门主任，最后一路被递到中心主任手里，一个月后才批下来。环亚是久安市的大型企业，也是税收大户和创汇大户，因此中心对此十分慎重。中心主任亲自找优力谈话，嘱咐他三条，第一，要证据，第二，要客观的证据，第三，要确凿无疑的证据。

采访的艰难自不必说了，光是从一开始来自方方面面的说情，就快把优力逼疯了。优力真的很佩服环亚的人际战略，他们恨不得把优力的所有亲戚朋友全都调动起来了，优力不知道他们是怎么弄到这种关系的。

当然，这还不包括中心甚至台里受到的来自方方面面的压力。

今天晚上就是环亚老总望江南的饭局。其实这个饭局望江南已经请了多次，但都被优力婉拒了，鸿门宴嘛。但前几天，环亚竟把优力的老爸搬出来了。

优力的老家是山东淄博，老爸是淄博市一中的退休教师。以前环亚找来的基本上都是优力在久安市的同学、朋友和熟人，能折腾到山东把他老爸抬出来，这是优力没想到的。

前两天老爸来电话，把这事和优力说了，说是市里的一位领导亲自上门多次，实在驳不开这个面子。优力当时就说，爸你没拿环亚什么吧？老头子当时就急了，说小王八蛋你以为老子是什么人？优力忙笑说我知道您不是那种人，不是怕您晚节不保吗？

您两手干净我就放心了，不就是顿饭吗我去我去，您千万别生气气坏了身体我就罪过大了。

优力还真是担心老爸的身体，老爷子十来年的乙肝最近发展成肝硬化、肝癌，年前来久安看病，大夫建议尽快做肝移植。可肝移植需要几十万哪，优力、他父母家、他哥家绑一块一次也拿不出这么多钱。优力算了算，把自己的家底磕空了，再把自己的捷达卖了，加上爸妈的一点存款和大哥凑的几万块钱，离总数还差十几万，这还没算术后的抗排异的费用。

优力这两年倒是有了点名气，可没挣多少钱。工资不算低可也高不到哪去，出过两本写自己的采访经历的书，也就挣了一辆捷达的钱。

优力常说，自己是缺大钱不缺小钱，反正也没什么花大钱的地方，一般的事情几万块钱也就搞定了。他没想到家里真出了需要花大钱的事。

长了这么大，优力是第一次真的为钱发愁了。

其实，以优力目前的工作和名气，想挣点黑钱并不是什么难事。但他不愿意这么做，他没觉得自己有多高尚，只是觉得这是职业的要求，所谓没有金刚钻别揽瓷器活，拿了别人的黑钱这一行你就没法做了。

优力喜欢这份工作，刺激、有挑战性。

二

下午六点，优力走出电视台北门，一辆白色的宝马正静静地候在路边。

漂亮。优力暗暗地喝一声彩。

是汪菁，环亚总经理办公室的秘书。优力去环亚采访时，是汪菁接待和安排的。当时环亚真的以为是正面采访，一切安排得十分周到。

优力本以为会有点尴尬，可是这点顾虑很快在汪菁职业性的微笑面前消失了。

宝马稳稳地起步，像一匹训练有素的良马，CD机里传出厚重而又有金属感的吉他独奏。

“密科卡？”优力问。

汪菁几乎是惊喜地看了他一眼，“你也喜欢？”

“天才的吉他大师，一百年也未必出一个。”

“优先生不太像记者，倒像个艺术家。”汪菁说。

“记者就这么差么？不过汪小姐后一句又过奖了，我也就是一电视民工。”

汪菁笑得失去了矜持：“电视民工？什么意思？”

“一大半体力劳动，一小半脑力劳动，手拎肩扛，尘垢满面，不像民工么？”

“优先生过谦了。哎，您喜欢吃什么菜？”

“客随主便吧。”

“那，我们去顺风海鲜？”

优力略一沉吟。汪菁马上说：“想必优先生不喜欢粤菜。您是山东人，应该喜欢鲁菜，要么去金顶？”

“好吧。”优力说。心想今天不管什么菜，都不会吃出味道。

汪菁开始打电话，好像是在通知望江南吃饭改金顶了。

优力漫不经心地打量着她。用时下流行的话说，汪菁属于那种“熟女”型，一点点恰到好处的华贵，一种入骨入髓的媚，但

这种有点过的妩媚被其职业女性的知性所冲淡，所以并不显得妖冶。她要是换去职业装，扮做小女人，估计得媚到每个男人都脚软。优力暗想。

“研究出什么结果了?”汪菁笑吟吟地扭头瞟了他一眼。

优力一惊。人说美女能在20米开外凭直觉发现有人在看自己，果然。“宝马香车，美女执辔，我也算艳福不浅哪哈哈。”优力被人点穿，索性顺水推舟胡说八道。

“哈，区区小事，举手之劳。”汪菁说着又瞟过来一眼，这一眼比较媚。“再说，为大帅哥开车也是我的荣幸。”

“我帅吗?”优力凑趣，故作姿态。

这就近迹于调情了。有人说，如果选对了对象就是调情，选错了人，那就是性骚扰。

“您的帅不在长相，您有一种脱俗的气质。”

“哈，被美女夸就是感觉好啊。”

“优先生倒真是性情中人。等这事过去，我们也许能做个朋友?”

“好啊好啊。”优力说。心里却在想，这事怎么可能过去啊?

金顶国际俱乐部是一所会员性质的会所，是久安市的富人经常出入的地方之一。

鲁菜的包间有一个奇特的名字：玉面。优力暗暗称奇，这里的老板肚子里还真有点水。

看到优力打量着“玉面”两个字，望江南说：“我刚才也琢磨了半天，这‘玉面’二字不知是什么意思?”

“记得在古人咏梅的诗中，有称梅花为‘玉面’的。”优力说。

“优先生果然厉害，不愧是名牌大学的高才生。”望江南恭维道。

“哪里哪里，穷酸而已。”优力说。

望江南年近五十，但身体高大硬实，步履矫健，一看就知道是个经常运动的人。一双细眼，眼神温和，但是偶而会有锋利的光芒从金丝眼镜后一闪而过，就像他那平和的语调里时常暗含机锋一样。唯一破坏了望江南干练形象的，是每说几句话他的鼻子里就要发出“吭哧”一声，这好像是后鼻窦炎的症状。

果然是老奸巨滑。明明是来求情的，可酒过三巡，关于节目的事却只字不提，只是在那里东拉西扯，谈吐倒也不俗。优力也乐得轻松吃喝，只是心里还存着一个疑问。

望江南端起一杯茅台，“刚才优先生自嘲穷酸，我不同意。优先生是文而不酸，有作为，有担当！堪称社会中坚！我再敬一杯。”

优力也一口喝干。茅台就是比二锅头好喝。这种饭局优力一般都躲，实在躲不开，饭可以吃，酒可以喝，但钱物不拿，美色不近。吃完喝完，事该怎么办还怎么办。

“不敢当不敢当，我也就是凭良心做一些力所能及的事罢了。”优力也装糊涂。

“说起来，我们医疗医药行业和你们做记者的有共通之处，你们是治社会的病，我们是治人的病。”望江南说。

有点靠谱了，优力心说。我干脆撩他一撩。“可庸医杀人哪。还有比庸医更可怕的。今天我在我们台门口又碰到一个告状的患者家属，人家东借西挪倾家荡产为病人做了肾移植，可后来发现这只肾脏有结石！还有，有些地方将器官移植的名额在各医院安比例分配，弄得根本不具备器官移植手术条件的医院也敢做移植，简直是为了钱杀人不见血！”

“有这种事？太耸人听闻了！”望江南说。

“这有什么。现在我一同事手上正编一个节目，哈尔滨有一患者住院竟花了几百万！按院方提供的单据，病人一天要输几十瓶生理盐水，每小时要输四袋血，专家会诊每人要给三十万！人都进了火葬厂了，这边医院还在收人家的ICU费用。这件丑闻简直是中外罕见。”

“这家医院太有想象力了，这哪是治病，简直就是明抢嘛。”

“国家的法律太宽了。要依着我，像这样的，甭废话，拉出去毙一批！看谁还敢伸手！”

“就是就是，不用重典，不足以正人心。”望江南附和说。

你做的事比这也好不了多少。优力心说。

双方有十几秒的尴尬。优力索性把目光放到墙上的一幅油画上，是一幅江南春色。

“优先生喜欢苏天赐老先生的画？”望江南也趁机转移注意力。

这次该轮到优力惊讶了。苏天赐是江南油画大家，一般人不知道。泛泛的艺术爱好者可能知道徐悲鸿，但不会知道苏天赐。

“看来望总也是同道中人，真是儒商啊。”优力说。

“哪里，我只是喜欢而已，不像您，还能画。我父亲和苏先生算是故交。这是苏老先生的近作，颜色真是老到啊。”

“大巧若拙，返璞归真，确实是神品。”优力赞道。

“所以苏老先生的画近年在市场上的行情一路看涨。”

二人又赞叹了一番。优力此时突然话锋一转：“望总，有一件事想请教您。”

“不客气，您说。”

“您是怎么找到我父亲的？”

“哈，说起来咱们还算是半个老乡。我是久安人，但曾在淄博新余县插队当知青。1977年恢复高考，您父亲优老师有一次去新余县做辅导讲座。当时我怀揣两个馒头，坐了两个小时的拖拉机赶去听课。优老师真是学养俱佳，我十分佩服。当然，优老师是不会记得我了。但我和现在淄博市的王书记是几十年的朋友。哎，哪天他过来一块见见？毕竟是老家的父母官呀。”

优力恍然大悟。

“像优先生这样有名有才的大腕，在电视台一定是赚得盆满钵满了吧？”见优力面有不悦之色，望江南识趣地转移话题。

“我也就是徒有一点点虚名而已，靠薪水混口饭吃。哪像您望老板，做大生意、赚大钱，没法比呀。”优力故意把个“大”字说得很重。

望江南一乐：“哪里哪里。哎，我听说过关于电视台的一个段子，不知是否真有其事？”

“说来听听？”

“说是电视台的一编导去洗头，小姐说，抬头！这位想都没想就说，久安市电视台！”

“哈哈，夸张是有的，但像我们这些编外人员，工资只能从劳务费里出，拿发票报。每个月找发票真能把人找疯！”一提发票，优力就满腹牢骚。

这时候，一直守在门外的保镖样的男子进来了，和望江南耳语了几句。

望江南冲优力哈哈一乐：“游先生，不好意思，我出去接个电话。”转头又冲旁边的汪菁说：“小汪陪优先生再喝几杯。”

望江南刚一出门，汪菁就从小巧的坤包里拿出一个信封，轻轻地推到优力的面前：“优先生，听说优老师身体不好，需要做大手术，这张建行卡是我们望总的一点心意，请您收下。”

优力似笑非笑地盯着汪菁："汪菁，你还说要和我做好朋友，你这不是把我往火坑里推嘛。"

"优力，你放心，这只是望总对老师的一点心意，保证不会出任何问题。"

优力把信封推回去："你是奉命行事，我不怪你。以后咱们做朋友啊，我还真有点喜欢你了。"

优力已经有点醉了。

那天晚上优力真的喝醉了。他只记得后来是汪菁把他送回了家，还说要留下来照顾他。他对汪菁说，要是现在没有这件事，我还真不想让你走。但有这件事，你就必须走，我决不能留你。

第二天上午，优力醒来，发现那张银行卡就放在床头柜上，厅里还有一幅包好的画，不用打开，他也知道是那幅苏天赐的。

优力一个电话打给了汪菁，说你现在就过来，把卡和画拿回去还给望江南。否则我可就把它们交给我们台监察室了，就当替你们望总交税了。

三

《良药变鸩毒的背后》播出后，在久安市掀起了轩然大波。当天晚上，"新浪"和"搜狐"就出现了节目的内容摘要。第二天，《久安青年报》、《久安晨报》、《新安报》等久安几家主要都市报，都几乎用整版的篇幅刊登了根据节目台本整理而成的报道。《调查30分》办公室里的几部电话几乎被打爆，有患者的、患者家属的、观众的，还有全国各地媒体的，有的索要台本，有的想采访编导。

节目播出后一个星期，国家卫生总局和药监委联合组成的调查组就开进了久安市，在环亚集团和市几家大医院开始了对该事件的全面调查，环亚制药厂被勒令停产整顿。

64名患者集体将环亚和几家接受了环亚的“临床费”、“开户费”而将“威可”应用于临床治疗的医院告上了法庭。

不久，久安市卫生局局长、久安市人民医院院长和药剂科科长、久安涌金门医院院长及药剂科科长被“双规”。

星期六的晚上，优力去郊县怀远县拜访那天在台门口向他提供线索的患者家属，回来的时候已经是晚上十点了。开车走到七道弯附近，就被一辆黑色的“大切”盯上了。七道弯是一段路险弯大的盘山路，是久安著名的事故多发地段。“大切”先是在后面不紧不慢地尾随着。从后视镜里，优力看见这辆车的车牌被一张深色的不干胶遮着，就觉得来着不善，赶紧加快车速。但捷达哪里能甩得开“大切”，刚盘下第二弯，后车就吼叫着一头撞上来，优力一把没稳住，差点飞出去。下面就是深不见底的山谷。

凭着十几年的驾驶经验，优力一路狂奔，左躲右闪，但仍是险象环生。“大切”像一头疯了的野牛一样对他又撞又别。

优力心想这下完了，但心里还有一丝隐隐约约的希望。

以前这样凶险的情况他也遇到过几次，但每次在最危险的时刻，总有莫名其妙的人出现，他都能侥幸获救。最近的一次发生在三个月前。他在一期节目里曝光了几家地下假药厂，对方扬言要卸他一只胳膊。一天晚上，他从酒吧出来，走到金顶大厦附近时感觉酒往上涌。他赶紧把车停在一个小胡同口，进胡同找个角落去吐，结果被三个拎着砍刀的人逼在墙上。

这时候从胡同里出来一个推着清洁车的老婆婆，这婆婆穿着清洁工的蓝工装，戴着蓝帽子，走路都颤巍巍的。可就是这么个老太太推着个破车左摇右晃，看着是在躲几个人的刀，可最后几个人却都被放趴下了。几个痞子骂了声“邪门”，慌得连刀都没捡就爬起来跑了。

优力吐得喘不过气来，也没看清老婆婆去哪儿了。

事后优力想想也觉得邪门。都夜里一点多了，哪还有清洁工啊，早班也没有这么早啊。

优力觉得自己是福大命大。同事们则开玩笑说他有“守护天使”。

“守护天使”，快快快来救俺一把！哥们这回可真的要挂了！优力一边躲闪一边心里嘀咕。

正在这时，一辆红色的大型HONGDA突然从后面蹿了出来，骑车人身材瘦削，一身紫红色的骑士服紧紧裹在身上，头盔上的图案像一簇飘飞的火焰。

就在“大切”再一次撞击优力的白捷达、两车分离的瞬间，HONGDA果断地插了进来。

“大切”发出一声刺耳的刹车声。开车人再疯狂，可能还没到见人就撞的地步。

优力趁机高速逃脱。

从后视镜里，优力看到HONGDA像一匹灵巧的火狐，在黑色的大切前左右飘忽，紧紧地卡住大切的前进路线。愤怒的大切几次想撞开它，都被它灵巧地躲开了。

下了第七弯，前面不远就是一个灯火通明的加油站，再往前，就是通往市区的高速公路，路上的车多了起来。优力松了一口气。

HONGDA从后面飞快地追了上来，在和优力并行时略减了减速，骑车人扭头看了优力一眼，随即一个蛇行消失在前面的车流里。

优力连人家的车号都没看见，但还来得及鸣笛表示了一下感谢。

大切已经不见了踪影。

安安在台食堂里碰到了优力。

“哎哎，看这个短信，逗死我了。”安安把自己的手机递给优力。

短信是这样的：“一女孩路遇一劫道的。女孩拿出证件哭道，大哥，我是市电视台的，我真没钱。劫匪一听也哭了：妹子，这都是减薪给逼的啊！我是咱台新闻中心的。来，把证件拿好，小心前面还有一劫道的，是咱海外中心的。”

“这短信我一上午收到了八个！”优力把手机还给安安。

“不但减薪，连这食堂里的自助餐都越来越差了。”安安用筷子扒拉着一块巨肥无比的肉。

“听说膳食科去年年底每人发了一张花良商场的卡，知道多少钱么？一万！你以为哪儿来的，还不是从大伙的嘴里抠出来的。”

“你情绪好像不太好？”安安关心地问。

“今天中心的戚易主任亲自找我谈话，你知道干吗？要把我调出《调查30分》，去采访部农业组。”优力说。

“是上面压下来的吧？”

“还用说。环亚是市里的纳税大户、创汇大户！这是老虎的屁股，我早该想到的。”

“唉，你就先去避避风头，完了再要求回来不就行了。老王不是在编辑部待了半年又回来了嘛。”安安安慰他。

“我不想干了，要名分没名分，钱又越来越可怜，还这做不了那做不了的。哎，可惜我前两天接手的那个肝移植却移进个带乙肝病毒的肝的案子做不成了。我要是真辞职了，这个案子就送给你吧，多讽刺啊。”

“你还真的要走啊？”安安这时候才当了点真。

“还没想好，但估计也就这样了。关键我现在缺钱用，在这儿挣不出来。”

“你就一个人缺什么钱？也不用结婚买房。”安安说。

“我老爸得了肝癌，医生说只能换肝。可几十万的费用我一时半会儿哪拿得出来？”

“是吗？天哪。”安安叹了一口气。“那你辞职后干什么？你可不要胡来啊。”

“猪往前拱鸡往后刨，各庄有各庄的高招。放心吧。”

“你还要小心点，听说你前天晚上在七道弯被人差点挤下去？”

“是啊，王八蛋，车牌子拿不干胶粘着。我差点被丫害死。”优力心有余悸。

“后来呢？”

“后来一个红衣骑士从天而降，在后面别住了那辆车，我才趁机逃了。”

“你的守护天使又出现了？这也太诡异了？”安安惊奇地说。

“是啊，传奇吧？”

“浪漫、神秘、刺激！”安安的小女生的傻劲这时候暴露出来了。

“那可不，你想想，有一个人时时刻刻在暗中关注着你，你却不知道他是谁——哎，你说这人要是一美女是不是就更完美了？”

“臭美吧你！有没有报警？”安安一撇嘴。

“没用。这种事我不是头一回遇上了，也不是最后一次。今儿早上我的车又被人扎了，前风挡被砸得稀烂。”

“要不要我找人帮你查查？政法口咱有人哪。”安安说。

“哈，我还真忘了您是安队了。不过不用了。我知道是谁干的，但你肯定拿不到证据。谢了！”

四

几个人从“宋都”酒吧里出来，已经是夜里一点多了。

这里是久安市的前市街，是国内都有点名气的酒吧一条街。来久安玩的人，要是年轻人，总会找个晚上来这里喝一杯。前市街的纸醉金迷似乎是有传统的，早在宋代，这里就是楚楼秦馆扎堆的地方。当时曾有一首《观灯诗》，单道前市街的繁华和奢靡，“文锦坊西前市南，闹竿挑过百花篮，少年游手夸清俊，拾得双头碧玉簪。”

这首诗就挂在“宋都”的墙上，是酒吧老板的手笔，老板是个小有名气的青年书法家，一手瘦金体，颇有徽宗神韵。

800多年前的一个清晨，前市街笼罩在淡淡的晨雾里，两边的歌坊瓦市富丽堂皇的匾额和朱漆大门在雾气里时隐时现，空气里还残存着烟花极淡的火药香，空旷的街上只有偶尔蹒跚而过的挑担卖茶汤的老人。地上一片狼藉，被踩碎的花瓣、水果皮、啃了几口的糕团，甚至还有一只不知是哪位佳人的白绫绣鞋……这都是昨晚一夜观灯狂欢留下的痕迹。此刻，从街市的西口，一阵清脆的马蹄声由远及近，一个白衣少年骑一匹青骢马疾驰而过。一声马嘶打破了黎明时的寂静，少年打马而回。少年面容清秀，神态落寞。他下了马，俯身从地上捡起一样东西：一枚双头碧玉簪在晓色中闪着温润的微光……

每次看到这首《观灯诗》，优力就会有这种想象。经常在恍惚中，优力觉得自己就是800年前的那个拾簪少年。800年前的那个五月的清晨，四更即起的少年是要去干什么呢？双头碧玉簪的主人是个什么样的人呢？少年和这个女孩子会有故事吗？如果优力的前世就是那个少年，那么碧玉簪的主人的今生又是谁呢？

骨子里，优力就是这么个活在自己的幻想里的人。他在各方面都很努力，却时时反感于现实生活的无聊和琐碎，只有在幻想里，他才会感到踏实而满足。但他羞于承认，即使在最好的朋友面前。一个三十大几的老男人，还这么多愁善感，丢人啊。

优力果然辞职了。组里的几个要好的同事，今天聚在一起送他。

这是久安市深秋的一个夜晚，早起一阵风，白天一场雨，到了晚上，街路上已经是厚厚一层国槐树黄黄绿绿的叶子。

从酒吧出来，几个人一一过来和优力道别，然后散了。优力开车送安安回家。

“你准备写的大作是什么内容？”安安说。

刚才喝酒的时候，大家都关心优力辞职后准备干什么，优力就说想做个自由作家，写写小说。最理想的状态就是，半年时间写作，其余的时间开着大吉普出去溜达，每年写出一本畅销书，赚100万版税。大家羡慕得要死，就好像优力现在就已经是个畅销书作家了似的。

其实，优力知道做畅销书作家也只是想想而已，现在这条路挤得已经和春运时的火车差不多了。他下一步的路比这个要现实得多，当然也暗淡得多。他有一个在久安做书商的老乡，做的是那种盗印盗版的生意，这几年红火得很。前几天听说优力要辞职，这位老乡就提出请他去帮忙，做“主编”，并开出了每月两万的月薪。

优力答应了，但提了个条件，在必要的时候预支一年的工资。

他是想着老爸的肝移植的费用。

但当着那么多人他没说。虽然奔四十去的人了，可优力还是有挺强的虚荣心。他对自己有要求。人要是对自己没要求了，认命了，也就没什么虚荣心了。

“写什么还没想好。我下一步会先去为一个盗版书商打工。”优力哈哈一笑，他在安安面前是真实的。

“为什么呢？只是为了钱么？”安安说。

“有时候，人是由不得自己的。没想到一个曾经的打假记者，现在自己却要去作假，够讽刺吧？”优力的话在幽暗的车厢里漂。

“我不想你去干这个。”安安说。

优力一愣。以前安安从没有用这样的口吻和他说过话。他想做什么，安安即使不同意，也通常是大大咧咧的建议，甚至是开玩笑似的讽刺。

也许是因为以后就不在一起了。也许是因为这个下着秋雨的多少有点伤感的夜晚。

“放心吧，我这只是权宜之计。”这句话就在嘴边了，可硬是让优力给吞了回去。直觉告诉他，要顺着这种气氛说下去，一定会有事发生，而他还没有这种思想准备。所以说出来的完全是另一种味，“哎，我要是犯了事，你可要托托你的警察哥们捞我啊。”

安安叹了口气，把眼光转向了窗外。

优力觉得今晚的安安很美。当然，安安本来就是一个美女，

只是那种女孩子的美艳被她的假小子的性格遮盖了。或者说，人的注意力更容易被反常的东西所吸引。

今晚的安安有点幽怨。优力觉得自己的喜好有点病态。这是中国传统文人的通病。优力骨子里还多少有点文人气。

下车前，安安把一张硬硬的纸片递过来。

“这是我目前能拿出的所有的钱，18万。你先拿去用吧，别耽误了伯父的病。密码在折子里的纸条上。”安安说。

优力的眼眶有点湿了，“安安，真的谢谢你。不过我已经有办法了。”

“你还是先拿去用吧，算我借给你的。我怕你会胡来。”安安坚持。

“放心吧安安，我还不至于那么蠢。”优力把存折推回去，碰到了安安的手，温热的。安安轻轻地抖了一下，并没有避开的意思。优力一阵冲动，抓住了安安的手。

在电影里，一般情节发展到这里时，编剧会安排一个小意外来破坏两人的好事，因为情节发展得太快太顺就没意思了。

但这时候什么意外都没有发生。两个人却都傻在那里。不知道安安是怎么想的。优力是还没想好，不敢再有所动作。但他又不想就这样把手放开。他也太冷静了。

还是安安先打破了尴尬。她把拿着存折的手抽出来说：“那好，我先收起来，你什么时候需要，随时告诉我。”

优力把安安送到楼门口。

“你饿不饿？刚才没见你吃什么东西，光顾了喝酒了。要么上去我给你煮点东西吃？没关系，我爸妈去普吉岛玩去了。”安安说。

优力推说明天一早约了人谈事，逃了。他不知道到底是怕安安还是怕自己。

回去的路上，优力觉得自己又被跟踪了。

夜里两点的的马路上，车已经很少了。那是一辆白车。优力快它也快，优力慢它也慢。跟得也不紧，始终在30米开外尾随着。

优力把车停在了自家的楼下，白车很快也跟了过来。

优力看到有四个巡夜的小区保安正朝这边走来，胆子壮了一些。他冲着停下的白车走了过去。走近才看清，是辆宝马。

汪菁开门出来了，“有没有吓着你？”她靠在车门上笑得花枝乱颤。

汪菁显然喝得有点多了，靠着车门都有点晃。

优力上去扶着她，“这么晚了你跟着我干吗？你从哪儿钻出来的？”

“我在‘宋都’就看见你了。见你们一帮人在一起，就没过去打扰。后来就看见你送一女孩回家。那女孩真是一个美女耶，你干吗不上去？苯得你！”汪菁用手一杵优力的脑袋。

“哎，你干吗一直跟着我？”优力开始有点戒备了，“望江南会派一个女孩子深夜跟踪我？”

“我从环亚出来了，我不干了。”看出了优力的敌意，汪菁赶紧解释。“我就是觉得好玩儿，就想跟着你看你都干吗呢哈哈。”

“就这么简单？没见过你这么疯的女人。”优力说。

“生活本来就是这么简单，只是有人愿意把它搞复杂了。哎，你不觉得咱俩现在在这儿讨论生活有点诡异吗？你也不请我上去喝点什么？”汪菁把手搭在优力的肩膀上，头靠在优力的肩上。优力的脖子上能感觉到她呼出的暖暖的气息。

优力看见那几个保安站在不远处抽烟，不时往这边看。

“走，上去。”他一手揽着汪菁的腰，一手拎着包，半抱半拖地向楼里走去。

刚进门，汪菁就转身把优力紧紧抱住了。

优力脑海里安安的影子一闪而过。问：“要喝点什么?”

汪菁娇嗔地“唔”了一声说：“现在就想喝你!”说完就吻了上来。她的嘴里有一股甜丝丝的酒精的味道，优力一下子晕了。

优力环在汪菁腰上的手臂慢慢勒紧，汪菁乖巧地紧紧贴过来。汪菁腰肢细软，臀部丰满而有弹性。优力的双手顺着汪菁腰臀之间惊心动魄的曲线滑下去，滑下去，像扑火飞蛾的双翅。在一次又一次的没顶后，优力感觉自己几乎要失去呼吸。而汪菁也在呻吟和扭动中软了，像秋后枝头的果子一样充满汁液渴望坠落。

除了短暂的休息和喝几口水，在天亮前的几个小时里，优力和汪菁一直在不停地做爱。女人是“水”做的骨肉，这话用在汪菁身上再合适不过。优力觉得这样的比喻是有点下流，很有些对我们的文学圣经《红楼梦》不敬，但谁又能猜准曹老先生当年的意思呢？虽然穷得只能喝粥，但曹先生也是男人哪。

“我好喜欢。”汪菁像只小猫一样团成一团缩在优力怀里。

“喜欢什么?”优力抚弄着汪菁的头发。

“喜欢被你占有被你撕开。你是我的主人。”汪菁喃喃地说。

“真是个好女人。”优力忘情地紧紧抱着她，“说说你自己吧?我觉得你很神秘。”

“探索了人家的身体，又对人家的精神世界好奇了是吧?”

“很正常不是吗？人的生理欲望满足了，才会有精神追求嘛。圣人说过，仓廪实而知礼节嘛。”

“其实也没什么了，我出生在四川资阳，是个挺美的小城市。从锦城医科大学毕业后，在医学院的附属医院干了几年临床。后来就到久安了。”

“当大夫不是很好吗？为什么要转行呢？多可惜呀。”

“当时也是卷进了院里的一件事，挺无奈挺糟心的，就出来了。”

“什么事呢?”

“不想说了，想起来就觉得像噩梦一样，一句两句话也说不清楚。”

优力见汪菁沮丧的样子，也就不再问了。

汪菁呻吟了一声：“力。”

“怎么了?”

“没什么，就是想叫你一声。”汪菁欲言又止。

“想说什么，我听着呢。”优力吻了她一下。

优力心里突然有了一些对安安的愧疚。也许，汪菁这时候要和他摊牌了。这也是人之常情。

汪菁仰着小脸，咬了咬下唇：“还要。”

“哈，坏东西!”优力忍不住翻身压了上去。

他突然有了一个怪念头，设若换了安安这样主动，不知自己会怎样做？人有时候是不是需要一点强迫呢？是不是越珍惜一样东西就越小心翼翼不敢下手呢？那么，自己是不是并没把汪菁当回事呢？可他却真的是喜欢她。将来会怎样，有谁说得清呢?

从汪菁那里得知，环亚现在几乎陷入了瘫痪，望江南焦头烂额，一方面忙着应付工作组，一方面还得应付官司。公司的几个骨干中层也纷纷辞职不干了。“你把他毁了，他不会放过你的，千万千万小心!”汪菁千叮咛万嘱咐。

汪菁甚至建议优力先离开久安躲一躲。

“没事，这种事我见得多了。”优力说。

五

优力实在想不起来这个叫刘全的人是谁。

也是，优力做了这么多年的电视记者，闹出了那么大的动静，每天少说也要接十来个电话，有叫好的，有建议的，有提供线索的，也有恐吓的。甚至还有仰慕者在电话里向他求爱的，当然那个女孩子的精神似乎有些问题。

今天上午，优力接了一个陌生的电话，打电话的男人自称叫刘全。刘全说，优力的手机号是他打了无数次电话从优力的同事那儿要来的，说他实在有十分要紧的事。刘全还说，他一直是优力的忠实观众，优力的节目自己一期不落，还给优力打过好几次电话。

这样的观众恐怕有好几百人，我哪能记得住，优力心想。

“您这么找我，想必是有什么事？”优力问。

“是有件小事想请您帮忙。”刘全说。

“我现在已经离开电视台了，我辞职了。”优力想一定又是医疗事故之类。

“不是您想的那种事。是这样，我最近写了一部涉及医疗黑幕的小说，想请您给指点一下，还想请您给写个序。我知道我很冒昧，实在不好意思。”刘全吞吞吐吐地说。

“我也很不好意思，最近比较忙，恐怕没有时间。”优力想推。

“优记者，请您不要这么快拒绝我。我是一个业余文学爱好者，这本书我写了好几年。我看过您写的几本书，很佩服您的文笔。您对医药行业又十分了解。所以我想，您是最有资格给我指点的人。再说，我在这个圈子里也不认识别的人，当然说认识您其实也是高攀。要不，我先把东西寄给您，您先看一眼。要是没兴趣，您就顺手扔了。”

“您的大作大概属于什么类型?”优力说。

“算是悬疑类吧。我想不会让您太失望，东西有很多毛病，但我觉得情节还是比较抓人的。”

“要不，您先寄给我看看。”优力的好奇心被勾起来了。因为他也想以自己这么多年的采访经历为素材写本小说，但觉得吃力。优力为人实在，他觉得自己虚构能力不足的根子在于过于诚实的性格。年轻时的优力其实最想当的是作家，但后来做成功的却是记者。性格决定命运，谁说的来着?

“那就太谢谢您啦。我把稿子存在U盘里，让快递公司给您送去。您给我一个地址?”

优力插上U盘，打开一听嘉士伯，腿跷在桌子上，开始一目十行地浏览刘全的小说。

他觉得不怎么样，文字粗糙，节奏拖沓，看着看着眼皮直打架。中间起来接了一个电话，看了几眼电视，没什么能入眼的东西，几十个台的节目全都一个味道，电视剧腻腻歪歪，主持人一惊一乍。低龄化，弱智!

这一骂，自己倒醒了。回来接着看这部叫《狐魇》的小说，但三章以后渐渐有了些味道。

故事讲的是一个连环谋杀案。故事的起因是一起因渎职而引起的患者死亡的医疗事故。渎职大夫贪图钱财，在手术中使用了伪劣心脏支架导致患者死亡。法庭以证据不足判大夫无罪。患者的儿子界在多年上诉无果的精神折磨中渐渐变态，决定以自己的

力量去惩罚真凶伸张正义。界用了两年的时间耐心等待和精心设计了一个陷阱，不留一点痕迹地活埋了无良医生（这个情节让优力想起了史蒂芬·金的小说《杜雷的卡迪拉克》，但有更逼真和令人惊怖的细节）。在第一次得手后，丧心病狂的界从此开始了一连串的针对无良医生的完美谋杀，他总是能设计出匪夷所思的偶然事故（也是事故，多么讽刺），造成受害者或自杀或意外死亡的假象，一次次骗过了警方的注意。界自比为狐，取其变化无端、来去无痕之意，因此书名叫《狐魇》。

看完了这本20多万字的小说，东方的天际已经泛起了鱼肚白。优力觉得既震撼又沮丧。刘全的结构能力和文字非常一般，但想象力太惊人了，小说中的那些细节，那些处心积虑的设计、无懈可击的陷阱、血腥恐怖的场面，以及通篇弥漫的诡异、阴冷的气氛，读之如身临其境。优力觉得自己一辈子恐怕都写不出这样的东西来。与刘全相比，他感到了自己的平庸。

优力现在的老板，那个书商，现在正发愁找不到有卖相的书稿。但优力不想把这本书给他，觉得糟蹋了。如果再调整一下结构，润色一下，《狐魇》有希望成为一本不错的畅销书。优力决定要把这本书推荐给芷江出版社，就是给他出过两本书的那家。

优力约了刘全在“宋都”酒吧面谈。

下午三点差五分，优力准时在“宋都”落座。他是差五分先生，约会从不迟到。

因为是熟客，老板亲自过来招呼：“老规矩，‘风生袖底’？”

“风生袖底”是这里的招牌酒，听着就有一股凉意。

“天凉了，要不，您尝尝‘红泥’？这是我这儿新调的一种酒，比较温和。”老板说。

“好，就来杯‘红泥’。”优力说。

时候比较早，店里还没什么人。除了优力，只有南边靠窗的桌上有一女孩，抽着烟在看一本杂志。

三点踩着点进来的人，不用说准是刘全。

其实，即便是一堆人一块进来，优力也能凭直觉认出刘全来。黑色长袖T恤，黑色紧身牛仔裤，裤角扎在黑色中腰军靴里。挑染的长发随便在脑后扎了个马尾。晃着走路。有点像某个摇滚乐队的鼓手。

刘全给优力的第一印象是有点做作。这是优力不太喜欢的。但是有才华的人一般都有点怪。

“刘全是吧？”没等刘全开口，优力主动站起来说。他这人就是这么虚伪，虽然不喜欢，但还是很热情的样子。

“优记者您好。我是不是迟到了？”刘全和优力握手，声音温和优雅，有一点女气。

“没有没有，我来得早了点。叫我优力就行。”优力一边说一边打量对方。刘全脸色苍白，眉间和腮边有几颗很显眼的粉刺。黑框眼镜后面，刘全的眼神深不可测。

没来得及坐下，刘全的手机就响了。“对不起，我接个电话。”他摁下接听键，“见鬼，没电了。”

刘全去柜台用座机打电话。

优力坐着无聊，也给安安打了个电话。今天是10月27日，是安安的生日，晚上优力是肯定要去的。

“小说我看了，很不错。”刘全打完电话回来。优力直截了当地说。

“您过奖了。”刘全说，手指在咖啡杯把上轻轻弹着，显然在静等下文。优力却暂时被刘全的一双手吸引住了。这是一双灵性

十足的手，手指修长，肌肉饱满，皮肤细腻，手指和手掌的比例十分完美。右手在内，拇指轻搭在咖啡杯的柄上。左手环抱右手，虎口斜扣在手腕处。这是一个很古典的姿势，让优力想到了达·芬奇的素描《妇女手部习作》。其实，蒙娜丽莎的手的姿势也是一样，只不过是左手在内而右手在外。能随手摆出这样的姿势，说明刘全有着良好的教养，当然，还是有点女气。这让优力反感。

“不是客气，确实好。一是小说的背景会引起很多人的共鸣。现在因为一些无良大夫的存在，医患矛盾越来越尖锐，大夫被杀、被伤的恶性事件不断发生。这是一个热点问题。您能将小说建立在这种背景之下，说明您对题材很敏感。小说里的有句话给我的印象非常深，就是那个叫陈良的大夫说的，手术台上的病人，我看他就是一堆肉！太令人震惊了，这哪里是大夫！屠夫都不如！我做了这么多年的记者，接触了那么多医生，很多也是丧尽天良的，但是这么冷酷的话，我还真没听人说过。”优力确实是被小说打动了，否则和一个陌生人初次见面，他是不会有那么多的话的。

刘全神色一下子凶狠起来，说，“他们当着记者的面，当然不会这么说。我姐夫就是个大夫，这是我听他亲口说的，当然是喝多了以后。说实话，我姐在外面都不敢说她老公是大夫，怕被人骂。”刘全一边说，一边神经质地使劲绞着自己那双好看的手，绞得指关节都发白了，显然是真动了气了。

“这也有点过了。医生里是有不少害群之马，但好大夫也不少嘛。”优力连忙劝道。

“没一个好东西！”刘全激动，“只是坏的程度有轻重而已。”

“咱还说你的小说，”优力看越扯越远，赶紧转移话题。“我看好这部小说，主要还是因为它的情节。太精彩了！那些匪夷所思又合情合理的细节，杰福瑞·迪佛也就不过如此吧？”

“您太高抬我了，我和《人骨拼图》怎么可能相提并论。”刘全被夸乐了，笑得甚至有点妩媚。

“当然毛病也不少，如果再精心修改修改，我看也不会比《人骨拼图》差。”

“您说您说。”刘全一副虚心就教的样子。

“一是前面铺垫得太长了。现在的读者都是些什么人？恨不得第一页没看完，你让他紧张不起来，就把书扔一边了。你要是松本清张或者史蒂芬·金，行，读者会耐着性子读下去，因为他们知道松本和金后面肯定有玩意儿。可问题你不是。”

好为人师。优力暗暗自嘲。这是中文系出身的人的老毛病。自己写不了，教起别人来倒是一套一套。

可兴头一上来，他就是管不住自己。“丹·布朗怎么样？他都不敢托大，上来一定要先死人。他几乎每本书都是那三板斧。老套吧，可就是有读者。”

“是，是，您就是行家，一上来就说到点子上了。”

“二一个，我说句话您别不爱听，您的文字太糙了，得好好磨一磨。”

刘全的脸上是一种混合了得意和为难的奇怪表情。优力不知他在想什么。这个人神秘兮兮的。

刘全若有所思地用手指捻着左手腕上的手链。真是一条漂亮的手链。薏米大小的酒红色的小珠子，隐隐地泛着柔和的色泽，怕有几百颗吧，被密密地织成两公分宽的链子。

“好漂亮的链子。”优力赞一句。

“是在菲律宾买的。这是当地的一种叫情人草的植物的种子，当地人又叫狐珠，象征着聪明多情。”刘全说。

“你好像很喜欢狐狸？”

“机灵、狡诈、多变，来去无痕，变化无端，亦正亦邪，多可爱的精灵！”刘全很向往的样子，“最难忘的就是小时候雪夜里灯下读《聊斋》，常想，这时候要是突然出现一个美艳精怪的狐女多好啊。”

“很古典。好像郁达夫也曾有过类似的想法。”

刘全此时突然下了某种决心似的，“我有一个想法，不知合适不合适？”

“说说看。”

“我想请你来写《狐魔》的第二稿。作为回报，我可以让出第一作者的位子，你署名在前，我在后。不知你愿不愿意？”

优力一愣，他没想到。“不行，不行，掠人之美夺人所爱的事我从来不做。不过你放心，我会帮你向芷江出版社推荐，我和他们还比较熟。”

“您正好说颠倒了。不是您掠我之美，而是我想占您的便宜。”刘全一脸的狡黠。

“是吗？”

“您想啊。您提的修改意见都没错，但我知道自己的斤两，写成这个样子我已经到头了，我改不了。但您有这个能力。二是，我一个一点名气没有的业余作者，即便有您的推荐，出版社也未必敢冒着风险捧我，即便出了，也不知能卖出几本。要是能拉上您做第一作者，那就不一样了。您的名气在这摆着，写的内容又和您的经历有关。而且，我的小说中的有些情节，灵感直接来自于您以前的报道。如果这本书真有您夸得那么精彩的话，那真是想不大卖都不可能！”

让刘全这么一说，优力觉得还真是那么回事，书里有两个大夫的所作所为，简直就是自己以前所做的节目的艺术加工版。这就像天上突然掉下一个大馅饼一样，而且还是为自己量身定做的！想到这里，他心里突然有了一种预感，觉得这事有点不妥，但又不知不妥在哪里。也许，这还是自己爱面子的思想在做怪。

“不不不，我还是觉得不太好。”优力推辞，但已经不那么坚决了。

“这样您看好不好？版税好说，咱俩五五分成。要不，您六我四？”刘全急于促成其事。

“别别，应该是你六我四。”优力这其实已经是答应了。他想到了老爸的病。书商今年的效益不太好，一年的工资能不能预支出来还不好说。他为这个下了决心。再说，我又不是白占人家便宜，我会付出自己的劳动。而且，我的名气也是一种不小的投入呢。

“咱俩就别争了，就五五开吧。服务生，再来两杯酒，我们要庆祝一下！”刘全兴致很高。

六

在安安家附近的花店，优力特意挑了23支玫瑰。安安今年24岁，送23支玫瑰，意思是第24支就是安安自己。其实优力这是剽窃了李敖的创意。优力不喜欢李敖，但这老东西确实是个才子，在追女人方面就是独出心裁。在这方面，韩美林和李敖有一拼。有一次韩忘了买花，索性画了一束玫瑰送一姑娘。所以李敖能讨媒体欢心，而韩美林也能讨市场欢心。

玫瑰是淡绿色，有玉的质地和色泽。老板说，是以色列进口的。

优力一路上心里忐忑不安，他不知道今天如何面对安安，他还是还没想好。其实他根本就是逃避去想。

安安一开门，优力的担心立刻就烟消云散了。屋里已经有了五六个人，其中有几个老同事，都拥过来和优力打招呼。

安安扎着围裙，两手还湿着，给优力介绍其他几个不认识的人，都是安安的同学和朋友。

这时从厨房里钻出一个大个，优力眼前一亮。有一种人，套用眼下的网络名人芙蓉姐姐的话，属于“总能被别人的目光无情地从人堆里揪出来”的人。这哥们就是。高大彪悍，英气逼人。对男人来说，现在英气这东西是越来越少见了。英气和胆识有关，深刻和思想有关，浪漫和想象力有关。但现在的男人大多只和钱有关。

安安忙介绍：“这是优力，我以前的同事，是久安市的名人呵呵。这位是市刑警队的队长钟平，是咱们久安的神探。”安安是跑政法口的，在这个行当里当然有很多朋友。

两人客气了几句，钟平和安安就回厨房忙去了。

和众人打了一会儿麻将，优力连放了几炮，被人轰了下来，闲得无聊地在屋里溜达。

隔着客厅和厨房之间的玻璃，优力看到安安和钟平一人洗菜，一人炒菜，嘻嘻哈哈十分亲热。钟平不知说了句什么话，惹得安安抬手就打他脑袋。安安手上的水珠甩到了油锅里，油星溅到了钟平的眼睛里。安安忙过来给钟平扒着眼皮吹。

优力在厅里看得呆了。

一个晚上优力都懒懒的，那23朵玫瑰的故事便也懒得再说。

七

优力用了两个月的时间，对《狐魔》作了全面的修改和润色，调整结构、增加悬念、修饰文字，几乎是重写了一遍。如果说刘全当初交给他的是一块粗糙的矿石，那么现在的《狐魔》经过他的精心雕琢和打磨，已经变成了一块晶莹夺目的美玉。

优力给刘全打了个电话，想把书稿给他看看。但刘全在电话里说，他第二天就要起程去德国办一件事情，大概需要几个月，书稿就不看了，所有有关出版的事情都委托优力全权去办，并说为此愿意再让出一成的版税。优力说分成的事还是按原来说好的算吧，这里的事我来办。等你回来，会发现你已经成了一个名人了。

倒不是优力夸海口，以他在媒体多年工作的经验，他觉得《狐魔》引起轰动几乎是必然的。

优力没想到的是，芷江出版社竟然拒绝了他。

那天优力约了出版社编辑部主任梁宾在星巴克见面。

优力认识梁宾，还是几年前出版自己的纪实作品的时候。因为两个人都喜欢画画，经常在一起聊天喝酒，有时候也一起到郊区写生，慢慢地成了无话不谈的朋友。梁宾是中央美院油画系出身，毕业后到了出版社做美编，画没画出来，后来倒做到了编辑部主任的位置。“真是好东西。”梁宾遗憾地说，“我在编委会上争取了半天，可我们头儿不敢冒险。”

“是吗？”优力有点吃惊，以前他太自信了。

“现在悬疑小说是好卖，但那大多是国外成名作家的作品。即

便是国内已经有点名气的作家，书也卖得不是很好。”梁宾举了几个国内写手的例子。

既然已经是人家决定了的事，优力也不想多磨什么嘴皮子了：“梁宾，这可是个赚钱的好机会，你们不要后悔。”他笑着说。

“我也这么想。但这帮老帮子太没胆。对了，今天我还带了一个任务过来。我们头儿想约你再写一本书，还是你以前的老路子，纪实的。把你这么多年的卧底记者生涯做个总结？”梁宾说。

“再说吧，我现在没这个心思。”

优力这阵子有点郁闷。从那次给安安过了生日之后，安安主动约了优力看了场电影。安安看出来优力有点吃钟平的醋，所以吃饭的时候有意无意地解释她和钟平只是一般朋友。不提不要紧，这一提，优力的醋劲更大了。安安是个急脾气，最后也急了：“咱俩不就是拉了拉手吗？你以为你是我什么人？你管得着吗？”

两人最后不欢而散。

对于优力而言，汪菁就像一种有毒的安慰剂，比如香烟或烈酒，明明知道是有害的，但还是忍不住试了又试。这种毒是一种精神上的东西。像现在，在一场欲仙欲死的云雨之后，优力几乎是立刻陷入自责，当然是对安安。

“力，你爱我吗？”汪菁幽幽地问。

“爱。”

“就这么随便一说？我不信。”

“本来就不是什么复杂的问题嘛。我可以说爱你、喜欢你、欣赏你，其实都是表达的一个意思。有些人愿意在所谓爱和喜欢这种字眼上兜圈子，其实是别有用心的，是找借口，是逃避。爱只是一种感觉，如果在反复权衡后才说出这个字，那就不是爱了。”

“那你会娶我吗？”汪菁半真半假。

“我要娶了你，很快就会被醋腌成腊八蒜的。”优力也开玩笑。其实他说的是真话。汪菁太吸引男人了，这会让他掉进万劫不复的大醋缸里。

“哼，臭美的你！以为谁愿意嫁给你！”汪菁点上一根烟，吐出一个烟圈，“你们这帮搞艺术的人都是神经病，谁敢和你们过一辈子？”

“那你干吗还和我这样？”优力失落。

“看看，没劲了吧？你们男人都是这样？女人要是哭哭啼啼地缠着吧，觉得又烦又怕。女人一不在乎，你们又自尊心受不了，恨不得你不要别人，别人还要一辈子想着你终生不嫁你们才过瘾。太阴暗了吧？”

“对对，宁可我负天下女人，不可天下女人负我。你算把男人看透了！”优力笑着掩饰自己的失态。我这是干吗呢？现在这种样子不是挺好吗？互相喜欢互相满足，没事自己往套里钻我吃饱了撑的？

“哎，你的书出了吗？”汪菁问。前一阵子优力和她谈起过《狐魔》。

优力把被芷江出版社拒绝的事说了。

“那个刘全是个什么样的人？”汪菁很郑重地问。

“你对他有兴趣啊？”

“我只是对他写的东西有兴趣，这个人写的东西让人觉得挺恐怖的。”

“其实我和他也不认识。他说是我的节目的一个热心观众，以前给我打过几次电话，我哪里记得？后来就直接来找我了。他好

像很了解我，可我一点都不了解他。但人看起来倒还正常，没什么别的。”

“男的女的？”

“男的，很有艺术气质。你想见见？”

“我才不呢，认识你一个神经病还不够吗？那你的书怎么办？”

“不知道，也许先在网上贴出来再说？”

“我帮你找找久安文学出版社吧，我有一朋友在那儿。”

“久安文学？那可是大雅之堂，会出这种通俗文学吗？”

“什么大雅小牙？没饭吃光有牙有什么用？”

“也说的是。”

“哎，我再问你个事。”

“什么事？”

“你看上了我哪一点？”

“嗨，怎么又来了？多老套啊。”优力笑说。

“说嘛，人家想知道嘛。”撒娇了。

“那你是想听实话呢还是胡扯呢？”

“都要听！”

“先听哪个？”

“坏的吧，胡扯的。”

“我喜欢的是，你表面上看好像很成熟，有点高贵不可亲近的样子，但其实心理却像个孩子，有一种憨憨的孩子气。”

“嗽，我爱听。那实话呢？”

“实话就别说了吧？”优力坏笑说，“不一定好听。”

“要听要听！”汪菁把枕头高高地举起来。

“你很性感，第一次看见你我就想和你睡觉！”优力很快说完，赶紧用手捂着脑袋。

“哼!”汪菁扔了手里的枕头，扑过来就压在了优力身上。

不早不晚，汪菁的手机却在这时响了。汪菁接了。因为离得近，优力听出像是望江南的声音。“你还和望江南在一起?”

“没有啊，是一个朋友。”汪菁掩饰道，“你醋劲还真大啊!”说着笑着拱进优力的脖子里使劲闻。

肯定是望江南。优力想，那“吭哧吭哧”的声音太有特点了。

八

《狐魔》的大红大紫，优力虽然早有预料，但也没想到会这么快。投入市场的第二周，《狐魔》就杀进了各地各大图书销售点的排行榜的前三，第三周即高居榜首，并持续两个月之久。在新潮网、大海网、搜搜网等国内七大网站的读书频道的最受读者欢迎的排行榜上，《狐魔》从来都没下过前三。四个月之内，《狐魔》竟然三次再版，印数超过一百五十万。

优力以前只是久安市的名人，《狐魔》一出，优力立刻全国闻名，甚至被有些媒体称为“中国的杰福瑞·迪福”。

买房、换车、接老爸来久安做肝移植手术，这些都是发迹后的应有之义，倒也不必一一细述。新闻发布会、签售会、与网友聊天会，和电影公司、电视台谈电影、电视剧的改编权，无数的应酬不由得优力不晕。

优力是晕了，接下来的一件事，令他更晕。他不知道自己到底怎么了。

那次安安和几个要好的同事到医院看优力的爸爸，出来的时候，安安故意落在最后才走。

“你的书我看了，觉得里面有一种很刻毒的东西，一点都不像你写的。”安安说。

“确实不是我一个人写的，我还有一个合作者，刘全。”

“这个人是干吗的？怎么从来没见他在媒体出现过？”

“你把我问着了。我对他一点都不了解，书出版前他去了德国，后来再也联系不上。我的感觉，这个人好像从来就不存在。”

“我可能快要结婚了。”安安突然说。

“噢。”

对自己的反应，优力自己都觉得意外。没有醋意，没有惊奇，甚至没有好奇，比如问问对方是谁、干吗的、什么时候结等等。

优力知道自己确实只是把安安当哥们了，从来就没有爱过。这个答案是如此的清晰。此前他不知想过多少次，从来都没有过肯定的答案，现在却如此容易地有了结果。

也许，像汪菁说的，生活总是出人意料地简单，所谓的“像一团麻”之类大多是庸人自扰。

又是汪菁。优力突然觉得汪菁对自己的影响像一张无形的网，看不见，但无处不在。

安安突然解脱了似的，“我走了。有事给我电话。”

她还拍了拍优力的肩膀。

随着《狐魔》的越卖越火，从没露过面的第二作者刘全逐渐成了媒体关注的焦点。关于刘全，优力不知对各种媒体说过多少遍了，自己都快能背下来了。

优力和刘全的唯一联系的方式就是刘全的手机，可这部手机却像突然从人间蒸发了一样，永远处于关机状态。

这种说法当然不能令媒体满意，反而更加激发了大家的好奇心。于是，对于《狐魔》“神秘的第二作者”，各种猜测在报刊杂志、街头巷尾和网上越来越多，传说越来越离奇。有的说刘全是公安局的资深刑侦专家、碍于身份不便出面。有的说刘全只是优力雇的一个“枪手”。有的猜测优力抄袭了刘全的作品、刘全出于某种原因不敢出面。有的说刘全已经死了，优力捡了一个大便宜。很多说法自相矛盾匪夷所思。

有的小报甚至开始秘密跟踪优力。

“神秘的第二作者”让本来就卖得很俏的《狐魔》火上加火。

终于有一天，《久安新报》在文化新闻版登出了一篇半个版的长文，通栏大标题是“《狐魔》第二作者疑为商业炒作”，该文对《狐魔》出版后有关第二作者的报道做了一番细致的梳理，条分缕析，旁征博引，最后推出的结论是，刘全根本不存在，他只是优力和出版社的幌子，是一个十分成功的商业炒作案。文章还援引了美国和欧洲几例畅销书的市场炒作案例，包括《哈里·波特》和《非人》的促销手法。文章最后称，《狐魔》的第二作者让所有的读者和媒体都上了一当，但也说明我国出版业在市场中越来越成熟。

优力刚放下报纸，久安文学出版社社长老张的电话就进来了，老张在电话里乐得快背过气去了，说，优力，现在就是找到刘全也先别往外捅，等他们全信以为真了再把刘全撒出去，然后你就坐在家里等着数钱吧。是不是真的压根就没刘全这个人啊，你跟我说实话，我绝对不往外说去！

“我说老张，您这么大岁数了怎么还这么大好奇心呢？”放下老张的电话，优力就手就把线给拔了，接着就关了手机。他知道，又一场风雨就要来了。

优力很困惑。

汪菁失踪了。

优力已经有半个月联系不上汪菁了。汪菁家里的电话一直没人接，手机倒是能打通，但总是一句彬彬有礼的“您拨打的号码是空号”，那种感觉实在是很打击人，就像你在漆黑的夜里在旷野里呼喊，周围却一片死寂一样。

优力觉得自己现在的生活很不真实。近来认识的和自己有紧密关系的人，一个是合作伙伴，一个是有肌肤之亲的情人，但自己对他们真的了解吗？除了抽象的电话号码，他几乎什么都不了解。刘全倒也算了，那完全是一种生意上的合作关系，连朋友都算不上，何况优力根本就不喜欢刘全这个人，没有兴趣去了解他。那么汪菁呢？因为从一开始优力就将他们的关系定义在肉体的关系上，这一点双方是有默契的，所以对对方的经历、根底、背景的了解仅限于一些皮毛。优力只知道汪菁老家在四川简阳，一个人在久安闯天下，在郊区的一个小资社区一个人住着一套两居室的房子，但据说是一个朋友的。

对优力来说，汪菁是一个美丽的谜，是一个精彩的故事。可他刚刚看了个开头。

这还不是最糟糕的。最糟糕的是，优力觉得自己爱上汪菁了。

以前有安安夹在中间，优力有些看不太清楚。自从安安离开，优力在感情上对汪菁的依赖日甚一日。说实话，优力也不是什么正人君子，成名以后，身旁美女如云，他也和其中几个有过一夜情两夜情，但从没有约会超过两次的。但汪菁就不一样，汪菁的身上似乎有一种磁力，只要超过三天见不到，优力就会心神不宁像丢了魂似的。

汪菁身上的女人味，不是是个女人就有的，甚至不是是个美女都有的，这是一种骨子里的性感，比外貌上的性感更具杀伤力。在《阅微草堂笔记》中，纪晓岚曾有“女心”一说，指的大概就是这种骨子里的性感。年近四十的优力也算是阅人不少，深知许多女人只是徒具“女形”，而“女心”，则是一种罕有的品质。

没有人知道变化是如何发生的，就像没有人注意春天行道树的枝头是如何渐渐地绿起来了。感情的事情是无法证明和计算的。优力知道汪菁不止他一个男人，而且直觉告诉他，这个像影子一样存在的男人就是望江南。但这又怎么样呢？他自己不也是三心二意的嘛。但汪菁却似乎对此并不在意，还常常拿安安开玩笑、和自己做比较。这让优力很不爽。他觉得汪菁没把自己当回事，但又因为自己有短说不出口。所以，当他和安安了断了关系，就认为汪菁也应该对他从此专一起来，醋劲也越来越大。

汪菁这边呢，反而慢慢疏远了。

汪菁最后一次到优力这儿来的时候，优力开了一张十万元的支票给她，算是给她的中介费。优力不是一个小气的人，他对钱没有什么概念，他到处找钱的时候，都是家里人急需用钱。但优力潜意识里希望汪菁不要拿这笔钱，希望她说，算了吧，咱俩谁跟谁啊，你的就是我的，我的就是你的。

优力是从心里把她当成自己人了。

汪菁却笑吟吟地把支票接了，甚至没有一点客气的意思。

当然这是她应得的。但是如果她不要，优力会心里很舒服，反正他的钱早晚也都是她的嘛。当时这么一想，优力心里顿时一片澄明，眼前的一切立刻条理分明，井然有序。

优力就是从那一刻起觉得自己是真的爱了。当你愿意另一个人无条件地分享你的一切甚至生命的时候，你就开始失去自我了，也就是说，你开始爱了。但从另一方面来说，你也开始暴露弱点

了，这往往是被伤害的开始。

优力觉得自己已经被伤害了，因为汪菁不辞而别。

优力怀疑汪菁和自己的交往从一开始就别有目的，至于目的是什么，只有天知道。

九

钟平懒懒地躺在床上，翻着眼下正走红的那本《狐靥》。这是优力送给安安的，上面还有优力的亲笔签名。本来，钟平对这些所谓的侦探、推理小说都不太感冒，因为他们都太不专业。对于一个有十几年工作经验的老刑警来说，各种离奇古怪的案子、血腥诡异的场面见得太多了，这些远不是那些编故事的人坐在电脑前喝着咖啡听着爵士所能想象的。当然，编故事的人里也有颇具专业水准的，比如国外的一些畅销小说家，他们的专业知识甚至可以比肩优秀的刑侦专家。但钟平瞧不起国内的这帮人，不是他长他人的志气，而是国内的写手太急功近利，写得太快自然是泥沙俱下穿帮露怯。

躺在床上的钟平慢慢地坐了起来。他的手心开始出汗，身上的毛发有根根竖立的感觉，这种情况一般在发现重案的线索时才会出现，就像老练的猎犬嗅到了猎物的气味。这种多年形成的直觉不会没来由地出现。到底是什么激发了这种潜在的能力呢？

小说里杀手界的杀人手法固然诡异莫测，设计奇巧，每一个谋杀案都像一台复杂精巧的机器，环环相扣，滴水不漏，说是一种艺术当然残忍但很贴切。在钟平办过的案子里，像这种高智商而且具有果敢的实施能力的罪犯不是没有，但非常少见。如果现实里真有这么一个人，钟平倒真的愿意会上一会。老和那种头脑简单残暴血腥的笨蛋打交道，钟平感觉自己都快傻了。但他觉得这并不是让自己兴奋的真正原因。那么，是小说中那些逼真的犯罪过程的细节吗？钟平承认，在细节方面，这本小说和真正的罪案非常“像”，仅此一点，《狐魔》已经远远高出目前国内同类作品许多，它的持续热销不是偶然的，读者可不是傻子。这一点都不像出自一个第一次涉足此类题材的作者之手，不知那个现在越传越神秘的第二作者到底是何方神圣？但钟平又不是三四岁的孩子，他不会连现实和虚构作品都分不清。

钟平在屋里走来走去，把书从头翻到尾，又翻回来。千百种似曾相识的形象和场面在他的头脑里像一台巨大的旋转木马。是书里的哪个情节唤起了已经尘封的记忆？

对了，是一个细节。在《狐魔》中，杀手林界的受害者之一，是用伪劣心脏支架导致林父死亡的无良医生。在经过半年多的精心策划和布置后，林界近乎完美地连人带车“活埋”这个“白衣禽兽”。在小说中，林界有一个致命的疏忽，也是这个阴谋里唯一的弱点，正是这个疏忽几乎让林界全盘皆输。但让林界感到庆幸的是，警方并没有从此打开缺口。林界事后十分沉痛地检讨了自己，他的这种善于总结经验教训的精神，使他日后的“谋杀艺术”日臻完美。

林界忘了那个大夫的手机，他肯定是带着手机的。而陷坑上面的土层和柏油层是无法完全屏蔽手机信号的。但是林界想起来的时候，他已经把陷坑添平、重新铺上柏油，甚至画好了行道线。这时天已快亮了，他已经没有时间去补救。唯一能让他感到一点安慰的是，车子按照他事先计算好的弧线一头撞进陷坑的时候，大夫已被撞晕了过去。估计等他醒来时，车里已经没有什么氧气了。也就是说，他已经不大可能醒过来了。但是，等发现他失踪之后，他的家属和警方肯定会打他的手机。一个极大的隐患。

“其实，后面两公里远就是一个穿山隧道，如果将陷阱设在隧道里，这将是一次完美的猎杀。”林界在自己的日记中写道。

《狐魇》中的杀手林界是史蒂芬·金的狂热爱好者，熟悉史的所有作品，他的手法其实是照搬了《杜雷的卡迪拉克》里那个复仇的小学教师的谋杀计划。他没有想到的是，史氏写这篇小说时是上世纪七十年代，那时手机还没有问世呢。而在2000年，手机已经是普通人手里的普通工具了。

六年前，钟平刚刚从涌金路派出所调到南城区分局，接手的第一个案子是一起失踪案。这不是一起普通的失踪案，失踪者是久安市专业心血管医院德仁医院心血管内科的副主任张再。在全国的心血管临床方面，张再都是一个叫得响的名字。这位当年只有39岁的留美博士在久安市大名鼎鼎，而且是市政协委员。但他出名的时候还是在“支架事件”之后。

2002年3月，由张再亲自主刀的一名心脏病患者在术后3天突然死亡。患者家属怀疑是医院使用了劣质心脏支架所致。在搜集了大量证据后以受贿和渎职罪将张再告上了法庭。当时搞得久安市满城风雨，媒体的揭黑幕报道铺天盖地，由此引起了全国范围内对医患关系和医德问题的持续关注。

法院经过几个月的调查取证，最后以证据不足判张再无罪。

2002年12月的一天，张再神秘失踪。据张再的妻子说，张再头天晚上说要在医院值班，第二天就再没回来。而张再的同事却证实，头天下午五点张再就驾车离开了医院，从此再也没见过他。

那天正赶上久安市有史以来最大的一次沙尘暴，在这种糟糕的天气张再去干什么，谁都不知道。据后来调查，当天110在晚七点左右曾接到一个奇怪的报警电话，信号非常弱，一个男人只有气无力地说了一句："救命……"电话就断了，再打过去就再也没人接。而事后证实，这个手机号码正是张再的。

张再的妻子也说，张再的手机有几次还能打通，但就是没人接听。

通过卫星定位，钟平将手机信号的发出地锁定在430省道附近的一块五平方公里的区域内。这里距久安市80公里，向南110公里是邻市瀛州市。

六十多人对这几平方公里进行了方格式搜查，恨不得连路边的每一块石头都翻了，后来范围扩大到十平方公里、十五平方公里，最后还是一无所获。

手机信号在三天后彻底消失，就像张再和他的车一样。这件无头案是钟平到分局后摔的第一个跟头。

《狐魔》里的"活埋无良大夫"的情节和六年前的"张再失踪案"太像了。当然，如果仅仅如此，钟平也没理由怀疑什么。毕竟，当年的"张再失踪案"曾闹得沸沸扬扬。作家根据真实事件创作也是常有的事，好莱坞的很多大片都是这么来的。

但钟平自有自己的道理。

十

即便浪漫现在几乎成了一个骂人的词，泛指那些不切实际、没用、无能、与别人格格不入之类的品质，但优力也只能承认自

己是一个浪漫的人。安安老说他是一个“生活在早市里的诗人”。这话说得很刻毒，是因为真实才显得刻毒。事实上，现在有许多诗人确实是靠摆个烟摊、水果摊维持最基本的生活需求和艺术生命。优力很崇敬他们，但自己做不到。在上世纪九十年代初文学大退潮的时候，他就像一只卑微的螃蟹一样，选择留在了现实的沙滩上，靠垃圾为生，眼看着大海越退越远。

他以垃圾为生，但并不能说明他就喜欢垃圾。在心里，他仍是一个厌倦平庸渴望奇迹的人。当然，这么说一个年近四十的男人，就跟骂他也差不到哪儿去。这个中年男人仍然热衷于欧·亨利式的狂想，对一切神秘事物有狂热的兴趣。欧·亨利有一篇叫《绿门》的小说，写一个男人走在大街上，有人发了一个小广告给他，上面写着两个字：“绿门”。他很奇怪发给别人的广告都和自己的不一样，于是回头再从发广告的人面前走过。这次，发给他的仍是“绿门”。如是者三，结果都一样。继续往前走，他突然看到马路对面真的有一扇绿门，于是带着好奇走进去，结果认识了一位姑娘，后来相爱了。很多天以后，当他在另一个夜晚再次走在这条街上时，却不经意地发现，就在那扇绿门的附近，有一家剧院，门前的招牌上写着：新编歌剧《绿门》热演中。

命运有时候就是这么匪夷所思。

优力就是喜欢这种调调。

所以像“守护天使”之类的事情发生在优力身上而不是别人身上一点不奇怪。有道是信则有，不信则无。机遇总是为有准备的人准备的。这个事情再讨论下去就有点玄学的味道，不再是写故事的路数。而且，优力自己也不愿意因为玄学失去汪菁。

优力去找汪菁了。

这是一个位于久安市东郊的所谓高尚小区。像现在国内类似的地方一样，有着不伦不类的劣质的喷泉、希腊柱头、僵硬的雕像，唯一值得一提的是小区里一千多棵粗可合抱的大树，是花了巨资从各地移植过来的。已经是初冬了，风很硬。又赶上上班的时候，除了几个搞卫生的工人和斗志昂扬的锻炼的老人外，小区里空空荡荡。风显得更大。

幽会的时候，汪菁很少带优力回家，前后也就只有那么一次。凭着模模糊糊的记忆，优力还真找到了，没错，就是这儿，防盗门上挂了一布艺的小熊。

优力摁了摁门铃。

优力本来是没抱什么希望的，因为所有的线索都表明，汪菁是在故意躲着他。所以门一开，优力倒是吃了一惊。

是一个不认识的女孩子，白白净净，很瘦弱，大一的学生似的。

“您找谁?”

“这是汪菁家吗?”

“汪菁是谁?”

优力怀疑自己找错门了。这时一个老男人的头从女孩子的肩膀上探了出来。

竟是望江南。

望江南一把把女孩子推了进去，“没你什么事。”他说。完了穿着拖鞋走了出来，顺手带上了门。

优力感觉身上的肌肉一下子绷紧了。

望江南并没有冲过来的意思，甚至没有生气的表现，“呵，大作家，气色不错呀，看样子混得不错嘛。”

“我应该垂头丧气吗?”优力漫不经心。占了上风的人总是这样，他们以为对手已经丧失了反击能力。

“哈哈，你够牛。你要真牛，不妨把我也宰了，像你书里的大英雄一样。那样你的书会卖得更火。”望江南的眼神里有一种奇怪的得意，好像优力是他手里的猎物似的。

“啊，咱俩想到一块去了，不过，在我为民除害之前，你先告诉我汪菁在哪儿。也许，我会让你死得体面一些。”

“装你妈什么孙子？”望江南的绅士风度终于挂不住了。

优力转身就走。

“小子，你别得意，有你哭的时候！”望江南在后面喊。

“去你妈的！”

十一

久安市公安局分管刑侦的副局长杨练拿着把喷壶，哧哧地往办公室的两棵龟背竹上喷水。表面上看上去很悠闲，但杨练的心里却阴云密布，恨不得也化做水从嘴里喷出来才舒服。今年久安市要参加全国文明城市的评选，可近来市里却连续发生了几起杀人分尸、先奸后杀多人的恶性案件。他刚从市里开完部署参加文明城市评选的会回来，会上书记谈到近来全市的治安时说的话，让他现在想起来仍觉得脸红。

门在身后吱地一声，开了。

“钟平，你小子，永远学不会敲门吗？”

“嗨杨头儿，你怎么就知道一定是我？”

“到我这儿不敲门的只有俩人，一个是你，一个是李局，李局推门的同时会说：老杨啊原来你在啊……”

杨练把李局的陕西鼻音学得那叫一个像。

“嘿嘿，下回一定注意。哎，杨头，您还记得几年前的那起张再失踪案吗?”

“记得，怎么啦?你又要出什么幺蛾子?告诉你现在别给我找事啊小子。”

“哪能呢。这个无头案可能会有新的进展。”

钟平刚刚花了一个上午的时间，又把“张再失踪案”的材料重新调出来捋了一遍，越看越可疑。联系到《狐魇》这本书和“张再失踪案”，他把自己的疑问原原本本地和杨练说了。

杨练递给钟平一支烟，自己也叼上一支，钟平连忙给点上。

“杨头，我觉得这事里有鬼。”

“不好说吧，辛普森杀妻案不也搬上银幕了吗?虚构和实际有巧合也是可能的嘛。”

“可是许多只有警方才掌握的细节，非常具体的细节，作者怎么可能知道。比如被害人的手机、被害人的情人以及现场的地形特点?”

在几年前的张再一案的侦破中，警方后来发现，张再在瀛州市有一个情人，他每月会在月中和月末定期谎称值夜班，去和情人幽会。而他的失踪正是去会情人的那天。

在《狐魇》中，杀手林界在对那个大夫跟踪了三个月之后，摸清了他的出行规律，那个大夫也是在每月的月中和月末去邻市会情人。于是界等到了一个千载难逢的沙尘暴天气，那天正是大夫与情人的幽会之日。界利用“前方修路请绕行”的指示牌引开了来往车辆（这种天气本来车就很少），用早已准备好的工具在公路上布下陷阱，在远远看到大夫的车后撤开指示牌，最后连车带人活埋了他。

“你的意思是说优力，或者是那个第二作者刘全，谋杀了张再

然后又把案子写成了小说。他们是傻了？疯了？”杨练一脸的讥讽的笑。

“如果他们无法解释素材的确切来源，不排除这种可能。至于他们的动机，我没兴趣。再说，现在为了钱火中取栗的疯子还少吗?”钟平说。

“那个被媒体疯炒的第二作者刘全露面了吗?”

“据优力说，除了他自己，没有任何人见过这个刘全，包括出版社的人。媒体现在说什么的都有，甚至有的说刘全有警界背景，所以不方便露面。最合理的解释是，根本就没有刘全这个人，所谓神秘的第二作者只是优力精心策划的自我炒作的幌子。照我看，这确实是个幌子，但恐怕不是炒作的幌子，而是在东窗事发后为自己脱罪的幌子。”

“你想怎么做?”

“刨开发现张再手机信号附近的那段430省道。我回忆了一下，那天虽然有很大的沙尘，但还是可以看出有一段路是新修的，但我当时并没在意。”

“听说你未婚妻是市电视台的记者?”

“是啊。”钟平一愣。

“那和大作家优力以前是同事啊。”

“不但是同事，还是好朋友哪。怎么啦，您想什么呢?”

“没什么。随便问问。”

十二

优力最想过的生活是，每年工作半年，写一本畅销书，挣一百万，剩下的时间就是开着自己的大吉普信马由缰，到处看看，画画画。不管将来能不能写出东西来，优力觉得至少现在梦想已经实现了，虽然只拿一半，但《狐魔》的版税他已挣了不少了，何况还有影视剧的改编权和一些以前想都想不到的其他收入，比如一家叫“银狐”的野外探险装备品牌，想请他做形象代言人等等。

除了给老爸治病，优力第二件事就是给自己换了一辆宝马X5。但他还从来没有开着它出来画过一次画。以前老觉得名人抱怨为名所累烦得要死是装孙子，他现在也尝到了烦乱的滋味。但他还是觉得抱怨是装孙子。什么都是有代价的。

优力打电话约梁宾去写生。梁宾像被蛰了一下，仿佛电话线真是带电的。

“你疯了！什么天，还要去写生？”

“我是疯了，我特想从珠峰上跳下去。”

“你倒是能爬得上去呀。”

“后面跟着一群记者就行。”

“吃多了不是？数钱数累了不是？有点创意好不好？不能给地震灾区送点吃的穿的？”

这话有点冤了优力，上星期冯小统的贺岁片《爱了再说》搞首映为辽宁地震灾区募捐，5000元一张的票，优力一下子就买了十张。

“别废话了，我知道一个好地方，就是一个世外桃源，你去不去吧？”

是一个叫冰山梁的地方。周围群山环抱，中间一块谷地，长约十七八里，宽可五六里，中间一带溪水，夏季应该是一条小河吧。七八户人家懒懒散散地撒在谷地里，鸡在打架猪在哼哼，只是人一个也不见。因为有山挡着，冷空气大概不容易进来，这里的风景相当于外面一个月前的样子。白桦林金黄一片，黄了半截的草丛里还能见到星星点点的不怕冷的野花。

远远的有一辆白色的吉普从山上冲下来。两个人从上面下来，在半山坡上七手八脚地架三脚架。看样子知道这个世外桃源的人还不少。

“你那哥们刘全到底是怎么回事?”梁宾一边用刀咔咔地铲着调色板上的干掉的颜料一边问。

“也谈不上什么哥们。不见了，找不着了，就这么回事。”优力一提这事就烦了。

“这事从一开始就透着诡异，突然冒出来，突然又消失，钱也不要，名也不要，就好像特意来送你一个大礼似的。这种天上掉馅饼的事和被雷劈的几率差不多。太便宜了，便宜得让人起疑。”

“运气好呗，谁也挡不住啊，我得赶紧趁狗屎运当头的时候去买彩票。”

“不过书真是写得好，这哥们不知是何方高人?”

“太高了，琢磨不透，我老觉得要出什么事。这阵子我到哪儿都觉得后面有人盯着。”

“怕是小报记者吧?你也别疑神疑鬼的。”

画了一阵子，太阳快落山的时候，空气渐渐有了点刺骨的味道，潮湿的雾气不知从什么地方钻了出来，一点一点地弥漫开来。优力和梁宾开始收拾东西准备离开。

真是说什么有什么。优力突然又有了那种感觉，好像有什么东西在身后盯着自己，他扭头一看。在他身后的一箭之地，朦胧的雾气里，一头狐狸蹲在一块石头上，正死死地盯着他。目光对接的一刹那，优力不禁打了一个寒战。那是一双血红的眼睛，透着一种诡异的邪恶和阴森。更怪的是，这只狐狸浑身绿毛，隐隐发出淡淡的荧光。

优力一拍梁宾的肩膀：“快看！”

也就是梁宾一扭身的工夫，那东西哧溜一下钻进草丛里不见了。

雾更重了，十步开外已看不见东西。

听了优力的描述，梁宾哈哈大笑，说：“我知道了，那不是狐狸，那是巴斯克维尔的猎犬，不过是小号的！”

浓雾弥漫的山谷里传来一波又一波的回声，小号的、小号的、小号的……听得人身上直发紧。

宝马X5吼叫着在山路上越盘越高，下面的谷地像一盆牛奶。

梁宾的解释是，狐狸的绿毛只不过是优力画画时的视觉残像，因为他把夕照下的天空画得血红一片，所以再看别处，视觉残像里都是绿的，也就是红色的补色。所以优力看到的是一只红狐狸，这才符合自然规律。

优力才不这么想，他心里只有两个字：邪门。

刚才看见的那辆白吉普不远不近地跟在后面。

十三

久安通往瀛州的路，在谷子店附近被燕山的余脉挡住，生生向左绕了个20多公里的弯。当然，这是以前的事了，后来凿了穿山隧道取直了。几年前“张再失踪案”里手机信号，就在隧道附近。

雨夜漆黑，深秋的冷风裹着湿气，嗖嗖地往人身上扑。除了手上有活的人，所有的人都耸肩袖手，跳着脚地喊冷。

隧道前灯火通明，挖掘机和风钻像怪物一样吼叫着，撕扯山里寂静的空气。

几年前，钟平在这里搜寻张再的手机时，曾注意到隧道前的一段路面是新铺的。据当地公路养护部门提供的资料，几年来这段路面每到雨季都会莫名其妙地塌陷、重铺。

钟平的手机响了，是杨练打来的：“有什么发现吗？”

“正在挖，还没发现什么。但我相信很快就会有。”

“你那么肯定？”

“刚才我和盛平县的公路部门了解过，据说隧道前的那一段可疑路面几乎每年的雨季都会塌陷。所有的线索都指向同一个方向。一个苍蝇盯一只蛋可能说明不了问题，但要是这只蛋招了一堆苍蝇，这个蛋就肯定有问题。”

“你先别贫，优力可不是一般的蛋，他现在可是在全国都红得发紫的宝贝蛋。”

这时候就听到前面一片喊，钟平顾不上和杨练打招呼，三步并作两步跑了过去。

挖掘机的铲斗被什么东西卡住了。随着机器越来越大的轰鸣声，铲斗慢慢升起，一辆漆皮剥落的轿车被挂住车顶提了起来。从上面看下去，陷阱深可四五米，前后七八米，左右较窄，也就将就能容纳一辆小轿车，两边的门估计只能打开一条缝。

对轿车内部搜查后，发现驾驶座有一具男性骸骨，从死者的异乎寻常的姿势来看，他在临死前肯定处于极度的惊恐和痛苦中，因窒息死亡者一般都有这种表现。死者的右手还抓着一只锈迹斑斑的手机。

死者身上的身份证和车牌号显示，死者正是六年前神秘失踪的张再！

十四

坐在讯问室里的优力觉得自己可能是梦还没醒。两个小时前，早晨六点多钟，几个精壮的便衣汉子敲开了他的门，说他涉嫌谋杀，把他家上上下下搜了个底儿掉，随后将他带到了这里。

对一般人来说，“谋杀”这个字眼就像“癌症”、“500万大奖”一样，总觉得不可能发生在自己身上。优力从小到大，杀过的体形最大的生物也就是鸡了，那还得说是上大学前在老家时。随着我们伟大的社会主义祖国的市场经济越来越繁荣，服务业也越来越殷勤，这些年连鸡都有鸡贩子代刀了。谋杀？优力连这种梦都没做过。

钟平推门走了进来，一脸公事公办的表情，但看见优力，还是忍不住笑了笑：“我是奉命行事。”

优力冲他点了点头。

“优力，你是聪明人，应该知道我们为什么叫你来。”询问完了姓名、住址等法定程序后，钟平说。

“是和《狐魔》有关吗?”

“你看，我说嘛，你是知道的。”

“我当然知道，在小说中虚构并不违法。”

“我要说的是，《狐魔》似乎是一部纪实作品，您同意吗?”

“如果您指的是，这部作品的艺术真实性已经达到了惟妙惟肖的高度，那是过奖了。依我看里面还有许多漏洞。不过我还是要谢谢您。我想我的下部作品会写得更好一些。”

“《狐魔》的第二作者刘全到底是何方高人？不会像报纸上说

的那样，是您虚构的吧？”

“刘全是失踪了，但确实有这个人。”

“真的吗？”

“就像您现在坐在我面前一样真实。”

“艺术来源于生活又高于生活，生活是艺术创作的基础。您是名牌大学中文系出身，应该对这些话不陌生吧？”

“一般来讲是这样的。但并不是说，我要喝水，必须要自己去亲自打井。”

“《狐魇》这本书有生活基础吗？”

优力心里咯噔一下，难道真的是刘全和他的书有什么问题？对刘全他不是没有怀疑，但从来没有把刘全和犯罪联系在一起。只是到了看守所以后，他才隐隐约约地觉得，警方所说的谋杀，也只能和《狐魇》这本书有关。但能有什么关系呢？难道书里的情节是真的？如果是这样，那这个刘全就太阴险了。他为什么要这样做？不会不会，这也太匪夷所思了，太荒唐了，真实的生活里怎么可能发生这样的事。

对面，钟平的眼神似乎在说，我不着急，你想好了再说。

“这个我说不好。大家都知道，《狐魇》这本书刘全写的是第一稿，我做的工作是调整、修改和润色。”

“大家知道的这一切不都是从你一个人嘴里说出来的吗？”

“你是什么意思？”

“六年前本市发生的张再失踪案您知道吗？”

“这件事地球人都知道。”

“您不觉得张再失踪案和《狐魇》里第一件谋杀案非常像吗？”

“张再失踪案很多人都知道，刘全根据真实事件做蓝本虚构创作，一点也不奇怪。”

“但是许多只有警方才掌握的情况，你、或者是你所说的刘全是如何知道的?”

“也许只是巧合。”

“哈，巧合！那么，手机信号、张再的情人、完全相同的作案地点的地形地貌、一点不差的陷阱，还有，陷阱里的受害者和他的车!”

“你的意思是……”

“是的，当年的张再失踪案是一个无头案。但是，我们完全根据《狐魔》的提示，在当年发现手机信号附近的那段公路下刨出了张再和他的车!”

优力惊呆。

“还有，我们排查了全国六年来有据可查的医务人员意外死亡和失踪案，发现有8起和《狐魔》所描写的8起谋杀案在作案的手段和细节上极为相似，甚至可以说是完全相同，除了姓名、地点以外。”

“不可能吧，完全是天方夜谭嘛。”

“这里是公安局，不是读书沙龙。现在的问题是，你，或者你所称为刘全的那个人，如何解释《狐魔》的素材来源?”

优力此时已经是满头冷汗，巨大的危机感像一双恐怖的黑翼，吼叫着扑击下来，令他几乎不能视物。

“你有烟吗?”此前，优力已经戒烟一个多月了。

“我不抽烟，你知道的。”虽如此说，钟平还是出去给他要了两支烟和一只火机。

优力哆哆嗦嗦地把烟点上。

“你现在所能做的，就是配合公安机关，老老实实地交代。坦白从宽，抗拒从严，是句老话了，你是知道的。”

抽了几口烟下去，优力稍稍镇静了下来："我被人陷害了。你刚才所说的一切都不是我干的，我也什么都不知道，你应该相信我。"

"我只相信事实。那么，你有什么证据证实第一稿不是你写的？原稿手稿、谈话录音、第三方证人？"

"我只有刘全给我的一个U盘。"

"那是很难作为证据的。你说有刘全这个人，那么我们如何才能找到他？"

"我要是知道，还不早就找到他了。"

十五

北方秋末的原野辽阔而寂寥。莜麦刚刚开始收割，一堆堆麦垛子一排排立在地里、坝上，渐渐地远了、小了，形成整齐的几何图案，地远天高，恍然间如见外星风景。偶尔见三五个农人挥镰在地里忙着，都拿头巾包着头脸，蒙面大盗一般。

这是坝上，日头毒，风硬。

一辆囚车风驰电掣地在115国道上飞奔。

优力要转押往久安市的第2监狱看守所。同车的还有一个犯人，像个黑社会老大，四十五六，凶悍、狡黠，但并不粗俗，看样子还颇有点文化。

"兄弟看上去面熟啊，是不是写《狐魔》的优力啊？"那汉问。

优力苦笑了一下，算是回答。

"听说书里的事都是真的？老弟你可真是了不起啊。"

"闭嘴！当这儿是茶馆呢？还聊上了！"司机外，在副驾和后面还有三个警察，其中一个警察出声喝道。

就在这当口儿，一辆满载莜麦的俗称“狗骑兔子”的农用三轮突然从前面的一条小岔路上猛地冲上国道。囚车一个急刹车，车头已经顶上了三轮车。

“找死啊你！”囚车司机急了，探出头就骂。

“咳，骂谁呢？警察就了不起啊？警察就可以欺负人哪？”三轮车上下来两个汉子冲过来嚷嚷。

两边地里几个蒙面人闻声也拎着镰刀围了上来。

“小武，别惹事！绕过去，咱们赶紧走！”

话音未落，几个黑洞洞的枪口已经逼在了警察的头上。

蒙面人用枪把人从车里逼出来，用枪托排头抡过去，把四个警察打晕扔在了路边的沟里。

“大哥受苦了，兄弟们来晚了。”蒙面人搜出钥匙，给同车的那人打开手铐。

“把这位兄弟也给打开。”那汉指着优力说。

“兄弟，以后跟我干吧，我看你到是有智有勇有胆有识。”

优力惊魂不定连连摇头，心想我要是跟了你们，更是洗不清了。

“那好，咱们要是有缘，后会有期！走！”几个人一声呼哨，跳上路边的几匹马，转眼就消失在远处的山塬后面。

优力飞快地将几个警察的钱包翻出来，居然加起来也有几千块钱。这年头，没有钱就寸步难行，这点钱将就够他使一阵了。应该很快就会有过路的车发现这些昏迷的警察，但他又怕时间太长了出事，于是用一个警察的手机拨了一个报警电话。他取出电话卡，放回那个警察的口袋里，把手机带走了。

十六

这些日子，优力算是见识了人生的荒诞。大多数人的生活，一辈子都是平平淡淡的，没有故事，没有奇迹，没有传说，今天和昨天差不多，明天呢，可能连颗雨点也不多，连一支香烟都不少。可是突然，你像一滴水似的被甩出了固定的河道，你只能眼巴巴地看着水继续往前流，那已经是别人的事了，和你没关系了。你想回去可已经不可能了，因为你的力量不够大。

站在久安市的街头，看着熙来攘往的车流人潮，优力有一种局外人的感觉。因为这种正常的生活是别人的。他现在是一个没有面目没有身份的人。他是一个逃犯。

逃犯？优力不禁苦笑了一下。从一个名利双收的名人到一个风声鹤唳的逃犯，这之间的距离原来是如此之近，近到只在手心手面之间。

要是优力从此看破了红尘，立时撂开手担山袖月而去，那倒也罢了。但是优力做不到，起码现在不行，他要找出陷害自己的那个人，还自己一个清白的名声。

优力先在小沙河一带租了一间农民的房子住了下来。这里是久安市西郊城乡结合部，住户大多是做小生意的外地人，三教九流，鱼龙混杂。优力混在这里，倒是觉得如鱼得水，心里踏实。

不敢回家，不敢找熟人，甚至不敢给家人、朋友打电话。优力知道，要洗脱自己的罪名，就只有靠自己了。

现在要紧的是找到刘全，当然这也是废话。现在看来，刘全和他的书稿就是一个十足的圈套。既然如此，随着刘全的消失，他和这个世界的所有联系自然也被切断了。这个诡秘的刘全就像一缕惨淡的冷雾，在优力的世界晃悠了一圈后，嗖地一声消失了。刘全到底是什么人呢？是优力的对头们雇来的人还是出于别的目的？他要置优力于死地是不用说了，但刘全既然有如此出神入化的谋杀的手段，为什么不神不知鬼不觉地给优力也来个“意外死亡”而去兜这么个大圈子？说到意外死亡，优力这几年也有几次很悬，但都在关键时刻被人搭救，这些被同事们称为“守护天使”的人是同一个人吗？他和刘全有什么关系吗？还有，汪菁的突然失踪是巧合呢还是也和刘全有什么瓜葛呢？

所有的线索在优力的头脑里简直就像一团乱麻，千头万绪你揪着我我扯着你，真真假假若即若离。

这几天，优力一直在秘密跟踪望江南。优力做了这么多年的电视记者，揭了不少人的老底，自然结的仇也多。但他经过反复回忆、比较、筛选，觉得无论是仇恨自己的程度，还是设计这个圈套所需要的高智商，望江南都是不二人选，刘全很有可能是他报复自己的一枚棋子。当然，故意雇个杀手去杀一大帮人，再找人写出来来陷害他，那样的话还不如找个杀手直接做了他来得痛快。但是以望江南在黑白两道的能量，找个杀人狂的战绩安在他优力脑袋上倒也不是什么难事，这样可以先搞臭他再名正言顺地弄死他。

望江南找到的这个由头简直就是为优力量身定做的。人们很容易就会把优力想象成这么一个好莱坞式的“复仇天使”：白天用摄像机揭露丑恶，晚上挺正义之剑为社会锄奸，这是一种多么浪漫的英雄想象！

优力曾经冒充卖保险的，趁望江南有事离开办公室时潜入，在那里乱翻一气，但没找到任何有价值的线索。优力用画画的可

塑橡皮复制了望江南放在桌子上的钥匙的模子，随后，用配来的钥匙打开了望江南的家门，但令他失望的是，他几乎将望家翻了个底儿掉，仍没发现和刘全有关的任何蛛丝马迹。为了不致引起警方的怀疑，优力顺手牵羊拿走了望江南家里的几千元现金，一是伪造了一个入室盗窃的假象，二是解决了自己的经济问题。

小饭馆里闹哄哄的，人来人往，多是些衣衫破旧的底层劳动者。这里离优力的住处不远，即使喝醉，爬回去也用不了10分钟。

优力一个人喝着闷酒。将近一个月的盯梢、跟踪、入室侦查，竟然连刘全的一根毛都没找到，这头狐狸干得真是漂亮。也许，刘全和望江南走的不是一道辙？自己一直在走弯路？

旁边一帮七八个民工拼了两张桌子，闹闹哄哄地喝了半天了。这时，其中一个起身去柜台打电话。老板却一把把电话按着了：“对不住兄弟，我这不是公用电话。您出门往左拐，不远就有公用电话。”

“老板你也太抠了吧，在你这儿吃饭，连个免费电话都不让打？”

“嘿，您可别这么说，你们连酒带菜七八个人拢共才花二十来块钱，却一个接一个过来打电话，谁受得了？”

“电话？免费电话？”优力心力一惊，第一次和刘全在“宋都”酒吧见面的情景一幕幕像电影一样闪回：刘全刚坐下手机就响了，才接通电话就没电了。刘全起身到柜台打电话。

对，刘全用过“宋都”的电话！那天正是安安的生日，10月27日。

十七

“百利”商场的地下二层停车场。电梯刷拉一声打开了，安安心事重重地从里面出来，快步走向自己的那辆蓝色宝来。每周三、五的晚上7点到8点半，安安会到这家商场五层的一家健身俱乐部健身，这是她坚持了3年的老习惯了。

安安手脚麻利地开车门，系安全带……突然，右侧的车门一下被拉开，一个黑影飞快地钻了进来。安安刚要失声惊叫，嘴巴却被黑影一把捂着，同时一个熟悉的低沉的声音在耳边响起：“是我，别叫。”

“天哪，优力！”安安低声惊呼，惊、喜、心疼、担心，百感交集，眼角有点湿了：“这些天你跑哪儿去了？”

“久安很大不是吗？我，”优力指了指自己，笑着说：“就像歌里唱的，消失在人海里。”

“我一直在担心你。我不相信他们说的那些鬼话。”

优力心里一热，“我当然是个好人，但你的信任对我来说非常重要。安安，我会证明自己的清白的！”

“你想怎么做？现在的情况对你非常不利。”

“我需要你帮我一个忙。”

“说吧，只要我能做到。”

优力拿出一个小纸条，“我想让你利用你的身份帮我查这个电话10月27日下午的通话记录。这是目前和刘全有关的唯一线索。”优力把那天下午的情况和自己的计划简单和安安说了。

“好吧，我会尽快去办。我怎么和你联系？”

“不能联系，我怕我的家人和好朋友都在警方的监视下。后天晚上还是这儿，你健完身，我在这儿等你。”优力一边说一边警觉地左顾右盼，“不能多说，我先走了。”

安安拽了下优力的袖子：“你要好好照顾自己。你需要钱吧？”说着要拿自己的钱包，“但我今天没带太多现金。下次我多带一些。”

“暂时不用，我现在还有。安安，我可能会连累你。”

安安眼圈红了：“我不在乎。第一，你是我最好的朋友。第二，我相信你是被诬陷的。”

雪仍在下。这是久安市今年的第一场像样的雪，从凌晨开始下，两三个小时，地上、建筑物上、树上已经是厚厚的一层。街上行人稀少，这是个周末的早晨，皇城后面的这条小街，只有几个遛早的老人和偶尔驶过的一辆车。

优力站在街边一个公用电话亭打着电话，时不时警惕地打量着周围。

安安顺利查到了“宋都”酒吧10月27日下午柜台上那台电话的通话记录。因为下午没什么生意，整个下午就只有三个电话。刘全大概是在刚到不久、也就是三点十分左右打的电话。记录显示，三点十分左右只有一个打出的电话，号码是63812247。

63812247，通了。是个女的，听声音很年轻，语气从容而轻柔，可能是个美女。优力记得曾在杂志上看到过一篇文章，上面说，据美国一个机构研究，人的声音和长相有十分密切的关系，声音性感的一般长相也性感。优力拿身边的几个人比较过，还真的差不多。

“您好！您这是哪儿？”优力说。

“您要哪儿呀?”对方一愣，说。

“噢，是这样的。刚才有哪位用这个电话打过苏拉的手机?”优力非常礼貌。

“没有。你打错了。”

“您这是哪儿呀?也许您告诉我我就知道是谁了?”

“我没打过，就不会有人打。”对方要挂。

“喂，美女，您这不会是国家安全部吧?搞这么紧张。”优力开始贫。

“我是皇后美容院，行了吧讨厌。”虽说“讨厌”，可并没有生气的意思，一大早被人叫美女，毕竟也不是坏事。

优力没想到会这么容易就搞到了这个电话的地址。本来，他还想了几个备用方案，比如雇“骇客”侵入市电话局的电脑系统、自己乔装混进电话局想法用电脑查询。看样子世界上的好多事情都是被想复杂了。

优力打了114，查到了皇后美容院的接待电话，一个电话过去，就把详细地址搞定了。

但是优力知道接下来的工作并不容易。刘全和皇后美容院到底是什么关系呢?看他当时打电话的样子，好像和接电话的人很熟，说明此人要么是刘全的朋友，要么刘全是皇后的常客。如果是后一种可能，优力可以在周围天天蹲守，刘全总有一天会露面的。但如果是前一种可能呢?那就很麻烦了，一个美容院即使再小，也会有七八个员工吧?谁知道那天接刘全电话的是谁呢?刘全的这个朋友到底是谁呢?

管他呢，先去看看再说。

天还是阴沉沉的，大大小小的雪花在空中乱成一片。路上的

人都喜气洋洋，尤其年轻人和孩子，在路上追逐、喧闹着。似乎只有优力一个人倒霉。透过出租车窗玻璃，优力木然地看着外面渐渐热闹起来的城市，心里却突然想起《水浒》中林冲夜奔的章节，觉得现在的自己和林冲真的很像，都是冤大头，只是林冲还有他的梁山可以去，自己的梁山却不知在哪里。

没想到这个美容院还挺大。是繁华的京畿道的北梢，六层红砖旧楼在雪松的绿荫中半隐半现，闹中取静。皇后占了一二两层，里面装修豪华，员工也都中规中矩，不像那些街边店，都有一种暧昧的味道。

一进去优力就有点傻了，这里是女子美容，不接待男宾。优力反应还比较快，说我是慕名而来，替一个朋友先看看，想办张卡。这时立刻就有个小领班模样的女孩过来，热情推荐各种贵宾卡，从8万元的终生钻石卡到金、银卡到一般的季卡月卡，优力说我先看看再说，小姐很识趣地说那您请便吧。

优力走走问问摸摸，上下转了个遍，在一层值班经理的写字台玻璃板下面，发现一张内部电话表，63812247这个号码赫然在目，是总经理办公室的电话。

“你们老板很厉害呀，这么大个店，又是这个位置，一年光租金得多少钱哪。”优力漫不经心的样子。

“那可不，我们老板在这行可是一大拿，拿过三届沙宣亚太地区美容美发设计大赛的金奖，还是今年市十佳青年哪。”领班小姐一边说一边递过来一份店里的宣传册，指着封二说，“喏，这就是我们老板。”

老板叫童一，很性感的女人，和所有有了些年纪但又善于保养的女人一样，年龄看不大出来，大概在二十八九到三十八九之间。

优力出门，转身就在街边的电话亭又拨了一次63812247。还是那个声音。

“是童老板吗？”优力说。

“是我，您哪位？”

“哎，奇怪，怎么没声了呢真怪了。”优力挂了电话。

接刘全电话的人，基本上可以肯定就是童一了，因为这个电话是童一专用的。优力心里说，刘全，你他妈的狐狸尾巴到底露出来了。他飞起一脚，把电话亭旁一个雪人的脑袋踢飞了。

久安市刑警队。

钟平咬着根牙签，正给一个小伙子派活：“马上打报告，请求上面发布A级通缉令，全国通缉优力。同时请求优力父母家的公安部门协查，在他父母家周围进行布控，并监听他们家的电话。”

久安市机场候机厅。电视新闻里正播出通缉连环杀手优力的通缉令，并称悬赏15万元奖励提供有效线索的举报人。在这里候机的环亚老总望江南嘴角掠过一丝冷冷的笑意，冲屏幕里优力的照片举了举矿泉水瓶子，做了个干杯的手势。

十八

优力觉得自己像个猎手。在他眼里，楼群街道、建筑工地、垃圾场幻化成了深山大泽、纵沟横壑。而他乐此不疲地出入其间，嗅迹、辨味、观色、盯梢、跟踪，体检着一种冒险的乐趣——乐趣？大概也只有像他这样的不现实好空想的人才把这种危机重重

的生活当作乐趣。

童一交游很广，除了生意场上的人，交的朋友可谓三教九流，几乎天天晚上在外应酬，这把在后面盯梢的优力累得贼死。累倒也罢了，只是跟了一个多月了，却连和刘全有关的一点信息都没有。

对面九层的窗户亮了起来。优力揉了揉眼睛，搓了搓快冻僵的双手，端起望远镜。

优力所在的地方是一栋没完工的建筑，像是座商场。不知是没钱了，还是快过年工人回家了，楼盖了一半就扔在了这里。

又是那个“奶酪”。童一是个性生活极为放纵的人，比较固定的男性伴就有四个。除此还有一个女性伴，就是眼前这个被优力称为“奶酪”的女人——丰腴、性感，有点油腻的感觉，不知道名字、当然也没必要知道，所以优力就叫她奶酪。

透过窗户，优力看到童一拿过一瓶红酒和两个杯子，在奶酪唇上亲了一下，然后倒了一杯酒递给奶酪，然后——且慢，优力激动地一哆嗦，奶酪伸手来接杯子的右手腕上，一圈猩红的东西吸引了他的注意。优力调节了一下焦距。这下看清楚了，是一串“狐珠”手链，和刘全第一次赴约时戴的几乎一模一样！

“狐珠”手链是一种很少见的东西，优力此前听都没听说过，那么，这两串一样的手链的先后出现难道只是偶然吗？如果不是偶然，刘全给童一的电话就再也不能用偶然来解释了。“奶酪”和刘全是什么关系？童一、刘全和这个“奶酪”之间又是一种什么关系呢？

但无论如何，刘全和这个“奶酪”之间应该是有关系的。优力决定，放弃童一，跟踪“奶酪”！

但是没过两天，优力的那点兴奋就荡然无存。一天，在新街口小商品批发市场，优力发现好几个摊上都挂着狐珠手链，标价才30元。一老板还不厌其烦地向他推荐：这可是菲律宾的好玩意，今年卖得好着呢，您不来一串？

“不要。操!”优力没好气地说。

从久安开往成都的T87列车穿行在江汉平原茫茫的夜色里。远方不时会闪过一丛丛微弱的灯火，像暗夜里会发亮的神秘植物。夜色覆盖了一切，世界变成了一个巨大的盛满了秘密的黑箱，而夜行列车就像一条灯火通明的道路，似乎能无限地向前延伸。

颠簸嘈杂的车厢连接处，一个头戴黑色棒球帽的男人正独自抽烟。一个乘警打着哈欠走过来：“先生，您哪个车厢的?”

那男人用下巴点了点左侧的8号厢。

“车票?”

那人掏出卧铺证。

“身份证?”

男人摸了半天，摸出身份证递过去。男人夹烟的手有点抖，抖下一截烟灰。

警察抬头打量了几眼男人，宽边窄框眼镜，留胡子，清瘦：“睡不着?”

“啊。”

“我倒是睡得着，可惜睡不了。”

警察还了身份证，摇摇晃晃地走了。

男人暗暗地松了一口气。

男人叫刘菩，身份证上写着——当然这证件是优力花了100块钱办的假证。同时优力还留起了胡子，配了架平光眼镜，戴上了棒球帽。他这样做也是没办法的事。虽然狐珠手链这条线索已经无法将奶酪和刘全确信无疑地联系在一起，优力还是放弃童一锁定了奶酪，他还抱着一丝希望。可跟踪了“奶酪”一个多月，他却连刘全的屁味都没闻到。这“奶酪”其实叫严晴，优力听她的朋友这样叫她。严晴是个自由身份的演员，经常在一些电视剧中演一些二三流的角色。严晴生活十分严谨，是个专一的同性恋者，只有童一一个女友。优力真有点替她可惜——怎么看上童一这个烂人了呢。虽然优力心有不甘，但他却不得不离开久安了，因为通缉令下发后风声越来越紧。小沙河一带以前是治安的薄弱地带，近来却对暂住人口查得越来越严。

优力只好暂时去外地避避风头再说。他是没有目的的，对他来说，去哪儿都是一样。

以前和汪菁好的时候，汪菁曾对他说过老家简阳的种种好处。既然去哪儿都一样，那就去简阳呗，说不定还能找到汪菁呢，虽然他也觉得可能性不大，因为他不知道汪菁家具体住哪儿。

从成都坐大巴到了简阳，优力在城西的僻静处找了家小旅馆住了下来。晚饭是简阳有名的羊肉汤，果然是肉香汤鲜，过口难忘，比之北地的涮、烤的吃法，是别一样的味道。一顿狼吞鲸吸吃罢，优力便在附近溜达，心情完全松了下来。看到路边一家小书店，店名叫做“牧心”，有些味道，能看出店主肚子里是有点墨水的人。于是踱进去，细细地翻了一会儿，挑了两本闲书，竟是中华书局的出的《石林燕语》和《邵氏见闻录》，便暗暗得意于自己的猜测，可见店家是个不俗的人。

店主是个四十出头的中年男人，说是原是县政府的职员，自小酷爱摄影，因受不了官场上的烦，辞职开了这家小店维持生计。只是平日里也不甚管，雇一个小丫头看着，自顾去玩自己的了，大大小小的摄影奖倒也得了几个。因说起当地的名产羊肉汤。店家说，这羊肉汤有三样，缺一不可，一是当地三岔湖或龙泉湖的好水，二是先煮再炒再炖的手艺，三是当地特产大耳羊。

店主看了一眼优力挑的两本书，说："这套中华书局的唐宋史料笔记，我已进了三年了，今日是第一次卖出去。可见先生是个闲人。"

"何以见得呢？"

"听口音，先生不是本地人吧？如此，多半是来旅游的了。既是来玩，多半是奔着简阳的景点去了，急急慌慌，浮躁得很。先生却有心来逛书店，又买这种书，可见是既有时间，又有心境，有了这两样，还得有钱。这三样有了，先生可不是个人人艳羡的闲人么？"

优力哈哈一乐："您说的也对也不对。我倒是想出来随便走走，景不景的倒无所谓，景由心生嘛。只是想找个清净的地方待一待罢了。"

"天地之大，先生独独选了敝处，可是有什么由头？"

"有一个多年无音信的朋友，也想顺便访一访，倒也不是很要紧。"

"先生的意思，这位朋友还没见到？"

"说来惭愧，这位朋友和我曾过往甚密，但我只知道她老家在简阳，住在一个岛上，父母开了一家羊肉汤店。"

"这就有些难了，简阳光大湖就有两处，一是三岔湖，一是龙泉湖，小湖不计其数。光三岔湖就有岛屿113个，住人的也有六七十个。说到羊肉汤店，全县怕不有个六七百家？"

"这倒也不是件很要紧的事。"

"既然如此，"店主指了指看店的那小女孩，"这孩子明天正要回家看她妈妈。他们家就住在一个叫晒布坡的小岛上，一般游

人都不知道，倒是清净得很。镇上也有一家旅店，算得上干净。先生倒不妨去盘桓几日，再慢慢地打听您那位朋友也不迟。”

“就是这样。我正愁去哪儿呢。”

第二天，优力便同了那叫小红的女孩，先搭车到了三岔湖，码头上雇了一只小船，当地叫蚱蜢划子的去了晒布坡。岛上倒是清净得很。优力在小客店住下，日里没事，便去小红家转转。小红的爹平日做一些竹编的小玩意，隔三差五去景区卖钱补贴家用。优力闲来没事，便帮着他设计些新奇的样子，哄得小红一家子十分高兴。闷的时候，优力便跟上小红爹下湖打鱼捞虾，掐莲掘藕，日子过得十分散淡，竟将那口胸中的郁闷冤屈之气都于山水之间散尽了，连牵挂汪菁的心也慢慢地淡了。

一日，优力看到满坡青葱的柠檬树，猛可里想起，汪菁曾提到自家岛上的柠檬，是全国最好的，国内多少大城市的有名饭店用的柠檬，都说是意大利、法国进口的，其实全都出自这个岛上。就随口和小红爹说起来。小红爹说，你要这么说，那就除了谢公岛，不会有第二个。简阳柠檬园遍地都是，但最好的柠檬就谢公岛一处，那是国家级的优质柠檬基地，改日我带你去寻一寻。

谢公岛比晒布岛热闹。上了岸，小红爹自去做自己的生意，说好下午日头偏西时，还在码头上会齐。

小镇不大，两条大街呈十字摊在漫坡上。没用一个小时，优力就将镇子转了个遍，这时已到了中午时分，是吃饭的点了。镇上有七家羊肉汤店，最北头也是最高处，有一家叫“汪家老汤”的。优力暗想，这里或许就是汪菁家的店吧？心里怦怦狂跳了一阵，优力不禁哑然失笑了，小岛再小，也得有个四五万人口吧，而且也不全在镇子上，哪就那么巧。再说，汪菁哪就一定回家藏着了。

正想着，汤、菜已经上来了。这时一个女孩骑着自行车过来，将车靠在门口墙上，从车筐里拎出几条鲜鱼，撩帘进来，脆脆地叫了一声：“妈，今天的草鱼……”优力闻声急抬头，一口刚进口的热汤“噗”地一声，全喷在自己腿上。

汪菁瞪着两眼，半张着嘴，下半句话硬生生地给噎了回去！

十九

起风了，黑云从水天相接处缓缓地涌过来，天色渐暗。

“你不想问问我为什么不辞而别吗？”汪菁说。

汪菁的家就在饭馆后面。两人脸对脸地呆坐了半天，谁都没说一句话。最后还是汪菁先忍不住了。

“想说，不问你也会说。不想说，问了也白问。”优力曾经设想过多少次见到汪菁时的情景，但从来没想到真见了，自己竟会这么冷静。也许，是因为这几个月来，人世的荣辱兴衰，自己见的太多了，体会太深了，连感情也变得冷漠了？

“优力，我知道你生我的气，可能还挺恨我的。”

“我已经不生气了，只剩下了点好奇。再说，我也不是特意来找你的。”

“哼，还说不生气呢？话都是横着出来的。”

“我是说真的。”

“那我就不明白了。总不成咱们今天是偶尔碰上吧？”汪菁一脸的困惑。

“你走后这几个月，发生了很多事。你面前的我，已经不是以前的我了。”优力苦笑着说。

“怎么了？发生什么事了？”

“这儿真的是世外桃源？你真的一点都没听说？”

“我不看报刊不看电视新闻也很少出门，差不多是与世隔绝。你到底是怎么了嘛？”

“事情总得有个先后顺序。你先说。”

下雨了。窗外的芭蕉在雨中响成一片。

“你……爱过我吗？”

优力无声地点了点头。

“现在呢？”

“爱。”

“还记得我曾提到过我在锦城医科大学大附属医院时，有过一段不堪回首的往事吗？”

“这和你的不辞而别有什么关系吗？”

“我的真名叫汪蓝。当时我刚刚升上主治医师，有资格做器官移植之类的大手术，年轻气盛。”汪菁好像没听到优力的话，两眼发直，陷入了自己的回忆里。“我记得很清楚，2000年的春天，我为一位六十多岁的男性患者做了肝移植手术，那是我做的第三例这样的手术。我很自信，事实上手术也非常成功，接近完美。但是两个月后患者突然乙肝大爆发，很快引起多器官衰竭，最后不治身亡。患者手术前并没有乙肝病史，发病前也没有感染乙肝的环境，那么乙肝从何而来？”

“是外来的器官本身就有病毒？”优力说。

“这也是患者家属最怀疑的。患者的女儿林紫是个精明强硬的人，而且十分偏执。她千方百计地搜集了一些证据，把我院告了。关于这件事我一点都不知情，我只是主刀医生。后来据知情人说，我院在非法人体器官供应上有巨大的黑幕，甚至牵涉到市里的一些官员。事情的结果是林紫因为证据不足败诉，这是意料之中的事。患者和医院打官司，十个有九个要输，因为在信息的占有上完全不对等。医院要想隐瞒证据，别说患者，连司法机关侦查起来都困难。但我从此被推进了一个恐怖的噩梦里，至今无法摆脱。”

“林紫要报复你?”

“我不确定是她，但我估计十有八九是她。那些既得利益者都躲在后面，而暴露在明处的我只是一个替罪羊。在其后一年多的时间里，先后有七八次意外都落到了我头上，家里煤气突然泄漏、汽车刹车失灵、走在脚手架附近突然从头顶掉下一袋水泥，全都是要命的事儿。也许是我命大吧，也许是上天可怜我，我每一次都奇迹般地逃脱了。但是我觉得我已经没法在那儿待下去了，不然我会疯掉的。我是学医的，我自然知道这种后果，那时侯我经常连续几天整夜睡不着觉，吃多少药都没用，整天疑神疑鬼，看每个人都可疑。我没有告诉任何人，甚至没有告诉父母，抛弃一切，一个人去了上海。后来我去了五六个城市，没有一个地方能让我踏踏实实待上一年，我始终生活在惊恐不安中，总觉得有人在后面盯着我，最后我到了久安。就在我离开锦城市的一年后，我们科的主任家在一个深夜突然起火，一家三口都被烧死在家中，这件事更把我吓得魂不附体。在外面，我谁都不敢找，包括亲戚、朋友、同学，我怕暴露了自己的行踪。没有人关照，一个女孩子在外面混世界，太难了。这时候望江南出现了，他对我很好，有恩于我。我知道他有家室也知道他不会离婚，但我还是和他好了，算是报答他吧。”

优力想说什么，但张了张嘴又忍住了。

“再后来就认识了你。我承认我爱上了你，很爱，从第一次见你就爱了。但在内心里，我永远是一个逃避追杀的逃亡者，一点安全感都没有，随时准备出逃。所以，当我觉得你开始爱上我的时候，我很矛盾。因为我知道，以我的这种心态，我无法给你一个安宁的家，无法给你幸福。”

“你没有想过报警吗？”

“报过，但警方拿不到任何证据，根本无能为力。”

窗外的雨小了。远处有隐隐的雷声。

“爱情的出现并不是让我不辞而别的全部原因，最直接的原因是你的那部小说《狐魇》，特别是那个神秘的第二作者刘全。还记得我问过你刘全是男是女吗？”

“你怀疑刘全和林紫有关系？”

“是。从小说的主人公林界身上，我嗅到一种熟悉的、非常危险的气息。而因为你和刘全的关系，让我觉得这种危险离我又是如此之近。也许是巧合，也许是我太多疑，谁知道呢？我很苦恼，不知道该如何和你说，因为这在正常人看来太荒诞不经了，所以我选择了逃避。逃避感情、逃避危险。这些年来，这样的逃避对我来说已经成了惯性。”

“这样不辞而别，你想到过我的感受吗？”

“我承认我很自私，当我意识到危险的时候只知道一逃了之，没考虑你的感受。可不走我能依靠谁呢？你？你能让我依靠吗？你给过我任何承诺吗？在我离开你之前，你真的珍惜过我吗？你真的很在乎我们之间的关系吗？你不是一直和安安若即若离吗？”

“那你不还是和望江南藕断丝连？”优力反唇相讥。

“我是觉得有点对不起他，虽然‘威可’事件很让我齿冷，最终离开了环亚。我离开久安有很多原因，其中之一也是不想在你们之间摇摆了。但是无论如何，我对你有过任何要求和责难吗？”

优力无话可说了。想想也是，对汪菁，他一直觉得是肉体的需求大于情感的需求，在内心深处，他确实没有把他们的关系太当回事。真正发现自己爱上了汪菁，还是在汪菁不告而别之后。很久以来，在他和安安、汪菁之间，一直笼罩着一团迷雾，他看不清方向，也不知道自己到底要的是什么。这团浓雾随着汪菁的失踪，也突然消失了，他变得耳聪目明，他知道，他想要的是汪菁，而不是安安。

这么想着，优力便觉得这么多天对汪菁的那股子火慢慢地熄了，忙赔笑道：“你这一失踪，倒是坏事变好事了，让我一下子看清了对你的感情。还是那句老话，失去的时候，才知道其价值。我这不是千里迢迢找你赔罪来了吗？”

“才不信呢。刚刚还说不是特意来找我的。”

“哎，我还真不是说的气话。我这半年经过的事啊，那可真是一出人生大戏。你刚才不是问我来着吗？听我给你慢慢道来。”

优力把汪菁走后发生的事情，一桩桩、一件件细细说了一遍，听得汪菁是又惊奇、又心疼、又担心。

二十

第二天，汪菁陪着优力回了趟晒布坡，收拾了随身的行李，辞别了小红一家，在汪菁家住了下来。优力是个很理想化的人，喜欢整天泡在自己的幻想里，于日常居家过日子的鸡毛蒜皮，向来没有大的兴趣。但自从到了汪菁家，有时候闲得无聊，便帮着汪菁伺弄伺弄小店，买菜、跑堂甚至给厨子打下手，居然觉得有

别一种乐趣，不禁感叹自己前几十年竟误了不少的好时光。没事的时候，汪菁便领了优力在岛上乱逛，山光水色，风声雨影，又有美女在侧。优力觉得，比之在晒布坡上散淡的日子，现在的浓情密意，倒是有点像简阳的羊肉汤，浓香醉人。

店里有一个小服务员，小丫头十七八岁，长得秀秀气气，身材也好，只是有一点，是个聋哑人。这一日，有个小伙子来找她。两个人用手语热烈地交谈着，两双手上下翻飞，时疾时徐，像四只快乐的鸟儿。小丫头时喜时嗔，小伙子却一直宽厚地笑着，那飞扬的青春和甜蜜的爱意，就连一点不懂手语的人也看得明明白白。

看着这一幕，优力一下子呆了，脑海里有一道雪亮的闪电刷地划过！

手语，小姑娘的手语让他想起了一件事。

那天他跟踪童一和严晴到星巴克咖啡店。两个人一派柔情蜜意。严晴柔情万种的样子，痴痴地听着童一说着什么，左手环着右手，就是那个达芬奇的《妇女手部习作》的经典姿势，而且右手的拇指也是轻搭在咖啡杯把上。这和刘全第一次见优力时的手部姿势一模一样！

当年优力曾多次临摹过《妇女手部习作》，对这个姿势印象十分深刻，不然也不会对刘全的手这么敏感。

相似的环境里，一模一样的手的动作。这难道是偶然吗？

人的面貌、声音可以伪装甚至手术改变，但多年的手势却不容易改变，也没有人太在意。但偏偏赶上了优力会画画，对肢体动作非常敏感。若换了别人，还真不一定能观察到这一点。

再加上别的因素：相同的手链、给童一的电话。

有一件事已经是铁打的事实：这个严晴和刘全的关系非同一

般！

优力决定回去继续跟踪监视严晴。只要够耐心，他相信总能找到刘全的蛛丝马迹。

“怎么突然要走？回去不是往虎口里送吗？”汪菁不解。

“老躲也不是事。如果在这之前情况是一团乱麻，我相信我现在已经找到了那根线头。”

“我一点都不明白。”汪菁说，“你找到什么了？”

“还是不说的好，你知道的越多就会越担心。”

“那我和你一起去。”

“不行，你去只能是添乱，我还要分心照顾你。放心吧，我会回来找你的。”

二十一

严晴的家在久安市中心的一个大院里。这里是市电力局的宿舍，院子很小，呈一长条，总共只有两栋楼。这是那种建于20世纪七十年代的楼房，六层，没有电梯。

优力跟踪严晴已经几天了。和几个月前的跟踪相比，优力这次的目的直接的多，那就是能偷偷摸进严晴家里去翻一翻。他心里怀疑和猜测，相信在严晴家里都能弄个明白。但是，严晴不是望江南。望江南的公司地方大生意多，生人来来往往，没人注意谁，所以优力才有机会溜进望江南的办公室取了钥匙模子。可严晴是个自由职业者，没固定上班的地方，也没什么规律的出行时间，女人心又细，让优力根本没可能故技重演。

没辙的时候优力也想到过去自首，把自己的推测说出来，让

警察去搜查，但又有谁会相信他呢？万一自己的猜测是错的呢？那不是自投罗网吗？优力想到平时看的警匪片中那些罪犯和孤胆英雄们溜门撬锁的功夫，感叹自己却没那本事，也没有路子去弄那些万能钥匙之类的工具。看样子个人英雄主义也并不那么浪漫，真到自己干起来，竟连门都进不去。到底，虚构和生活还是两回事啊。

优力是没有小偷小摸的本事，可智商还够。多次的观察之后，他终于发现了严晴生活中的一个漏洞。

严晴平时雇了一个钟点工，四五十岁，看样子像个下岗女工，严晴叫她李姐。也许两人是亲戚，也许是知根知底，严晴对李姐十分信任，因为李姐有一套家里门上的钥匙。每逢周一、三、五的下午三点，李姐会过来干两个小时的活，五点钟准时走。

俗话说，不怕贼偷，就怕贼惦记。现在，李姐就被优力惦记上了。优力装成推销药品的业务员，在楼道里瞄了几天，便摸清了李姐的行动规律。严晴家的楼是那种老楼，倒垃圾还是走楼道里那种老式的垃圾道。一般情况下，李姐会在进门差不多一个半小时后出门倒垃圾。垃圾道的口在楼梯的拐角，出门倒完垃圾也就需要十几秒的时间，所以李姐没有随手撞门的习惯。

优力就想在这十几秒的时间差上做文章。优力仔细算了一下。李姐出门、下十级台阶，大概需要十二秒，掀开垃圾道的盖子、倒垃圾、再盖上盖子，五秒，然后转身，转身就看见房门了。

李姐背对房门，总共才有十七秒的时间，优力还不可能全利用上。

优力的方案是这样的。严晴家住三楼，在李姐出来之前，优力要先躲在四楼的楼梯拐角处。等李姐出门，然后下到第三级楼梯时，优力就可以往下溜了，因为根据实地勘察，李姐下到第三级楼梯时，通往四楼的楼梯上的情况她已经看不见了。

李姐下到第三级楼梯需要四秒钟，也就是说，留给优力的只有十四秒的时间。在这十四秒内，优力要想蹑手蹑脚地下十级楼梯、不发出一点声响地溜进门，恐怕非常难。慢了时间不够用，快了呢，哪怕弄出一点声响，李姐一回头，那就全完了。

一定要让李姐在垃圾道那儿多耗一小会儿。这个倒没费优力太多脑筋。他的设想是这样的，找一根绳子，一头系在垃圾道下面的暖气管道上，一头系在垃圾道的拉手上，系死结。这个结不能太松，太松解起来耗不了几秒钟。也不能太紧，太紧了不好解，李姐图省事要回家拿剪刀一转身就更完了。要不松不紧，解起来需要七八秒钟，最好。

星期一，严晴上午11点出门，优力就盯上了。几个商场转到了下午快四点，还没完的意思，也没见电话约人吃饭，优力就吃不准她什么时候回家，便放弃了。

没干成也好。优力正好趁此完善了一下计划，为了不出什么纰漏。

优力在一个公用电话亭里拨通了梁宾的手机。

梁宾准是愣了一下，因为他停了几秒才说话："我靠！你丫还活着啊？怎么样你现在怎么样？"

"一言难尽。见面谈吧。"优力左右看了看，"下午六点新世界的蓝山咖啡。你有时间吗？"

"好。你需要什么不？要不要我先准备一下，比如说钱什么的？"

"暂时不用。晚上见。"

优力坐在新世界蓝山咖啡斜对面的DQ里。六点，优力远远的

看见梁宾像只大鸟一样晃进了蓝山。

优力在一个纸条上写了几个字：十分钟后老舍茶馆见。随后抬手把外面一个卖花的小女孩叫了进来。他把纸条和五块钱一块交给她：“把这个交给蓝山7号桌的那位先生，叫他买你一枝花。”

优力刚刚在老舍茶馆找了个角落坐下，梁宾就不知从哪儿突然冒了出来。

梁宾显得很兴奋，眼睛在厚厚的镜片后面直放光，逼着嗓子说：“靠，跟特务接头似的！你挺专业啊？”

看他那郑重其事的样子，优力乐了：“没招儿，逼的。”他四下瞄了一圈，这才招呼伙计上茶。

“听说你被抓了，现在这是逃出来了还是怎么的？”梁宾顾不上别的，上来就问。

优力叹了口气，接着把从被抓、侥幸逃脱到现在的情况大致说了一遍。梁宾的眼瞪得被啥噎住了似的：“我说什么来着？我就说不对嘛，太便宜你了！便宜得叫人起疑。果不其然，还就是个套儿！”

“这招儿够阴的。不过，我快逮着那兔崽子了。我想让你帮我个忙。”

“说，只要我办得到。”

“简单。只要你帮我望个风。”优力把自己准备去探严晴老窝的计划说了，“你在楼下找个不显眼的地方猫着，五点李姐一走，就说明我得手了。万一李姐或严晴回来，你要赶紧打电话通知我撤。我说明白了吗？”

“明白明白。不就是把个风嘛。”

星期三，严晴晚上约了一导演谈事。优力约了梁宾，早早到了严家楼下，在对面一家西饼屋叫了咖啡坐着。下午四点，优力进了严晴家楼里，四点一刻按计划在垃圾道的盖子上做好手脚，却恰恰在李姐出门的一瞬间，从五楼下来一个人。优力赶紧假装推销药品去敲402的门，就听楼下李姐问那人：垃圾道是不是坏了不让用了？那人说没听说啊？李姐嘟囔了一阵就回去了。优力下去一看，垃圾道的盖子自然被解开了，绳子扔在地上。

直到第二周的星期一，优力才逮住一个机会，那天严晴要去郊县一个片场拍戏，估计当天是不会回来了，就是回来，也会很晚。优力仍是那个点儿，把梁宾留在楼下，四点一刻上楼。看看上下没人，他麻利地拴上垃圾道的盖子，然后跑到四楼的楼梯拐角处猫起来。一会儿，听见一声门响，李姐出来了，优力在心里数着李姐下楼梯的脚步，一、二、三，脚步声一落，优力像猫一样轻轻地尽量快地往下走去。优力走到第8级楼梯，听见李姐在下面唠叨，这谁手这么欠，真是有病。垃圾道的盖子哐当落下时，优力也就刚刚闪进门，吓出一身冷汗。

进了门也就好办了，这是一个两居室，优力大概扫了一眼，直接进了卧室，拉开大衣柜的门就躲了进去。

李姐在厨房里丁零咣当又忙了一阵，然后一声门响，接着是咔嗒哗啦的锁门声、钥匙撞门声。又等了几分钟，确定真的没人了，优力这才慢慢地推开柜门出来。

突然，一阵低沉的动物的喉音从左后方传来。优力一扭头，只见一个雪白的毛茸茸的东西迎面扑来，转瞬之间双爪已经搭上了优力的肩头。优力闻到一股动物口中的腥味，当下不及细想，右手一把捞着这玩意的后腿，左手一拽尾巴，双膀一叫劲，把那东西抡圆了往墙上摔过去。只听一声闷响，接着是一声惨叫，那东西在墙脚下弓了弓身子便不动了。

优力以为是条狗，走过去一看，不是，这东西尖嘴细腰，尾巴老大，优力猜是只狐狸，因为他从没有这么近地看见过狐狸。从来没见谁把狐狸当宠物，而且这玩意还会凶猛地攻击人。真是什么人养什么东西啊，优力想，心里更坚定了自己的推测。

房子不大，七八十平米的样子，陈设简洁不俗，书房走的是传统一路。墙上挂了几幅字画，范宽、八大之类，看不出真假，纵是赝品，也有几分神韵。东面开窗，其余几面墙都是到顶的书架。看得出主人倒真是个雅人。

优力在书房里东翻翻西弄弄，希望能找出些真正的疑点。

书架上的那批藏书刚开始并没有引起优力的怀疑。那是几十本各种版本的《聊斋志异》，从清末的线装本到最近的人民文学出版社版本，应有尽有。优力随手抽出一本，翻开菲页，看到作者的简介：蒲松龄，字留仙，号剑臣，别号柳泉居士……他的目光就停在“柳泉居士”几个字上不动了：柳泉、写狐狸的圣手、《狐餍》——刘全！

这个重大的发现让优力的呼吸都有点急促了，他知道困扰自己几个月的哑谜就要揭开了。但他还有许许多多的疑问。

优力在书房里东翻西看，这里摸摸那里拽拽，后来被一尊陶塑的狐狸吸引着了。狐狸有半人多高，用一种现代很少使用的“盘条”的古老工艺制成，风格稚拙，十分可爱，尤其是那一双眸子，晶莹剔透，似乎有着千般的风情和狡黠。优力忍不住用手摸了一下不知是什么材料做的眼珠，没想到靠近门边的书架竟应手而开！原来书架的后面是个隐蔽的壁橱。摸索着打开壁橱里的顶灯，纵是优力事先有思想准备，看了里面的东西也不禁吃了一惊：墙上挂了两张精致的面具，一张是老太太的，还有一张是年轻男人的。

优力的脑海里闪过深夜救了自己的清洁工老婆婆的面容。

而那张男人的面具，则让优力想起了刘全那张长着青春痘的脸。

壁橱里还挂着一套火红色的摩托服和头盔：怀远七道弯的那个惊魂之夜！

从优力这几个月跟踪严晴的情况来看，严晴一直是一个人住。除了李姐，家里从来没来过人，无论是男人还是女人。

那么，十有八九，那个神秘的刘全，就是乔装打扮的严晴！

然而，自己的守护天使，也是这个严晴？

守护天使和刘全？先帮自己、后害自己？

这个严晴葫芦里到底卖的是什么药？

这个现在叫严晴的女人的乔装功夫真是了得，其他几个人倒还罢了，优力没有工夫仔细看。可优力和“刘全”毕竟近距离接触过几次，竟然没有发现任何女扮男装的破绽。优力曾经看到过一篇报道，说的是一个曾效力于美国中央情报局的化装师鲍伯巴伦，退休后开了一家“定制修复设计所”，为那些因意外毁容的不幸者修复容貌。鲍伯的手艺出神入化，他做出的面具、五官、皮肤不但有毛孔、血管和各种皮肤缺陷，而且还有逐根植上去的毛发。像《谍中谍》中汤姆克鲁斯的面具对他来说简直就是小儿科。优力仔细端详了“刘全”的面具，发现还真的有细微的毛孔和隐隐约约的毛细血管，真不知这个严晴到底是何方高人，又或者是找了何方高人做了这么精致的假面。既然做假做到了这种程度，那么丰满的严晴和削瘦的刘全在体态上的差别简直就太容易弥补了，对一个演员来说，一个月瘦上二三十斤不算是什么新鲜事。

在壁橱里，优力还发现了一个笔记本，里面详细记录了这个叫严晴的人十年来所杀的九个大夫的详细经过、时间、地点、作

案手法，并且在每一起案例后都有十分严谨而系统的检讨和总结，而其中八个案子和《狐魇》里的情节极为相似，看样子这就是小说《狐魇》的最初蓝本。而且，在一架DV里，还摄下了后五位被害人的被杀后的录像，看得优力直起鸡皮疙瘩。

根据笔记里的记载，那起没被收进《狐魇》里的案子发生在锦城医大附属医院，受害者是一家三口被纵火烧死。可以肯定的是，这个化名“严晴”女人就是那个父亲换肝后冤死的林紫。而这起案子之所以没被用在小说里，是因为和林紫有着莫大的干系，她当然不想引火烧身。这起案子也是林紫疯狂杀戮的开始。看样子，汪菁的感觉一点没错。

根据林紫的立场，她和望江南这些不法商人以及那些黑心大夫应该是势不两立的，肯定不是他们的人。那么，她为什么要置自己于死地呢？既然这么处心积虑地设计自己，可此前又为什么要一次又一次地出手相救呢？

优力在壁橱前正发呆，突然听到身后有人一声轻笑。

二十二

优力一惊，回头一看，见一个黑洞洞的枪口正对着自己，林紫就站在几步开外的门边。

优力心里暗暗叫了声苦：梁宾你他娘的把的是什么风啊？他下意识地打量了一下周围的环境，右手伸向上衣兜。

“想都别想，我会真的开枪的，我不在乎再多宰你一个。把你的手放下来。”林紫笑吟吟地说，“我有点低估你了，找到我不容易吧？”

“是你太高估自己了，所以才露出了狐狸的尾巴。我只是不明白，你既然要设计我，为什么以前又帮我呢?”优力连身处的危险都忘了，迫不及待地张口就问这个。

“因为我们是志同道合的同志，我们有着共同的目的。”

“我的目的只有一个，就是宰了你这个疯子。”

“不但是同志，你还是我的老师。”

“我长这么大，总共只杀过两只鸡，有一只还没杀死。”优力在沙发上坐了下来。

“不但是老师，你还是我的好搭档。”

“那我还不如抱着老虎睡觉呢。”

“第一次杀人的时候，我的心里充满了怨毒，那时候我整天想的是自己的私仇。”林紫根本不理睬优力的讥讽，“后来我看到了《调查30分》，看到了你做的节目。你曾经说过，在法制和医疗市场尚待进一步完善的今天，每一个人都应该站出来，不但要关注要呼吁，更重要的是要行动！要用行动去揭穿医疗黑幕，打击医疗腐败！因为这样血淋淋的患者的死亡，也许有一天会发生在你或你的亲友身上！说得太好了，你的话让我茅塞顿开。说实话，当时我虽然为我爸爸报了仇，但并没有解脱，反而觉得更空虚更迷茫，没有方向感。”

“你的意思是我教唆了你去杀人?”优力苦笑。

“您说这话就太形而下了。而我一直以为您是一个有深刻思想的人。也许是成名之后的物质垃圾使您丧失了思想的能力。多可悲啊。”

“菜刀可以切菜，也可以杀人，但这并不是菜刀的本分。你不能这么曲解我的话。我再深刻，也想不到教唆别人杀人的理由。”

“梁实秋说的，对吧？日本人打进来了，他还在写自己的风花

雪月，我看不上这种人，虽然他没做汉奸。您看，您不能把我等同于那些鲁莽粗俗的杀人犯。对我来说，杀人不是目的，寻求公正才是。这么多年来，我从一个城市漂泊到另一个城市，追杀那些披着天使外衣的魔鬼，吃尽了常人难以想象的苦累，支撑着自己的就是一种信念：我不是为自己，我是为那些被草菅了性命的患者和他们的亲人争取公正。要是只为自己，我估计自己不会走到现在。”

“你以为你很侠义？你以为你很公正？你以为你前提正确就可以随便剥夺别人的生命？你是一个曾经失去亲人有切肤之痛的人，你为被你杀掉的人的亲属想过吗？”

“我当然想过！而且比你想得更透彻。”林紫冷冷地说，“养不教父之过，谁让他们养出了这样禽兽不如的东西。谁让他们瞎了眼看上了这种人所不齿的白衣魔鬼。什么都是有代价的。从这个角度来看，我赞成古代的连坐。在这个天理良心都喂了狗的年代，不用重典何以正人心？”

“如果我没疯的话，那就是你疯了。我肯定没疯，因为我知道自己不能想干什么就干什么。所以是你疯了！”

“还有第三种可能，咱俩都没疯。疯子是不管不顾的，而我会。这也就是我后来设计你的原因。”

“从一开始你就在给我下套吧？包括救我的时候？”优力说。

“那你是冤枉了我了。我一直对您很景仰很欣赏，甚至很喜欢你。也许，在我内心深处我还爱上你了呢？爱上了那个在电视里仗义执言的英雄。这是每个女人少女时代做过的侠客梦啊，很正常是不是？”

“呵呵，这话要是别的女人说，我会激动得晕死。”优力脸上的表情古怪。

“拿你当替死鬼实在也是不得已而为之，其实我心里也十分不忍。说句实话，现在像你这样敢说实话的记者也不是很多。我多次救你当然不是巧合，我当时也是在跟踪设计那些烂人，他们自以为聪明，但他们那些鬼鬼祟祟的勾当我都一清二楚。我救你，一是不愿意看到自已敬佩和喜欢的人受伤害，二是也想搜集那些烂人的罪恶证据。说你是我的搭档也没错，有几次我都是看了你的节目，证据被你砸实了我才放心下手的。你看，咱俩配合得有多么默契呀，简直就是天作之合的完美搭档！我敢负责任地说，我没有冤杀过一个大夫，哪怕他是一个庸医，哪怕他是一个因过失杀了人的庸医。我杀的都是那些不顾病人性命捞钱的白衣魔鬼！”

“我有点好奇，既然你一直逍遥法外，干吗杀完人后还要写什么书呢？又为什么故意露出马脚引人注意呢？”

“问得好！这就是我和一般杀人者的最大区别，我不是为杀而杀，我是有精神追求的。之所以要写那本《狐魔》，我是想让大家知道恶人已经受到了惩罚，正义已经以另一种方式得到了伸张。也是想给那些把患者的生命当儿戏、用患者的血换钞票的王八蛋一个警告。但不明真相的读者还是会以为这只是虚构，望梅止渴罢了。怎么办呢？我就故意真实再现，当纪实文学来写。出版了小说，警方早晚会发现真相，因为我对几乎所有的细节没有做一点隐藏，我是故意的。经过媒体的传播，大家会知道，《狐魔》里的事情并不是虚构的，而是真实的，善有善报，恶有恶报！”

“而你又不能把自己兜出来，所以就选择了自己喜欢的、敬佩的甚至还爱上的我？”

“我的生命是不足惜的，我早已把生死置之度外，从我杀了第一个人开始，但我出头没有说服力。这个我下面还会说到。但凡我有第二个选择，我绝不会把你给推下去，请相信我！”

优力“哼”了一声。

“天降大任，你是最完美的人选。和你谈小说的合作的时候我说的都是真的，业内揭黑资深记者，有巨大公信力的名人，这些背景会让小说在出版和炒作上一路顺风，读者信服，影响深远。你想想，这件事情是不是非你莫属？当然我还是很舍不得你的，但是为了正义我也只能豁出去了。不过你再想想，你死得其所呀，大丈夫马革裹尸才是英雄本色，老死窗牖又有什么味道呢？在大家眼里你是一个英雄！何况，成名之后的荣华富贵你也享尽了，人一辈子的享乐是有定数的，你也可以瞑目了不是？”

“好一个替天行道的侠客！既然你这么无私，为什么不在真相大白于天下之后舍生取义呢？为什么要拉一个无辜的人垫背呢？”

“这正是我马上要说的。我是一个完美主义者。你想啊，如果《狐魇》这本书由我出头的话，有谁相信我是出于追求公正才去杀人啊？十个人有九个准会以为我是报私仇做过头了。这个结局就太不完美了，何止是不完美，简直就是太糟糕了。要是这样的话，我死了都不会原谅自己。而你不一样，你就是正义的化身啊，白天奔走呼号，夜晚追命惩恶。我敢打赌，你死之后，你会成为一个当代的传奇英雄，不知会有多少美女为你落泪呢。”

“好一副伶牙俐齿，你不去做律师或政客，简直是暴殄天物。可惜呀可惜。现在你想怎么样？”

“一会儿我会带你去一个特别的地方。在那里咱们最后再合作一次，然后各奔东西。”

“去哪儿？做什么？”

“好，现在我不妨就告诉你。我已经给望江南这狗东西做好了圈套，今天就是他的死期，事后现场将到处都是你的指纹。我是化妆师出身，我想你在这方面不用怀疑我的布置现场的能力。到时候我将会把你留在现场，并且会让你24小时之内动不了地方也打不了电话。在我安全消失之后我会报警，能不能逃掉看你的运气。当然你也可以试着和警方合作，前提是你要有足够的自信让警方相信你的天方夜谭。作为不杀你的交换，你要留下一个东西。”

“我不知你在说什么？”

“你刚才转身发现我的时候按了一下上衣兜。现在就把兜里的东西掏出来交给我，扔过来。”

优力只好从兜里掏出录音笔扔过去。

“还有。”

“没了。”优力摊摊手。

“你在坐下的时候碰了下裤兜。暗访记者，都有做备份的习惯吧？拿出来吧。”

优力没辙，又把录了音的手机掏出来，扔了过去。

林紫把录音笔和手机一把全揣进自己包里，“如果你命大有幸逃出去，就转告你认识的那个汪菁，她的真名叫汪蓝你知道吧？请你告诉她，让她不用躲了，我不会再去找她的麻烦，她当时只是个替罪羊。这是我后来才弄清楚的，否则她也活不到现在。”

“真让人感动！杀人不眨眼的女魔头，居然也动了恻隐之心。”突然，一个男人端着枪走了进来。

二十三

男人枪指林紫：“把枪放下！”

“钟平！你怎么来了？”优力喜出望外。

“你一直都在我们的视线之内。你以为囚车是那么好劫的吗？”

钟平说。

“原来你们是故意放我做诱饵。我怎么那么命苦，先被人下套，后被人当饵!”

就在这话来话去的当口，一道白光刷地闪过，直奔钟平持枪的右手，是那条狐狸！只听钟平“哎”了一声，枪就偏了。几乎与此同时，林紫本来已垂下的枪嚓地一下指向了钟平！就在这电光火石的一瞬间，优力本能地一跃而起，直扑林紫持枪的右臂，但还是晚了一步。“砰”地一声巨响，钟平一下子委顿在地，左胸殷红一片。

优力双手死死地按着林紫拿枪的右手，身体将她牢牢地压在地上。

楼梯上传来杂沓的脚步声。

“救护车，快叫救护车!”优力的声儿都变了。

一队警察冲了进来，领头的就是那个曾经和优力同坐一辆囚车的“黑社会老大”。几个人七手八脚地上手把林紫铐了，又小心翼翼地把钟平抬下去。

救护车的声音远远地来了，又急急地去了。

梁宾在门口愣愣地站着，惊恐不安地看着地上的血迹。

“靠，你丫望的什么风？差点害死老子!”优力发现自己已经没了一丝儿力气。

“我就去撒了泡尿，真的！两分钟都不到!”梁宾嘟囔。

钟平死了，都没来得及进手术室。

优力回到了简阳的谢公岛，他答应过汪菁会回来找她。汪菁，不，汪蓝的意思，虽然现在一切都风平浪静了，但她已厌倦了外面你死我活的职场生涯，就想和优力守着“汪记老店”，伴着山光湖景，做一对神仙眷侣。

优力又何尝不想呢？可他又隐隐地觉得自己做不到，他的心有一半还在久安，在安安身上。钟平死了，而且可以说是为救自己死的。他优力又怎能抛下伤心欲绝的安安不管自己逍遥呢？可管又怎么管呢？以什么身份什么情感？

2006年3月13日凌晨2点半一稿于京海淀

3月20日凌晨二稿

2007年9月23日三稿

图书在版编目（CIP）数据

午夜风筝 / 晗光著. —北京：群众出版社，2008.1
（晗光悬疑小说）
ISBN 978-7-5014-4154-9

Ⅰ. 午… Ⅱ. 晗… Ⅲ. 长篇小说—作品集—中国—当代
Ⅳ. I247.5

中国版本图书馆 CIP 数据核字（2007）第 168217 号

午 夜 风 筝

著　　者：晗　光
责任编辑：张小红
封面设计：董　睿
责任印制：张代英

出版发行：群众出版社　电话：（010）52173000 转
地　　址：北京市丰台区方庄芳星园三区 15 号楼
邮　　编：100078
网　　址：www. qzcbs. com
信　　箱：qzs@ qzcbs. com
印　　刷：北京通天印刷有限责任公司
经　　销：新华书店

开　　本：890 × 1240 毫米　32 开本
字　　数：226 千字
印　　张：10
版　　次：2008 年 1 月第 1 版　2008 年 1 月第 1 次印刷
书　　号：ISBN 978-7--5014-4154-9 / I · 1704
印　　数：0001—6000 册
定　　价：20.00 元

群众版图书，版权所有，侵权必究
群众版图书，印装错误随时退换